CANCER

A MEDICAL M

癌症的

故事

一 部 医 学 回 忆 录

[美] 大卫·斯卡登 迈克尔·安东尼奥 著

陈水平 译 古迪 审校

David Scadden   Michael D'Antonio

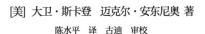

湖南人民出版社·长沙

癌症是最受人类关注的疾病之一，癌症治疗手段和相关学科研究背后的故事，可以引发读者的思考和情感共鸣。在本书中，作者以医生、科学家和患者家属三重身份，全面讲述了自己在癌症诊治中亲历的诸多故事和身处其中的各种转变，系统阐释了癌症医疗的起源、发展，以及人类对抗癌症的斗争史，我们都将从中获益良多。

——钟南山，中国工程院院士，著名呼吸病学专家

斯卡登博士揭秘了癌症医疗研究背后艰深而棘手的工作，而他最动人的篇章则是探讨这种疾病对患者和照顾他们的人的影响。

——华尔街日报

作为顶尖的免疫学家和肿瘤学家，斯卡登通过环环相扣的视角审视了癌症的近代史……其中关于回忆他本人在实验室（尤其是哈佛干细胞研究所实验室）中的峥嵘岁月是本书的一大亮点。

——《自然》杂志

《癌症的故事》是一本引人入胜的回忆录，现代生物医药的发展为提升人们的健康水平带来了史前无例的机遇，因此无论是医生还是科学家，或那些罹患癌症的人们，抑或是那些对生物医学研究平好奇的人们，都会被这本书所吸引。

——杰弗里·佛埃尔，医学博士，前哈佛医学院院长

斯卡登博士以亲切而坦诚的方式清楚地阐释了癌症在人类集体历史和意识中所占据的地位。他指出，我们都应该感谢科学家，

是他们打下了学科的基础，让我们得以在我们有限的生命中见证如此之多卓越的医疗成果。他还提醒我们，医学的确是一项关于爱的工作，它服务于社会，医学的进步不仅值得我们去投资，还值得我们敬畏。《癌症的故事》描绘了医学真正的面貌：使人谦卑也让人心痛，它是复杂的，也是鼓舞人心的。

——拉纳·阿迪什，著有《休克》

　　尝试去理解癌症的科学基础以及它神秘莫测的产生与传播方式不免令人生畏，阻止癌症的发展以及治愈它则是一件更加了不起的任务。大卫·斯卡登博士是一位天资卓越的医生和科学家，他与迈克尔·安东尼奥一起写下了这本内容精彩且乐观积极的医学回忆录，细述了自己持续一生的追求——利用自身的科学知识同一种目前已知可能是最复杂的疾病做斗争，服务于人类。斯卡登博士的文字蕴含着温暖和悲悯之情，以及一种'勇往直前的责任感'。翻开这本书，你的心灵会得到舒展，心情也会开始飞扬。

——桑吉夫·乔普拉，著有《五大准则》

　　斯卡登博士文笔优美的《癌症的故事》，带我们领略了治疗癌症病人时所面临的那种不确定性、痛苦和悲伤，以及治愈病患后那种巨大的成就感。他还向我们展示了其中艰辛的工作，所经历的挫折，还有为某种癌症寻找治疗方法时的快乐。总之，这本书会为你带来希望。

——伊齐基尔·伊曼纽尔，医学博士，利维大学教授

目

录

引　言

蒙特就这样不见了。苏利文太太也突然不在了，以前人们还会低声地谈起她。麦基太太把自己藏在黑黑的家里，从此再也没有出现过。他们都从生龙活虎的健康人变成了癌症患者。作为一个孩子，我所知道的就是，癌症似乎是患癌者心照不宣地被默认为无可救药地死去，一种无法表达的深切悲痛。

我想五十年前大家对癌症的印象应该基本都是这样，现在或许仍旧如此。这种印象其实是错误的，起码是片面的。癌症不再是绝望，也不是什么超神秘力量的复仇，癌症开始逐渐改变人们的生活，并成为人们可以讨论的事。这本书努力展现近四十年来，我作为肿瘤学家所经历的癌症研究的变迁及其背后的原因；作为身处于变迁中的一员，我所看到的、了解到的——新的思想和新的发现是如何促进医学的不断进步。

该书之所以能够面世，是因为迈克尔·安东尼奥曾和我说起，医学领域内发生了诸多变化，但处于医学领域以外的人对此却茫然无知。科学研究是一种促使我们通过自身经验来思考并探索事物本质的方法。我们往往知道某事物的存在，可并不知道它们为什么存在，也不知道如何去改变它们，但是通过探寻复杂事物的某些方面，科学研究能帮助我们初步了解我们所经历事物的根源或者本质。

通过揭示事物的根源或者本质，科学研究必然能给予我们改变世界的力量。科学研究，至少是生命科学领域的研究，给我们提供了一种可能，让我们不仅仅只停留在"了解"的层面，还能进展到"改造"的阶段。当然，这个进展依然是不够的，因为我们面对的不是实验室的模型，而是活生生的生命。医学发展的速度慢得令人抓狂，但这不是通过意志或者人为控制就能够加快的。其中有太多的不确定性，迈克尔和我认为，如果能够向大家敞开有关医学研究现状的大门，尤其是癌症研究领域的大门，那可能会带来一些光明和希望，甚至一些令人鼓舞的动力，能够加速我们一直渴求的改变。

许多人第一次接触到癌症时，就像踏入了一个全新的国度——癌症国。癌症国里充满了全新的概念，许多与众不同的生活职责，和一些太过机械化以至于看起来太遥远、太不真实的患者。其实，每一位你遇到的医生、护士和技师或多或少都会有过与某种癌症相关的个人经历，无论是在预约花名册上确认你的名字的接待员，还是给你抽血的医生。事实上，癌症在某种程度上来说是如此普遍，以至于我们每个人都会与它有着千丝万缕的联系。癌症应该被看作人类生活的一部分，而不是什么异常事件。

粗略地说，我们中间一半的人都会被确诊患癌，其中的五分之一甚至会死于癌症。癌症现在是，而且一直都是，许多家庭生活中一个挥之不去的梦魇。癌症的故事悄无声息、令人恐惧地代代流传下来。通常，人们用暗喻或者暗指的方式来讲这个故事。癌症患者是勇敢的"斗士"，治疗是一场对抗"敌人"的"战斗"，而死亡则被认为是这场战斗的"失败"。

癌症给患者和照护者带来了可怕的影响，给科学研究带来了巨大的挑战，这些有关战斗的比喻不难理解，可谓非常贴切。尤其是在早前，癌症缺乏科学的解释，人们往往将癌症想象成外来的入侵者。在古代，人们认为癌症是由邪灵入侵或者是歹人作恶等因素所引起的。我从小在新泽西州的威科夫城郊长大，在那里的中产阶级中间，这种观念甚至在20世纪50年代都还广为认同。那个地方树木繁茂、舒适宜人，居民们笃信宗教，坚信某些疾病就是应得之因果报应。在他们眼里，癌症是由于道德败坏或精神危机导致的，甚至还有人担心癌症是和流感一样的传染病，会通过与患癌者接触而患癌。这种看法让那些确诊为癌症者难免产生一种负罪感，甚至让身边的知悉者也会感到害怕。这一切造成的后果就是产生孤立与隔阂，让所有人都备受折磨。

在威科夫的童年时光里，我得知有三位因患癌而去世的人。第一位癌症患者是我朋友约翰尼·苏利文的妈妈。他妈妈生下他弟弟鲍尔后确诊患癌。随着病情一天天加重，人们越来越难看到她的身影。甚至她去世后，人们也从未谈起这件事，尽管连小孩子都发现，苏利文先生早早就开始操持一切家务，既当爹，又当妈，还是一个悲痛的丈夫。

我接触的第二位癌症患者是麦基夫人，她患了肺癌。那时我家住在绿树成荫的卡尔顿街，她是我们的隔壁邻居。有次我得到大人准许，或者说是受到大人鼓励去探望她。大人们认为这样的探望说不定可以给她的病情带来一些希望。高大的树荫笼罩着她的房子，里面非常安静。我看到麦基夫人时，被她骨瘦如柴的样子吓到了。她倒很高兴我们去探望她，但我却害怕得一句话也没说。

　　这次经历也让我更为深刻地明白我父母这辈子都在用亲身经历教导我的一个道理：他们认为，如果你能够帮助某个人，就要义不容辞地伸出援手。他们在很多方面为我做出了榜样，其中让我印象最深刻的就是母亲总是给一些东欧家庭寄去包裹（当时铁幕^①依旧存在），或者帮助穿过铁幕来美国的人寻找工作。父亲总是雇用那些从波多黎各过境来的无业游民。但在19世纪60年代，当父亲看到他帮助过的那些人在种族暴乱中抢劫了他位于新泽西州帕特森的店铺时，他差点崩溃了。然而，我从没看见父母放弃或抱怨过，他们仍旧满怀同情地对待那些需要帮助的人。祖父也是一样的慷慨。他们甚至就靠着铁锤、锯子、木材和钉子帮助社区建造了一座社区教堂。他们家里也总是预留着一些空房间以便收留那些需要帮助的人。当某个家庭入住以后，房子的那一部分就会以他们的名字而命名，比如，史密斯家的住所、琼斯家的住所。这些事情虽然微不足道，但却折射出我的父辈处处为他人着想的精神，他们总是用意想

---

① 西方国家对欧洲社会主义国家的一种描述性用语。最早由法国总理克列孟梭在第一次世界大战后使用，声称"要在布尔什维克主义周围装上铁幕"。

不到的温暖来照亮他人。祖母总会烘烤一些食物，家里的厨房被她变成了一个制作饼干和甜甜圈的小作坊，而这些食品最后都会被成罐成罐地捐出去。我的棒球手套常常和这些罐子放在一起。我小小年纪就入选了棒球队，也许应该归功于家人的善行，因为善行能带来好运。祖父是个摄影师，他去地下室的暗室冲洗照片时，总让我站在旁边，让我一起感受冲洗黑白照片的魔幻瞬间。化学和艺术的神奇碰撞给我留下了深刻的印象，让我懂得了文艺和科学并非两个毫不相干的领域，它们是相辅相成的。

我孩童时期接触到的第三位癌症患者是我上二年级时班上的一个男孩。他大概是姓蒙特，我现在想不起来他准确的姓氏了。有一天，蒙特没来上课，此后也再没来过学校。似乎没有人知道他去了哪里，而且大家都达成默契，刻意不提起他。后来我才知道他死于白血病。

邻居苏利文太太和蒙特同学的经历让我意识到，每个人都会死去，我们的科学知识和医疗手段是如此有限。20世纪五六十年代，有些患者可以通过手术、放疗、化疗，或者综合以上疗法得以存活，但大部分被诊断患乳腺癌、肺癌、结肠癌、肝癌等常见癌症的人最终会在一两年内死去。像蒙特这样的急性白血病患者，一经确诊，甚至都活不过半年。

我们所说的白血病其实不是一种疾病，而是影响血液和淋巴系统的一类疾病。两种慢性白血病都可以在人体中潜伏很长的时间，而患者仅会出现一些不明显的症状，比如感到疲惫和夜汗。两种急性白血病患者疲惫感更强，骨头和关节会疼痛，还会出现发烧的症状。透过显微镜可以发现白血病患者血液中白细胞数量严重超标。（此病的英文名称 leukemias 源于两个希腊单词：leukos，意为白色的；haima，意为血液）现在，我们知道白血病远不止这么简单。例如，多发于儿童的急性淋巴细胞白血病，其真正问题是淋巴母细胞的失控增长。淋巴母细胞属于前体细胞，成熟后就是对抗感染的白细胞——淋巴细胞。未成熟的淋巴细胞如果失控增长，会抑制淋巴细胞的成熟和携氧红细胞的生成，在这种情况下，患者很容易发生感染、出血以及器官衰竭。

如果蒙特是在 10 年后出生和确诊的话，那他和他的父母或许可以得到一个不同的结果。20 世纪 60 年代有了改良的化疗方案，此后不到 10 年就有了白血病患儿痊愈的报道。1970 年，第一个与癌症相关的基因被发现；1971 年，理查德·尼克松总统亲自挂帅，揭开了抗癌之战的序幕。他破天荒举办了一场法案签署仪式，并公开表示要努力去寻找治疗癌症的良方，终结那令无数美国人丧生的灾难。那时，美国每年死于癌症的人数比二战中死亡人数总数还多。尼克松补充道：

我们不想通过签署法案之举给民众带来不可企及的希望，但我们能保证对那些患了癌症的人，以及那些正在寻找治疗方法的人来说，他们至少可以得到一种保证——在这个伟大、强大、富裕的国家，政府愿意尽其所能，也支持任何志愿机构尽其所能，给这些人带来一丝希望。我们也希望这些希望不会变成失望。

致辞结束之后，尼克松总统拿起钢笔，先在法案上签下了自己的名字"理查德"，随即转身将笔递给了本诺·施密茨，他亲自任命的国家癌症研究计划的负责人。"本诺"，总统幽默地说，"你保留'理查德'。"接着尼克松用第二支笔签下了自己的姓，随后将笔递给了医学博士阿尔瓦·汉布林·莱顿，美国癌症协会的会长。随着总统这刷刷两笔，法案变成了法律，就像剪彩可以象征着一条新高速公路的开通一样，总统似乎正带领着这个国家走向一条通往成功的康庄大道。他肯定是希望天从人愿，他说："我希望几年后，回首今日，我们会肯定这个法案是这届政府最有意义的举措。"

我在上高中时知道了这个宏大的癌症研究计划。跟其他人一样，我希望这个计划能像美国宇航局的阿波罗登月计划一般大幅推动科技的进步——阿波罗计划仅用了不到 8 年的时间就将人类送上了月球。在邻居眼里，我是一个非常调皮的孩子。我在后院发射小火箭，从附近的小溪中捕捞生物，对它们进行一些在今天看来依然是极为残忍的实验。小火箭会经常在我猝不及防的时候爆炸，现在我身上还留着一个伤疤。幸运的是，我成功地掌握了两栖动物的解剖学知识，却没有保留发射小火箭时的鲁莽。那时候，科学研究似乎就等同于探索未知。如果我们能听到登月宇航员在月球上宣布"人类迈出了一大步"的话，那为什么我们就不能取得抗癌战争的最后胜利呢？

待在家不出门的时候，我不得不帮父亲一起完成家里一个又一个的"项目"。我的父亲大卫，是一名无师自通的天才机械师，他什么都会修，从洗衣机传动带到家里停摆的暖气系统，可他仅有的正规学习就只是在海军服役期间那点培训。日军偷袭珍珠港后他入伍成为一名水手，不久就被派往珍珠港服役。他很聪明，很勤奋，擅长修理导航系统。很快他就收到了一封信，通知他去预备军官学校报到，可到要报到的时候，他却决定不去了。他不想待在备受保护的基地中从事文职工作、远离战争、纸上谈兵，他想要接受战争的洗礼，经历获胜的过程。他把信插到口袋里，跳到海里游了个泳，录取通知单成了碎片，他依然是那个冒着枪林弹雨的一名普通海军，继续在海上穿越枪林弹雨。

服役期间，父亲作为导航系统专家，辗转于不同船舰之上。有一次，他刚登上一艘装备了轻型武器的驱逐舰供应船，旁边一艘装满弹药补给的船突然爆炸了。那一次他真是险些命丧黄泉。爆炸中飞溅的炸弹和火箭弹落到附近的几十艘船上，一下死了好几百人。与父亲同船的人死了三分之一，船上简直血流成河，父亲却毫发无损地活了下来。他很少提起这件事，但这件事对他的影响之深，只要活着，他便深怀感激。于我而言，他给我展示了"最伟大的一代人"的美德。他们不纸上谈兵，不异想天开地觊觎不曾拥有的东西，只是脚踏实地地做事。

战后，父亲回到康涅狄格州。在去马萨诸塞州的一次夏日旅行时遇到了母亲，之后便跟着母亲一起去了新泽西州。在那里，他找到一份修理办公设备的工作，并最终买下了雇主的公司，从此有了自己的小生意。这世上真的没有什么东西是他不能修的。我最骄傲的儿时记忆之一，是和父亲在地下室埋头修理某个物件并最终找到正确方法，向父亲说明时父亲脸上的微笑。虽然他一言不发，但他注视我的目光是我幼年记忆中最受鼓舞的几个瞬间之一。

父亲如此热衷于钻研机器的运作，所以当我想要一套化学用具的时候，他很爽快地答应了。不仅如此，他甚至在家里的地下室给我划了一小块地方做小实验室。生活在威科夫也使我受益良多，费希尔科技公司当时就在附近开了一家相当大的工厂。母亲支持我的种种兴趣爱好，不但忍受着我实验中飘出的各种奇怪气味，有时还会带我去费希尔科技公司。那里的工人会带我参观，回答我提出的问题，并允许我带一些他们打算废弃的烧杯、试管、吸量管回家。

我最终选择科研和医学作为我的职业，父母的鼓励起到了主要的作用。另外一个影响我职业选择的人是童年时期我家的家庭医生萨尔瓦多·巴尔迪诺。他是一位全科医师，但他总是大胆地给患者施以治疗——如果是其他全科医师的话，估计早就将患者转诊给专科医师了。我从小患有由于过敏导致的支气管哮喘，他尝试着给我分阶段注射那些治疗导致我咳嗽和气喘的物质，以此来缓解我的病症。

就像20世纪初科学家通过花粉提取物进行实验，来治疗花粉热和一种叫"玫瑰伤风"的类似疾病，实验发现人类免疫系统可以不断被训练，从而停止对自然界中某些能引起间歇性疾病的微小物质产生过激反应。（其中最有突破性的实验是英国莱昂纳多·努恩和约翰·弗雷曼用梯牧草的花粉制备的血清完成的。有着长长的像羽毛一样的头状花序的梯牧草的花粉是致敏物质之一。）每一周，患者都会接受浓度逐渐上升的血清注射，慢慢地就会对那些致敏物质不再那么敏感，免疫反应也会逐渐恢复正常。春天草木茂密、花朵竞相开放的时候，打喷嚏、流鼻涕的过敏症状也不会再出现。

熟悉了治疗流程后，我就自己骑车去巴尔迪诺医生的办公室，利用在门外等候的时间浏览候诊室的杂志。预约的时间经常是一天的末尾，这意味着结束注射后我们还能聊会天。巴尔迪诺医生总是把我当成大人来看待，会饶有兴趣地问我一些问题。每当他问我"你感觉怎么样？"时，我知道他想要更加充分地了解我，而并不只是对我症状的了解。他想了解我的生活，我在学校的情况，以及我在闲暇时会做些什么。他真是所有医生的榜样。尤其幸运的是，我们的交流是双向的。如果我问起我的治疗方案或者一些跟医药有关的问题，他总会知无不言，还会聊到一些目前依旧未知，仍需要探索的医学领域。这让我觉得，科学研究是一个有趣的事情，它需要永无止境地探索新知。

20世纪60年代和70年代初，科学家们被认为是和宇航员一样的探索者，能探索和发现最前沿的新知。事实也是如此，直到如今，许多工程师和数学家的贡献一直在改变着我们的生活。1964年世博会科学展览中所展示的那些新科技让我惊叹；父母辈聊起他们小时候对脊髓灰质炎时的那种无限恐惧让我惊讶，因为在我们这个年代，只要简单地在市政厅前排队打针或吃方糖就可以预防；我更惊叹于人类第一次真正踏上月球以及第一个"试管婴儿"的出现。尼克松总统一定明白这个道理，他总是努力地想解开围绕癌症的种种谜团——这是他想在在任期间解决的核心问题，或者至少可以是他再次当选总统的筹码。对癌症宣战之后，尼克松把三月定为"癌症控制月"。选举开始之前，第一夫人帕特·尼克松在美国癌症协会举办的庆典中被授予荣誉，而媒体对于这个事件铺天盖地的报道也为她丈夫的竞选活动推波助澜。

　　不知道有没有人发现白宫有关"癌症控制"的说法真是非常奇怪——就好像癌症是杂草或蚊子一样是可以被人为控制或者去除的东西，但没有媒体对此质疑。那是一个科技迅速发展的时代，人人都坚信几乎没有什么事物——从原子到尼罗河——是人类不能掌控的。肯尼迪总统曾组织了一个工程师团队，耗资十多亿美元，耗时8年时间，终于将人类送上了月球。癌症似乎只是一种以多种类型呈现出来的疾病。如果我们可以将人类送上月球，那么为什么就不能想象一下，只要我们再努力一次，癌症就会束手就擒呢？在医药领域，索尔克和萨宾于50年代研制出脊髓灰质炎疫苗，对于美国人而言，这种成就似乎早已司空见惯。

　　整个国家似乎都兴奋地沐浴在这场抗癌战争必将胜利的曙光之中，媒体也争相报道尼克松宣布抗癌战争之后所取得的诸多科研成果。刊登在《纽约时报》上的《化学药物治疗癌症：被证实的希望》等文章让人们开始期盼奇迹很快就能发生。在尼克松正式向癌症宣战后的那个夏天，一篇新闻稿提到了某种化合物有望很快被研制出来。这引起了其他报社的投机跟风，竞相报道一种药物有望100%治疗动物癌症。虽然事实上根本没有这种药物，但有关的咨询电话还是不断涌向各大医学中心。癌症患者及其家人不惜长途跋涉来到远在田纳西州的橡树岭，向这篇报道中提及的医生恳求获得这种化合物。

由于记者和大众总是急切地想了解各种有关癌症研究的最新进展，类似橡树岭事件的插曲时常发生。最有力的例子就是"致癌物质"这个术语，由于不断的新闻报道，它已经渗入人们的日常话语当中。但如果只靠新闻报道来引领科学研究的努力方向，我们会很容易迷失方向。的确，有很多种放射线和化学物质被确认有致癌作用，进而被称作"致癌物质"。烟草烟雾中的化学物质可能是最广为公认的致癌物质。自1975年兴起的禁烟运动促使每年的男性肺癌患者确诊数量不断减少。

但并不是所有接触致癌物质的人都一定会患癌，即使是直接接触烟草的烟雾。接触的量、个人基因和免疫系统的强弱都是影响因素。这些复杂的因素正好给某些因此能获利的人带来了可乘之机。他们指出，我们不能通过特定病例确定一对一的致癌关系。由此，他们提出合理怀疑，甚至有意混淆视听。吸烟会致癌，但是大部分吸烟者却死于其他原因。大众如何理解这样两个完全相反的事实呢？很明显，烟草公司在故意分离这些因果关系的过程中"大有作为"，由烟草行业资助的伪科学研究不断错误地引导大家的认知，隐瞒了吸烟与癌症以及其他疾病相关联的研究成果，让大家看不到烟草产品对身体健康的影响。这种虚假信息的制造行为一旦开了先河，便会成为他人模仿的对象，从而让科学研究在很多问题上变得众口不一、晦涩不清。气候变化问题也是如此。最终，伪科学会大行其道。

随着动物实验的开展，其他一些化合物也被证明与各种癌症相关联，更多的困惑也由此而生，怀疑论者开始混淆视听：似乎只要接触量足够大，几乎所有的物质都能让实验小鼠患病。最典型的例子就是人工甜味剂——甜蜜素。甜蜜素因为在动物实验中发现有致癌作用而被禁用，但后来更加深入的研究驳倒了之前的致癌论。20世纪70年代中期，科研工作者不断获得大量的科研新发现。《新闻周刊》封面甚至提出这样一个问题："什么导致了癌症？"答案包括了许多物质——药物、食物以及我们身边的很多化学物质，唯独吸烟被排除在外。

如果这些关于癌症诱因相互矛盾的报道还不足以让人愤怒、绝望的话，那么随之而来的对多种癌症疗法漫无天际的鼓吹足以让人愤怒。最糟糕的莫过于希望之后的绝望。出于种种不良动机，有人不断向患者鼓吹、贩卖和实施一些毫无疗效、未经检验，有时甚至是非常危险的"治疗方案"。

其典型代表就是苦杏仁苷。这种从杏核里提取出来的物质最初被用作肉类防腐剂，它含有氰化物，是剧毒物质，苏联曾经尝试将它用于癌症的治疗。1972年，美国一个实验室宣布，苦杏仁苷可以抑制患癌老鼠的继发性肿瘤，但后来被证实，这项被寄予希望的发现是错误的。然而，先前相关的新闻报道已经激起千层浪，依然有人无视法律积极推动这个治疗法，给癌症患者提供苦杏仁苷，其中包括一名正畸牙科医生。支持者确信有阴谋正在剥夺他们使用这种化学物质的权利，因此他们成功地游说了超过 24 个州宣布苦杏仁苷治疗的合法性。一项民意调查显示，尽管医师和科学家的反对声铺天盖地，绝大部分美国人还是倾向于将苦杏仁苷的治疗合法化。

没有任何可信的研究证实苦杏仁苷可以有效抵抗人类任意一种疾病。在这阵风潮逐渐消失之前，成百上千的人因注射苦杏仁苷而遭受了许多不必要的痛苦。据《纽约时报》当时发表的一篇社论指出，"国家癌症之战"的隐喻给人们带来了不切实际的希望，不仅导致了日后的争议，也导致了大众和医生的隔阂和疏离。那些面对压倒性科学依据却依然固执地将苦杏仁苷合法化的立法者只促成了一件事——让人们对于药物的信任跌到低谷。《纽约时报》还提醒大家，由于癌症依然难以驾驭，像苦杏仁苷的类似事件毫无疑问还会在未来以一种新的形式改头换面、卷土重来。

对于许多有志青年而言，了解癌症，了解其难以驾驭的特性，是一个迫在眉睫的挑战。他们知道，从白宫到媒体，再到那些渴望得到治疗的家庭，癌症是广受社会各个阶层关注的疾病。我也是他们中的一员。虽然我去了文科院校并选择主修人文学科，但期间上的一些科学课又激起了我对医学的兴趣。我要和巴尔迪诺医生一样，将科学和人文融合在一起！我从小就被教育要有服务他人的责任和信念，一直梦想能在小镇上当一名医生。毕业后，我申请攻读医学院的研究生。然而，也正是在医学院，我才发现了医学的局限性——尽管医学院要学习的知识很多，但人类对于人体机制的了解还是太少。那时候，从分子、分子生物层面去了解人体和疾病的技术革命才刚刚开始。基础科学一些偶然的新发现，如单个分子和细胞的工作机制，的确令人振奋。当然，我不认为我有能力做出那样的贡献，但我很清楚医学会因这些发现而发生改变，而我想要成为实现这些改变中的一员。

我敲开了阿德尔·马哈茂德的门。他是一名传奇的医生和科学家，一名善于让人开悟的老师。他当时正在研究一种可怕的寄生虫——曼氏血吸虫，是如何避开免疫系统的攻击让人患上毁灭性的肝脏疾病。他曾目睹这种疾病在埃及蔓延。尽管我笨手笨脚，他还是欢迎我留在他的实验室。我把从课业以及在实习轮转中挤出来的时间，无论多少，都花在了实验室里，虽然大部分时候我会弄得一团糟，但我喜欢拥有可以解决实际问题的机会。没什么事情比发现能缓解人类痛苦的方法更令人注目，这个想法促成了今天的我。我没有为这个实验室做什么贡献，但它却给了我去尝试解决问题的热情。努力去了解一个过程，并在一定程度上能控制它，可能它也会为我所用，去帮助一些需要帮助的人。

从医学院毕业后，我参加了哈佛医学院布里格姆妇女医院的一个研究项目，因为我认为它是这个国家最专心致力于利用科学为患者服务的一个项目。项目很艰苦，要求很高，但回报也是超出预期的。任何基于"我们就是这样做事"的想法都不会被接受。那里的人，从实习医生到顶级的医师，最基本的要求就是，要用基于科学研究或者由科学所提供的逻辑推断来为他们的决定做辩护。现在这被称为循证医学，是一件再平常不过的事情，但在当时，这让布里格姆妇女医院脱颖而出。直到今天，这依然是布里格姆妇女医院的文化，他们将之融入每一场病例的讨论中。

有一天，我接到了父母的电话，母亲被确诊为癌症晚期。我当时还是一名实习医生，两三天一次的大夜班使我疲惫不堪。连续上班 36 个小时，然后休息 12 个小时，在现在看来这简直是一种折磨。我总是努力让自己紧跟患者的进度，无时无刻不保持一种备战的模式。我知道我有一个能让我依靠的家，它既舒适又可靠，但现在，连它也没了。对于母亲而言，最好的治疗也不无危险。我根本没法请假，好在朋友告诉我医院有一条免费专线，我才得以时常打电话询问母亲的情况。我却险些因此而被开除，因为免费专线根本不是免费的。不过，母亲最终得以在布里格姆妇女医院接受手术。对既是家属又是实习生的我来说，置身手术室是一件很痛苦的事情，但至少我能陪在母亲的手术台旁，密切关注整个手术的流程。

母亲的癌症似乎没有什么可以选择的治疗方案，这让我下定决心选择了自己的方向——癌症诊疗。但我学得越多，了解得更深，就越觉得临床肿瘤研究似乎主要关注混合和匹配不同的毒药组合，几乎没有超越药理学的范围，而血液学和血液肿瘤研究却恰恰相反，它们不断受到新兴的分子生物学的影响。确实，血液学家那时候几乎已经创造了我们现在在脐血储存和移植中称作精准医学^①的技术。通过对某些特定血液特征进行实验分析，就能显示出其兼容性或危险性。在癌症领域，血液肿瘤存在特异性基因异常，显得非常特别。当时最接近的解决方法似乎就在于通过血液来研究其对人类产生的影响，所以我在内科里选择了血液学和肿瘤学作为亚专业。

在面对癌症的时候，人们会显露出最需要帮助、最真实的一面，这种想法也影响了我的专业选择。在癌症的国度里，人与人的联系是十分紧密的，那些真实却简单的善意往往会令人怀念许久。无情的诊断剥去了虚伪的社会面具，那些内心最深处的情感却清晰地流露了出来。对于患者、患者家属，以及我的同行而言，癌症在很大程度上拨开了那些将我们分隔许久的事物，揭示了对于人类而言真正重要的那些东西。只有在这种情况下，我们才能真正明白这一点。同样，在大部分病例中，我们能看到的也都是鼓舞人心的东西。

面临科研和医疗两个选项，我选择双管齐下。这个决定促使我四十年如一日投身于癌症问题的研究，包括生活中的癌症问题，实验室里的癌症问题，还有社会中的癌症问题。癌症的影响实在太广泛了。那时我们对于癌症的了解已经迈进了一大步，这让我非常惊讶，同时能在这个充满新发现的时代工作，我也十分感激。但经验告诉我，我需要接受一个事实：今天的希望往往是明天的失望，因为健康和疾病的发展进程是十分复杂的。我研究的领域中就有这样

---

① 精准医学是依据患者内在生物学信息以及临床症状和体征的个体差异来调整疾病的预防和治疗方法。

一个典型的例子：我们曾一度认为只需要知道骨髓负责制造红细胞就足够了，但现在我们知道骨髓和相邻细胞都会参与红细胞生产这个复杂的过程。直到1980年，造血微环境中的"骨髓巢""骨髓龛"概念才被学界广泛接受，但直到现在，我们依旧还在探索骨髓到底是如何造血的。

不同机体系统之间存在的复杂性可以帮助我们解释，为何实验室的进展，有时甚至是在动物身上已经成功的实验却不一定对癌症患者有效。表面上我们好像是向前迈进了一大步，但实际上却只是朝着理解它的方向迈进了一小步，但我们不应因此而感到挫败。之前所有的科学研究已经把我们带到了一个新的高度，至少我们对疾病的复杂程度有了更加深入的了解，可以开始想象更加复杂的治疗方法。

现在的科研活动融合了各种科学家团队，其中包括化学家、细胞生物学家、物理学家和工程师，其构成比我们在以往任何实验室中所看到的团队都要复杂得多。今天，我们的科研团队中甚至还会有大数据分析和信息技术的专家，因为这些学科能够让我们更深刻地理解复杂的系统并管理好知识。

现在的科研和医疗总是给我们带来各种希望，但这种希望又往往是可望而不可即的。通过改变病毒基因或者利用免疫细胞来治疗癌症的方法在实验室中不断得到改善，并开始在小规模试验中取得成功。尽管我们目前已经研制出了几种能预防某些特定恶性肿瘤的疫苗，比如宫颈癌和肝癌疫苗，这些疫苗可以让人体产生针对人乳头瘤病毒和乙型肝炎病毒等致癌病毒的抗体，尽管还有其他一些已经被批准开始的研究，比如用于治疗转移性前列腺癌和黑素瘤的疫苗显示它们能有效对抗活动性疾病。但癌症基因的多样性表明，我们不可能研发出一种可以预防所有恶性肿瘤的全能疫苗。不管怎么说，基因测序技术的急速发展为我们研发私人定制的免疫疗法提供了希望。

干细胞的研究工作带来了更多这样的希望，其中有些研究也是我实验室的一些项目，同样带来希望的还有人们对于人类自然免疫过程的研究，我们发现免疫系统可以阻止细胞突变发展为癌症。诸如此类以及其他方面的发展，包括科技发展带来的更精确的手术、放疗以及化疗，总是一不小心就成为新闻媒体的头条。当一个节目，比如说，当《60分钟》在2015年告诉电视观众改良的脊髓灰质炎病毒可以治愈脑癌时，兴奋之情立即蔓延至整个关心癌症问题的社群。

所有人都希望我们的研究已经到了这一步——有效的、毒性较小的，能治愈所有癌症的治疗方法已经唾手可得。许多大公司争相投资，支持科学家去研究各种可能的治疗方案，一些经营临床中心的人也强调，他们能为前来寻求治疗的患者提供最新的治疗方案，并艺术地将其称为"定制治疗"。似乎没有人想要错过这一切，因此，我们看到医院和医疗技术公司投入铺天盖地的广告。在纽约市，只要你一打开收音机，就可以听到某个放射肿瘤学家每周近一个小时的广播节目，节目中，专家向患者推销他发明的疗法，吹嘘该疗法对之前已被其他医生"判了死刑"的癌症患者很有疗效。

太多的媒体都在讨论可能存在的突破，太多的广告宣传在兜售新的治疗方案，希望的泡沫无处不在，让每一个身处其中的人，也就是所有我们这些参与癌症治疗或研究的人感到了这些泡沫带来的压力。我们生活在一个分子科学飞速发展的时代，分子科学向我们揭示了人体工作机制这一人体最深处的秘密，这些发现给了我们最好的理由去心怀期盼，因为总有这样一些人、有这样一些地方和想法来激发我们无限的希望，那是一件令人兴奋的事情。然而，我们必须平衡好希望和真相之间的关系，以免偏离那条对我们最有利的航线。

生物时代的曙光

很多医科院校，学生的第一个手术患者是解剖实验室的大体老师 [①]，此举意义深远。解剖常常是跟一到两个搭档一起完成，对大多数医学生来说，这是一个过渡礼，让他们明白医学既是生理科学，又涉及情感和精神。当然，这个过渡礼还让他们暂时免于一个更具挑战的任务——面对手术室里活生生、能呼吸的人。过渡礼也许是个挑战，但更困难的是面对一位会受到医生言行举止影响的患者。

我在凯斯西储大学（以下简称"凯斯"）受到的医学教育也说明了这一点。我接触的第一位患者是位孕妇，在学校学习期间，我们每个人都会被指派去照护一位孕妇，可以是患者前来医疗机构，也可以是我们专程上门拜访。这恰如其分地证明了医学的含义，也充分说明了学校最珍视的东西，以及我们学医的最终目的。毫无疑

_____

[①] 大体老师是医学界对遗体捐赠者的尊称，这些遗体是医学生第一个手术的"患者"，也是医学生的老师，所以又称"无言老师（无语良师）"。

问，尊重和同情永远都是被要求的标准，但实验室的大体老师会让还在学习中的医生深刻地记住这一经历，从而理解迟早要面对的死亡。医院让刚入学的医学生去孕妇家里进行拜访，记录孕妇们的各种健康指数，并帮助她们获得各种产前护理，这种做法也是在强调生命的重要性。

我负责的第一位孕妇，名叫伊冯娜·安德森 ①，她住在克利夫兰市中心欧几里得大道附近的一个平民区里。她虽然单身，且比我还年轻，但我们见面的时候，紧张的反倒是我——二十三岁的我强烈地感觉到我所掌握的医学知识实在是太少了。伊冯娜觉得我们俩在一起能够厘清医疗系统的门道，或者至少我能够帮上点忙，因为她是个第一次做妈妈的美籍非洲人，而我从事医学行业，我会了解很多她无法知道的事情。或者我至少可以帮助她了解医疗系统的各种程序，让她和她即将出世的婴儿获得最好的护理。

第一次上门拜访伊冯娜是在主显节那一天。我知道行医可以拓展我的学科思维，但我不知道它还能拓宽我的文化视野，这东西在医学院图书馆是查不到的。第一次走在伊冯娜家的那条街上，和其他白人中产阶级的感觉一样，我的心都悬在了嗓子眼上。我在帕特森或者纽约从没来过这样的街区，我所有的感官几乎都被调动了起来。每个房子的窗帘都被拉得严严实实的，她家的也是，甚至门铃也是坏的，我敲了门之后也无人回应。我正打算四处转转找一个可以歇脚的地方，门突然开了。伊冯娜严肃地看了我一眼，带着我穿

---

① 为了保护患者隐私，名字为化名。

过一个个灰暗的房间来到了厨房，她应该是希望我在这里给她做问诊。于是我们就在这样的环境下开始了：一个天花灯，四把互不配对的椅子、一张桌子，还有她一脸怀疑的母亲。虽然我的措辞又长又复杂，她们的回答总是非常简短，但好歹我们是在交流。伊冯娜的第一个笑脸让我终于松了一口气，这象征着我们之间的气氛开始缓和。最后，伊冯娜希望我们两个一起说服她的妈妈。她妈妈的想法是，事情不管怎样最后都是她来负责，因为关于"妊娠"和"分娩"这些方面，她知道得比我多。当然，我也不介意在她那儿上一堂社会实践课，事实的确如此，我确实在伊冯娜家学到了很多东西。她们教会了我：医学总是存在于特定的生活环境中，生活环境会影响人们的所思所想，哪怕是一起站在产科医生那儿听到同样的话，白人和黑人的理解往往也不相同。我虽然还没有天真到认为这种事情不会发生，但我从未料想到这种差异会如此广泛地存在，又会如此现实地影响医疗与健康的质量。严重怀疑医生的动机，完全没有能力支付医疗费用中非处方的那部分，这一切都让我非常吃惊。如果没有如此近距离的观察，我们很难体会贫穷所带来的压力，也很难体会住在案件频发区域所引起的焦虑，这里所有人都会把窗帘拉得严严实实以迷惑那些想入户盗窃的人。（我花了一些时间才理解，伊冯娜家之所以那么黑是为了安全起见——在一个犯罪猖獗的地区，你最好不要让人看到你的东西。）跟伊冯娜的这次接触从此改变了我的想法以及我和患者交流的方式。

在我刚到凯斯的 1976 年，克利夫兰到处都住着像伊冯娜那样的家庭，每天都在面对同样的压力。劳动力问题，钢铁、汽车和其他行业的国际竞争剥夺了这个城市的许多工作机会，导致地区人口正在不断减少。两年后，克利夫兰就会成为自经济大萧条以来第一个拖欠债务的大城市。还有环境的问题，克利夫兰的空气和水都被严重污染了，那是在1969年，漂浮在凯霍加河河面上的油引发了火灾。一条熊熊燃烧的火河！当时每个一年级的医学生都有件T恤，上面就印着：克利夫兰，挺住！当然，克利夫兰也是学习的好地方，学习医学和人生，以及这两者是如何交织碰撞。晚上，我和朋友们会去充满恶臭味的免费诊所中当志愿者。这些文化教育，是我们学习之余的有益补充。等我终于觉得自己有信心能够更好地帮助患者了，伊冯娜也生下了一个健康的宝宝——安妮特，并转而开始前去咨询儿科医生。我在课堂上学到了有关人体的知识，但在临床的亲身经历中，我学会了如何去帮助他人。

第一次临床经历居然是孕妇分娩，实在是一件很特别的事情。"敬畏"这个词完美地阐释了一名毫无头绪的医学生，作为半个医师半个照护者，站在产房里的心情。幸运的是，没人对我抱太大期望，因为手术全程我的膝盖都在发抖。在孩子被分娩出的那个奇迹时刻，除了目瞪口呆，我也想不到其他能做的事情了。我在毕业前总共帮助接生了12个婴儿，其中还有双胞胎，帮忙完成了不少简单的产后程序。也许是分享了产房里那些初为人父人母的喜悦，并理解了分娩那不同寻常的意义，我选择了这个领域。但后来看来，产科明显不太需要新兴科学，也不太受这些新兴科学的影响，所以我最终选择了转行。

我也不知道怎么会如此热衷于基础医学的研究，尤其是分子生物学领域。我相信对此哪怕只是有一点儿零星兴趣的人都不会忘记，人类早在20世纪70年代就已经步入了分子生物学的革新时代。对于生命的化学秘密，人类已经取得了卓越的进展，它的每个新发现都预示着我们有可能研究出更合理的治疗方案去拯救生命、缓解病痛。但对于政客、宗教领袖、政府监管者以及普通市民来说，这些新发现带来了严重的新问题。在我入读医学院的第一年，剑桥——马萨诸塞州的一座城市，就下令禁止了所有DNA重组研究，社会各界都在讨论生物革命的前景及其失误可能带来的问题。我想这应该是当时最引人注目的一件事情了。

虽然当时的科研氛围看起来让人振奋，但我对自己的科研能力并不是十分有信心。读本科的时候，我很喜欢有机化学，这门课对于每个想要考医学院的学生来说可是成败攸关。有机化学跟数学的原理相差无几，也就是说，你如果掌握了某些事物进行组合的基本规则，你就能用新的方式将它们重新组合在一起。

大自然正是依照这样的规则创造了构成生命的模块——蛋白质、RNA、DNA、脂质和糖类，这让人不禁产生了联想：利用相同的规则就可以改造事物，这创造的火花能让化学的语言成为悦耳的歌曲！但当时我还只是个学生，虽然受到化学的启发，却还没有能力创作歌曲，我断定只有那些生来就有化学天分的人才适合做真正意义上的化学研究。在我眼中，化学是如此的复杂和多样，有时候甚至是晦涩难懂、匪夷所思的。

医学院的第一堂课，生命与化学之间的各种密切联系有如汹涌波涛，重新涌到了我面前。

这门课程有个笼统的标题：新陈代谢。课程内容是关于细胞——这一生命的基本单位是如何创造、储存并利用那些来自营养物质的能量来构建和维持自身的；课程目的是要给我们打下坚实的学科基础。让我惊讶的是有机化学的反应及其规则居然会成为生命的基础，更让我措手不及的是有机化学的内容很快就越来越复杂。我的好几个同学，因为在本科阶段已经学习了大量的相关知识（我本科学的是英语专业），对于他们来说这门课未免过于简单。所以当我还在吭哧地努力想看懂讲义时，他们早就坐在那里阅读《纽约时报》的晨间版了。我也不知道是不是因为我的智力不如他们，或者这门课的确存在一些非比寻常的难点，总之我学得很吃力。每当我向同学求助："我被难倒了，请帮一下我！"我会觉得很难过。在我所认识的人当中，我应该是唯一一个感到如此失落的人。

其他的学校往往将竞争公开化，将"能者生存"作为普世态度，但我们学校总是鼓励我们把同窗看作一起学习和进步的伙伴。第一堂课，我认识了不少像布鲁斯·沃克那样的同学，他们乐于助人，乐于分享，同学之间团结互助，布鲁斯如今依然是我最要好的朋友。课余时间，我们经常组成学习小组，一起温习讲义。讲义里充斥着令人心生怯意的内容，我们一起努力以求加深理解，同时也一起思考这些内容将怎样与我们未来的责任相关联。不久的将来，我们即将为患者提供服务，患者要依靠我们所学的知识来维持健康甚至延续生命。

即使还只是一年级，距离成为真正的医生还很遥远，但我们大多数人都是20世纪60年代后期出生的理想主义青年，总想凭借自己的天赋去帮助他人。我们并不太在乎金钱或地位，坚信一切应以患者利益为中心，从心底里质疑医疗的商业价值。我所认识的人都认为医生的使命是神圣的——减轻患者的痛苦，让世界变得更加美好。我们最大的焦虑是担心、害怕自己在医学院漏学什么重要的知识，以致将来我们步入岗位后可能在治疗患者时犯下严重，甚至致命的错误。正是这样的焦虑让我们在晚上和周末聚在一起，互相请教。由于一周要上六天课，我们最放松的时候是周日下午，招生办公室主任会邀请我们去打门球、吃点心、喝啤酒——这是我们难得的休息时间，即使打球的时候，你的球可能会掉进毒藤里面。偶尔我们中的几个，由于放飞自我的渴望太过强烈，也会放下生物统计学的书，找个周末去佛蒙特州骑行，其实就个人而言还是挺后悔——那些在格林山里淋的雨使得我们的知识差距越来越大。

当时的凯斯早就有了学生们互相指导的传统，因此很少有学生会掉队，除非是学习极不专心的学生。到了三、四年级的临床实习阶段，学习小组越分越小，但我们却越来越深地体会到行医就意味着不断地学和教，然后再是学，循环往复，活到老，学到老。这个时段，我们会开始选择不同的临床专业和研究领域。20世纪70年代后期，不断涌现的新学科带来了新的训练要求、测试方法、实践标准以及新的执业证书，医学变得越来越细化。1972年之前，肿瘤学甚至还不是一门正规的专业学科，当时许多医生都极力回避细分专业的测试和认证，直到80年代，为了能顺应那个管理式医疗的时代，进行这些测试和认证已经是势在必行。"细分专业"并不是一个全新的概念，古埃及的内科医生就认为身体的每个部分都是分开的实体，因此他们按照解剖学将医学分成不同的专科。在现代，一些新的专业因为新的技术而诞生，比如说影像学。

然而，对专业细分的推力来自那样一些人：他们相信医生应该专注于某些特定的专业领域并且持续关注它们的进展，只有这样整个临床和科研的质量才能进步。专业信息需要专业的知识，专业知识则需要通过专业的考试来考评，这导致医师们承担着前所未有的沉重的资格考试负担，也使得专业医生们表现出明显的不满。对于医学生来说，这意味着我们要根据一系列的医学信息与活动，在专业的范围选择自己适合的领域。每个专业看起来都有它自身的文化认同以及公认的行为模式。甚至性格类型往往都与专业相匹配，这虽然有点奇怪，但也是预料之内的。那些爱沉思和自我反思的人从来不会觉得手术室是个自在的地方；同样，很少有退役的运动员或退伍的军人会觉得那看不到、摸不着的精神病学会多有吸引力。

医学的新发现，具体来说是生物和基因领域里的那些新发现激励着我，它们在我这个英语专业学生的心里掀起了让人兴奋的滔天巨浪，这些新发现很可能可以解开癌症世界甚至免疫系统的谜题。比如，涉及血液学和肿瘤学领域的血液系统肿瘤学就是目前最吸引科研工作者的一个领域，你可以在一份简单的血液样本中亲眼看到疾病在细胞单位上的演进过程。尽管患者的个人感受比较模糊，但血液检查的结果却非常具有说服力，它可以揭示患者的疲倦是因为缺乏睡眠，还是来自白血病细胞。其他的实体肿瘤很少会有这样明显的特征，患者通常需要经过扫描和 X 射线检查以及组织活检才能确诊。患者的症状与血细胞的这种密切关联性让我着迷——如果你能够确切地观测到血液样本中发生了什么，发病的原因也就变得更加清楚。很明显，血细胞的作用是帮助我们抵御各种外来入侵者——病毒、细菌、真菌，或是肿瘤。在我当时看来，去研究血液就好比乘上了一艘分子生物学的火箭，可以将这个领域中的新发现转化为有意义的疗法来治愈患者。

但在乘火箭出发之前，我还必须了解其他领域和学科的知识，因为它们的变化比四季更替还要频繁。

大多数科学家认为，詹姆斯·沃森和弗朗西斯·克里克创造的第一个 DNA 分子模型开启了分子生物学时代（正如《纽约时报》在新闻头条里所写的那样，被他们称作双螺旋结构的 DNA 模型让我们更进一步地接近"生命的秘密"）。在成果发表之前，英国人克里克和美国人沃森在专业领域外还鲜为人知。克里克是个典型的书生，总说自己的兴趣就是"与人交谈"。沃森不一样，他曾是《神童秀》广播节目中的天才少年，小小年纪便名声大噪。"神童秀"由"我可舒适"（Alka-Seltzer）泡腾片赞助，四五十年代的时候曾风靡一时。不过后来他完全退隐并全身心投入科研当中。他和克里克工作的地方是剑桥大学里一个带着金属屋顶的单层建筑，被他俩亲切地称作"小屋"。然而，他们并没有表现出相应的自谦，沃森曾说过一句话：弗朗西斯·克里克从来没有一颗"谦逊之心"。他们大张旗鼓地宣传自己的发现，却忽略了曾一起共事的其他同事的贡献，尤其是罗莎琳德·富兰克林[①]。为此，他们饱受争议。

双螺旋结构解释了细胞在分裂时如何通过 DNA 编码、保留并传递基因信息，DNA 两条反向平行的互补链使遗传的机制变得清晰。他们揭示了 DNA 从亲代到子代进行完美拷贝的规则，揭开了一直笼罩在研究者面前的神秘面纱，这个面纱在前科学时代就已经存在。感谢"小屋"中的工作，让生物学到达了一个拐点，其成就可以媲美 1945 年物理学家在新墨西哥沙漠引爆原子弹的壮举。沃森和克里克推动了生物学的发展，通过改变 DNA 来改造细胞和器官的可能由此成为现实。生物学不再是一门仅描述"是什么"的学科，而成为一个活跃的实验领域，比起传统领域的生命科学，它更像是化学和物理。它解释机体的运作方式，揭示在成长和患病的过程中，是什么主宰着我们身体的变化——似乎有严格的规则在支配这些展示生命科学的 DNA 拼图。这不仅仅意味着发现，更是一种创造：这些支配和改变生物的规则很可能为生物的各种疾病创造新的疗法。

全世界还在忙着消化有关 DNA 新闻的时候，艾力克·伊萨克

---

① 2023 年 4 月，*Nature* 发表来自曼彻斯特大学和约翰霍普金斯大学两名学者合作的评论文章，提出富兰克林对 DNA 结构的发现做出了真正的贡献，与其他 3 位科学家（一起获诺贝尔奖的还有威尔金斯）贡献均等。

斯正在剑桥大学以南65英里的英国国家医学研究所研究流感病毒。他的动机在很大程度上来自1918—1919年的西班牙流感,这场并不太久远的传染病夺走了全世界大约五千万人的生命。1957年,一种致死率低于西班牙流感的亚洲流感开始蔓延全世界,伊萨克斯受到让·林登曼,一位瑞士病毒学家的邀请来喝茶聊天。林登曼曾在该研究所做了一年的研究员,但两人是两类截然不同的人,林登曼是典型的苏格兰人,伴有严重的抑郁倾向,伊萨克斯则在苏黎世被四海为家的父母抚养长大,以其讽刺意味的幽默感而出名。作为医学博士和科研人员,他们俩都发现人体感染某类病毒后似乎会对相关这类病毒产生免疫力,两人对此都非常着迷,决心一起去寻找原因。

合理的研究有赖于精心设计的实验程序,伊萨克斯与林登曼设计的实验堪称经典。他们首先在培养液中培养鸡胚膜的膜细胞,之后让细胞感染一种特定的病毒,在细胞被普遍感染后,加入另外一种病毒,结果发现细胞对第二种病毒产生了抵抗性。他们随即去除里面所有的细胞和病毒,只留下培养液,接着在培养液中加入了一批新的鸡胚膜细胞,让第三种病毒攻击它们,但不可思议的事情发生了——新的细胞也具备了抗感染性。第一批细胞被移走的时候,它们所产生的某种物质被留在了培养液中,干扰了病毒的传染性。他们把这种本质为蛋白质的物质,称作"干扰素"。

伊萨克斯和林登曼并非孤军奋战。几乎是同一时间,在东京和波士顿的其他研究员也注意到,特定情况下的某些操作可以阻断病毒的生长,他们同样确定其核心物质就是蛋白质。这些实验表明,干扰素同时具备阻断病毒和发送信息的功能，它们将入侵者的出现通知邻近细胞。该信号刺激靶细胞产生相应的干扰素，从而在病毒到达之前阻止病毒。病毒先会导致人体短期感染，最后会引起各种肿瘤癌症，所以对于那些正在寻求各种方式对机体进行干预以抵抗病毒的研究者来说，所有这些在细胞层面发现的信息交流都是令人震惊的新发现。（现在大约有 20% 的恶性肿瘤被公认为病毒导致，目前已知的会增加患癌风险的病毒包括 EB 病毒、人乳头瘤病毒、乙肝病毒、丙肝病毒、人类单纯疱疹病毒、艾滋病毒，以及类似人类 T 淋巴病毒的人类 T 淋巴细胞白血病毒 I 型等。）

很遗憾的是，干扰素被发现的这些年来，唯一已知的获取方法是从大量的血液中提取。100 毫克剂量的天然干扰素就需要 6.5 万品脱的血液。当时干扰素的唯一来源是芬兰研究员卡里·坎特尔的实验室，他总是想尽一切办法来获得献血，每一盎司都不放过，只有他可以提供干扰素。不菲的价格加之技术上的困难给干扰素的批量生产带来了挑战，能用于临床的干扰素少之又少。但即使这样，少量的临床试验也表明，它能够减缓某些癌症的发展。

20 世纪 60 年代和 70 年代，制药公司、基金会和政府机关在干扰素研究方面总共投入了 1 亿多美元——相当于 2017 年的 10 亿美元。研究证实，人体细胞可以产生多种干扰素，其中最重要的是 T 淋巴细胞产生的干扰素，它对机体的抗感染机能来说是不可或缺的。T 淋巴细胞成熟于胸腺，而胸腺在很长一段时间都被人们看作是已经退化且并不重要的器官。

胸腺与科学的故事展示了人类认识自身所面临的局限性。20世纪60年代，很多医生都认为这个小器官是无关紧要的，甚至还有人认为它与婴儿猝死综合征（SIDS）有关，尽管没有确凿的证据，他们依然使用射线去破坏婴儿的胸腺来进行所谓的"治疗"，自欺欺人地认为自己在预防婴儿猝死综合征。后来在1961年，澳大利亚的免疫学家雅克·米勒发现，去除小鼠的胸腺后它们的免疫系统也遭到了破坏。他的实验以及之后的相关科研证实了胸腺可以生产T淋巴细胞，因此对免疫系统的建立十分重要（在后续章节中会有关于这些细胞的详细介绍）。于是，人们发现了另一种可能——也许可以通过对T淋巴细胞进行刺激的方法来康复我们的身体，从而依靠自身的力量去更好地抗击疾病。

干扰素的发现以及对T淋巴细胞的新研究再次兴起了这样一种观点：感染性病原体（如病毒）与肿瘤发展有着密切的关联。这种可能性其实早在1910年就有人提出，来自纽约洛克菲勒研究所的研究员弗朗西斯·佩顿·劳斯当时就发现鸡身上的某种肿瘤与病毒有关。任何可能导致癌症的原因都提供了一种契机，让人们去研究癌症的形成机制，探索通过自身免疫能力治疗癌症的可能性。因此，在20世纪初期，佩顿·劳斯曾推动过一项关于致癌传染性微生物的大型研究，然而数年甚至数十年过去，依然没有任何新的发现。于是鸡身上的病毒与癌症之间的相关性被认定为一种偶然现象。

科学研究中的任何奇思妙想除非得到证实，否则最终都会被遗忘。关于病毒致癌的说法，最终被一位意想不到的人给验证了——

丹尼斯·帕森斯·伯基特，一位终其一生都在乌干达工作的爱尔兰传教士医生（在抵达乌干达时他成了乌干达仅有的第二名外科医生）。他是一个谦逊的人，童年的一场事故让他失去了一只眼睛，他差点没能从大学毕业，整个化学课他也是自求多福地总算给修完了，他把自己的成功看作是"上帝的指引"，坚信自己的劳动已经得到了巨大回报。用他自己的话说："我只付出了一小匙，却收获了一大铲。"作为一名科学家，伯基特特别着迷于流行病学家绘制的各类疾病地图，这些疾病地图展示了疾病是如何在各个地区和社区中传播蔓延的。

20 世纪 50 年代到 60 年代初，伯基特和他的同事为了了解患淋巴瘤孩子生活的地区，穿越了数千英里的非洲大陆（他后来开玩笑说，由于三个人拜访的医院横跨了整个非洲大陆，由此体验了一把"非洲有史以来最安全的狩猎远征"）。这种淋巴瘤在世界其他地区的发病率非常低，而伯基特研究的病例都有一些共性：都曾患过疟疾，免疫系统变弱；伴随着另一种病毒感染，该病毒后被称为 EB 病毒。疟疾依赖某种蚊子进行传播，在伯基特研究的地区，这种蚊子非常常见。EB 病毒也非常普遍，50% 的孩子在 5 岁时会感染上该病毒，通常表现为体内单核细胞增多，感染后免疫系统虽会限制病毒，但病毒仍然存在。当其他因素，例如说机体免疫力降低时，两者同时作用就会导致癌症。

这种肿瘤最终被命名为伯基特淋巴瘤，它早发于患者颈部和颌部的淋巴结，生长非常迅速，可以导致恶性癌变和器官功能衰竭，甚至死亡。在显微镜下进行淋巴结组织活检，很容易发现"星空现象"的图样，"天空"是由大量体积庞大的肿瘤细胞聚集而成，而"星星"则是白细胞与肿瘤进行战争后留下的残骸。伯基特在恶性淋巴瘤方面的研究成果让他名声大振，但他依然决定去做其他更重要的工作。他发现了膳食纤维素对结肠癌的预防作用，他还设计了一些低成本的假肢生产方法，让假肢变得经济实惠，以帮助贫穷国家的截肢者，但是他最重要的贡献，除了那些被他拯救的生命以外，便是他对淋巴瘤的研究。

伯基特、伊萨克斯、林登曼和米勒四人的成果都是具有里程碑意义，但如果要真正了解大多数肿瘤的致病因素，并找到治愈的方法，医学仍有很长的路要走。癌症患者想知道答案的问题依旧很多，例如，"我为什么会患癌？"或者"怎样才能痊愈？"。大多数时候，媒体总是巧妙地去利用这种心态，随便在学术期刊上找到一些文章，并把它们简化后发表。这种不负责任的举动让科学家们感到极度愤慨。比如 1962 年，《生活》杂志封面上就刊登了一则爆炸性的消息，"有新的证据证明癌症有可能具有传染性"，封面上还印有大张玛丽莲·梦露的照片。《生活》杂志是全美候诊室里的必备读物（我敢打赌这期杂志也出现在了远在威科夫的巴尔迪诺医生的候诊室里）。尽管这个标题实际上不过是在耸人听闻，但由于使用了"可能"这个词，杂志的编者让批评家们无从辩驳。但是，麻烦留给了医生，他们不得不向公众解释，癌症并非人们所想的那样具有传染性（比如人传人现象），也用不着对患者进行隔离。

"癌症具有传染性"这一论断不但在患者和普通群众中制造了恐慌，还促使政府投入了一笔巨额资金，以期发现更多致癌的病毒或细菌。回顾这个时期，如此的群策群力实在令人难以置信，但是科学似乎不会在某个中心权威的引导下呈直线型发展和进步，一般情况下在某个领域中的突破性成果往往会意外地推动另一个领域的研究。因此，十余年过去，人们的激情逐渐衰退了，我们依然没有明白我们到底可以创造什么，或者设计出什么新的生命模式来助力我们的研究，来干预癌症的发展。

1969年，乔纳森·贝克维斯带领哈佛大学团队从大肠杆菌的3000多种基因中分离出了一种独特的基因。接着，斯坦福大学的保罗·伯格发明了基因剪接技术，他把两段分离的由两种不同病毒产生的DNA连接在了一起，制造出了一种新奇的人工DNA分子（这整个过程被称作"DNA重组技术"）。在凯斯获得博士学位的伯格，自1952年起就专心致力于癌症的基础研究，他投入了一生的时间去做最基础的生物学研究——基因研究。弗雷德里克·桑格后来接手了他的工作，并设计了一种快速生成长段DNA图像的方法。这些新发现使科学家们兴奋不已，却让神学家们不寒而栗，因为他们担心人类会篡取曾经只属于上帝的权威。

这时候有人开始担心科学家会滥用新生物技术，之前出现的另一次恐惧来自20世纪40年代物理学家们造出的核弹。人们意识到，科学技术已经进步到了一种令人恐怖的程度——它可以制造出灭绝数百万人甚至整个人类的巨大灾难。公众的焦虑不断反映在当下流行的科幻电影和末日小说上，例如内维尔·舒特的小说《海滨》。贝克维斯的团队也一直担心这种公众焦虑，在他们的研究成果被发表的时候，劳伦斯·埃隆，团队中的一名医学生，就抱怨过，"新闻被媒体报道的唯一用处，就是放大新闻的负面部分"。埃隆希望，社会能够就基因工程改善患病人口和健康人口的潜力进行严肃认真的讨论，然而事实并非如此。

这场认真严肃的讨论终于在 1974 年开始了，那时，包括詹姆斯·沃森在内的不少生物学家（沃森和克里克于 1962 年获得诺贝尔奖）都宣布他们将暂停有关基因的研究，他们担心会在实验室制造出一些危险的物质。他们在美国的《科学》杂志、英国的《自然》杂志上联名刊登了一封信，担心基因剪接技术会制造出抗药微生物和致癌病毒。"必须引起足够的重视，"科学家们写道，"某些人造的 DNA 分子会存在着生物性危险。"

值得注意的是绝大多数基因剪接工作是在大肠杆菌上进行的，大肠杆菌不但存在于每个人体之中，在自然界中也随处可见。科学家们声称，任何基于这种细菌而被意外创造出来的物质都可能会迅速地传播。为了避免这种情况，他们要求同行也暂停这方面的研究工作。除沃森以外，签名表示要停止研究工作的人还有保罗·伯格，以及麻省理工学院的大卫·巴尔的摩。

一年后，伯格在太平洋海岸加利福尼亚州的阿西洛马会议中心主持了一场里程碑似的会议。那个地方风景优美，正在迁徙的帝王蝶在蒙特利松树间翩然起舞。会议召开时美国正处于水门事件所带来的政治危机中，尼克松总统不得不引咎辞职，这在美国历史上还是第一次。水门事件，加上令人生恶的越南战争，还有以前对各种权威机构的不信任，许多美国人对政府不再抱有幻想。民意调查显示，公众对各种研究机构和政府当局的信任程度都急剧下降，科学界和医学界也好不到哪里去——1972年，由联邦政府出资发起的塔斯基吉梅毒研究项目①，为了研究梅毒而有意拒绝治疗患有梅毒的非裔美国人。政府和科学界联合起来侵害和利用被试者的事情一经揭露，社会一片哗然。科学技术是一把"双刃剑"，它可以为人类谋福利，但也可能创造出比之前任何事物更大的危害。伯格也持有相同观点。

阿西洛马会议的与会者不仅有科学家和内科医生，还有律师和记者，他们为科学家提供了从责任问题到沟通问题的许多建议。很多科学家以前从没考虑过这些问题，比如，实验室也在劳工法、健康法和安全法的执法范围内，这多少是个令人不安的事实。很少有人想到全心全意旨在研究新生命形式的实验居然也可能招致风险，但另外一些人，包括洛克菲勒大学的科学家诺顿·津德尔已经考虑到了。在这个新领域里，许多科学家缺乏微生物学的经验，因而无法保障他们自身以及同事和公众的安全。会议首先是以组为单位进行，之后再开展全体的商议，最终科学家根据实验的危害程度进行

① 自1932年起，美国公共卫生部(PHS)以400名非洲裔黑人男子为试验品秘密研究梅毒对人体的危害，隐瞒当事人长达40年，尤其是在梅毒可以被根治，患者有条件接受治疗时，实验组却阻止治疗，使大批受害人及其亲属付出了健康以至生命的代价。

了分级，划分了 6 种级别的基因实验，并规定了各种级别的实验管理办法。危害级别最低一端的实验，涉及那些可以在自然界中自由交换基因并在现存环境中易于变异的生物体；危害级别最高的一端，是那些很可能产生新病原体的高风险项目，这些实验必须完全禁止。

科学应当听取公众的声音并确立自身的责任，阿西洛马会议制定的医学实验标准让会议声名远扬。对于那些参与最高危害级别实验的人，与会的科学家提出了"最高隔离"的措施。该措施需要在实验室的入口设置气体阻隔室，任何从实验空间里排出的空气都要进行过滤。任何要进入实验室的人要先进行淋浴，并穿上防护装备。在离开时，他们需要把防护服放在安全区域，并且再次淋浴。为达到这个标准，不得不花巨资升级实验室，伯格就花了好几万美元升级了自己的设施（在 20 世纪 60 年代这是一大笔钱），并且如果想继续开展之前所构思的研究，他可能还要投入更多的钱。

在怀疑主义者看来，阿西洛马会议的召开正好证明了科学家开始理解，那些忧心忡忡的外行为何会如此害怕这种能制造出全新生命形式的科学技术；对于政府和政客们来说，会议上提出的方针可以作为编写法律时的参考模板，从而使这些方针最后具有法律效力。当阿西洛马会议结束时，国立卫生研究院就开始着手一个四年计划，把这次会议的指导方针转化为可实施的规章制度。

但这项工作进展非常缓慢，因为要确保各方面的意见都被听取并得到考虑，使大众安心、放心。当然，也开始有人对于工作延迟带来的不确定性而感到沮丧。詹姆斯·沃森，这个曾公开署名表示对基因剪接技术感到担忧的人，改变了他的想法。他收回了曾经的支持，并解释道："确切地说，我当时真有点疯了，因为根本没有足够的证据证明，重组 DNA 会造成任何一丁点儿的危险。"

尽管有诺贝尔奖得主的巨大权威，但沃森的语气——如果不是傲慢的，但至少也是焦躁的——这给那些本就对权威持怀疑态度的人发出了红色的危险信号。20 世纪 70 年代，无论是进步主义者，还是老派传统主义者都比较谨慎小心。他们总觉着权威人士的声明中有着令人不安的东西，不论这些权威人士是科学家、政治领袖、企业总裁，还是政府官员。地位和身份的标记并不能给人保障，让人感到信任，他们认为过分自信和权力膨胀的精英终究是危险的。

1978 年，人们对科学技术的焦虑和恐惧达到了顶峰，在马萨诸塞州，哈佛大学所在的剑桥市市长阿尔弗雷德·维路奇召开了公众听证会，重新评估 DNA 研究对公众健康的意义（这里也是麻省理工学院的所在地，因此研究工作的发生地的确是在市区管辖范围内）。1915 年出生的维路奇此时已是满头银发，他长期以来一直为一些琐事和哈佛大学闹得很不愉快，诸如吵闹的学生和停车位问题等。他总是通过抨击哈佛大学来吸引剑桥市市民的选票，因此他受到了哈佛大学的杂志《哈佛讽文》的嘲讽，这是几个哈佛大学生自己创办的杂志。这场漫长的市镇与大学的争端中有一个关键事件——杂志编者为了刺激维路奇，宣称是爱尔兰人发现了美洲新大陆，这事惹恼了维路奇 [1]，因此他提议把杂志办公室所在的办公楼改装成公共厕所，还提议把办公室周围的"耶鲁广场"更名为"哥伦布广场"，他甚至在杂志办公楼前面的人行道上种了一棵很大的树，以破坏办公室的采光（这么多年来，这棵树应当活得很不好，很可能有人私下修理或毒害过它）。

在市议会的听证会上，维路奇身着西装出席了会议，他禁止来自哈佛大学的证人使用他们的"字母"，即学术缩略术语。他说："大多数的人都是门外汉，我们可不懂你们那一套字母。"第一个陈述者是哈佛大学的细胞生物学家马克·普塔什尼，他费着劲儿满足市长的要求，只是在辩词中略略提及了"P1 和 P2 实验室"（P1和 P2 实验室中进行的都是最低风险的实验）。他向剑桥市市长陈述基因剪接工作，解释道，"不像其他有真实风险存在的实验，基因剪接的风险纯粹只是假设性的"。那时候，36 岁的普塔什尼仅穿了一件长袖衬衫，留着长头发，胡子也没刮。他提出，"数百万携带着外源 DNA 的大肠杆菌被剪接出来了"，但是"就目前所知，所有这些携带着外源 DNA 的细胞并没有造成危险"。他的这番话显然并没有在怀疑主义者那里奏效。

即使普塔什尼才华出众，在市议会上显然并不是市长的对手。当这位哈佛大学教授陈述完他的观点之后，维路奇抛出了一系列的问题，并且建议普塔什尼把它们全部记下来（普塔什尼照办了）。

---

[1]　维路奇是意大利裔美国人，他反对列夫·爱立信发现美洲这一说法，坚持认为是哥伦布发现了美洲，因此他认为《哈佛讽文》宣称爱尔兰人发现美洲这一说法是对意大利裔美国人的讽刺。

市长首先问的是，哈佛大学的科学家们所设计的实验"能百分之百确保没有任何可能的风险"吗？之后他继续提出了一系列问题以引起公众的注意。

"现在我的身体里是否有大肠杆菌？"

"是否在场的所有人身体里都有大肠杆菌？"

"科学史上是否发生过过错？"

"还有一个问题：科学家们有没有过错误的判断？"

"他们难道没有造成过任何事故吗？"

"您是否拥有足够的远见和智慧来决定人类应该朝哪个方向发展？"

问题还没有问完，维路奇已经成功地让听众对实验室创造出的怪物产生了警觉，并成功地鼓动了议会的其他人继续进行攻击。市议会成员戴维·克勒姆抱怨道："哈佛大学实验室里产生的生物种类已经超出了这个国家的承载能力。"并转向普塔什尼："如果万一您制造了那些危险的生命体，您到底打算怎么办？"

普塔什尼被这些问题给激怒了，他把整个听证会称为"一场不可置信的闹剧"。但剑桥市科学家社区的内部意见也并不统一，在波士顿儿童医院工作的医生和生物学家戴维·内森就支持政治家去完善对公众的保护工作，他认为没有必要去冒不必要的风险，因为他的孩子也生活在这里。最终，市长和委员会禁止在剑桥市内进行DNA 重组研究，这个禁令持续了将近一年时间。其间，他们起草通过了许多生物安全条例，并成立了一个审查委员会，以审理所有尚在规划中的重组 DNA 研究。审查委员会的成员包括一个天主教修女、几个工程师、一个医生和一个环境规划学教授。

由于市长巧言令色、煽风点火，科研人员都在担心这个城市会最终禁止相关的研究，但听证会还是带来了一些积极的结果，让这座城市领先于其他城市，指出了一条让城市包容科学研究的道路。几年后，哈佛大学的科研人员和商业研究公司一起让剑桥市成了全美的生物技术中心——这反过来，又推动了城市的商业发展。这个时代，脑力劳动飞速取代了体力劳动成为经济增长和发展的源头，那些找到方法能在不过多干预的情况下规范科学研究的城市、州和国家都获得了巨大的回报。

当新的科学技术开始在政坛和公开会议上有了一席之地，非专业人士就有机会向专家提问并了解专业知识，从而减轻公众的担心。不幸的是，很少有社区会邀请 DNA 重组研究的科学家来解答公众的问题。如果公众的理解和真正的事实之间存在鸿沟，各种误解就会发生，其中一个最离奇的插曲就发生在剑桥市听证会后的一年。当时市面上出现了一本写实小说，声称是一个古怪的百万富翁的真实故事，他在一个私人岛屿上雇用了一批科学家，让他们克隆出了另一个自己——一个小男孩，这个孩子在实验室里无忧无虑地长大。

《克隆人》的作者是戴维·罗维克，一个经常给《纽约时报》和其他出版物供稿的记者。他具备足够的科学常识，让他的故事看起来真实可信。他又善于讲故事，读完这个有关首例克隆人的"可信的"报道，你所能想象到的各种恐惧和伦理争议都会被他挑起（罗维克甚至声称他见过那个 14 个月大的男孩，他"生龙活虎、健康活泼、惹人喜爱"）。

NBC 网络的《今日秀》节目主持人汤姆·布罗考曾采访过罗维克，但后者在采访中拒绝透露被克隆者的姓名。不久后，罗维克的小说飞速攀上全国畅销书的榜首，全球出版商都争着希望能够获得该书的翻译版权。随着销量的骤增，小说受到的争议也不绝于耳，包括一位英国科学家，他强烈抗议书中出现了他的名字。伦敦一家法院赞成这位科学家的观点，声称这本书就是一场骗局。与此同时，由于小说掀起了轩然大波，国会委员会还就此事举行了国会听证会。

戴维·罗维克借口自己正忙着去世界各地宣传新书而拒绝在国会面前陈词，但科学家们向美国众议院州际及国外商务委员会 的健康与环境分委会陈词，声称从未有人进行过涉及哺乳动物的克隆，所以这个所谓的有钱人建造秘密实验室，组织最好的科学家，最终克隆了他自己的故事显得十分荒谬。然而，科学家们鼓励和声援有关基因方面的新技术和新研究，希望这些研究能够帮助人们更好地了解某些疾病（包括癌症），甚至找到治疗方法。这些研究也可以为人们更好地理解衰老提供洞见，明尼苏达大学的罗伯特·迈金奈尔提到这样一组实验，这些实验是对正在发育中的动物胚胎细胞进行反复的细胞移植，以检验衰老理论（迈金奈尔在整个的细胞生物学领域发表了不少文章，并且即将出版一本教科书——《癌症的生物学基础》）。

在细胞生物学家眼中，衰老和癌症紧密相联，因为二者都涉及细胞生长和存活的控制机制。在衰老的过程中，所有的动物细胞都遵循老化的进程渐渐丧失它们的复制功能，并在最后导致感染，退化的复制功能可能会抑制肿瘤细胞的发展，但病毒感染却向着完全相反的方向推进。随着机体免疫功能的整体降低，正常细胞中的稳定状态被打破，免疫系统对病毒以至基因突变的反应性能都会降低，极不协调。该变化解释了老年人更容易罹患癌症，以及他们更容易感染传染性疾病的原因。老年人患流感后往往更容易发展为肺炎，因为他们的免疫系统已经不能像年轻时那样快速地抗击流感病毒了。

衰老与癌症的关联之处就在于癌细胞可以没有任何限制地生长，它们公然挑战常规的衰老机制，不受控制地肆意增长。当癌细胞成功躲避机体的防御系统不顾一切地开始疯狂繁殖，它们会像船上暴动的水手一样不可逆转地淹没正常细胞，最终取代正常细胞，获得对器官、系统甚至整个机体的掌控权。即使患病老人的年纪已经很大了，但他的癌细胞会像喝了青春不老泉一样不断地分裂增殖。癌症让人不寒而栗，但癌细胞的活跃表现却提示我们，它们已找到了关于细胞生长、长寿甚至再生的秘诀并邪恶地利用了它。如果我们可以从细胞超速生长的化学信号中窥见癌症异常的原因，这是否也意味着我们可以运用癌细胞的经验，为衰老的心脏或肝脏输入新生的、健康的细胞来使之恢复生机呢？简言之，我们能否"师夷长技以制夷"，以癌症之道，治疗那些患癌或受伤的患者呢？

科学家们在癌细胞——机体中的不法分子表现得尚为温和时对它们进行研究，希望能够在免疫系统——人体的卫士中找到抵御恶性肿瘤的方法。我在凯斯读研究生的时候，生物学家们就已经发现，由于需要不断地进行细胞分裂，那些暴露在辐射及其他致癌物之下的复杂的生物体实际上每天都面对着数不清的患癌风险，但现实中的患癌概率却远没有这么高。由此看来，在癌症领域，我们最需要探寻的问题是：我们能不能从机体的免疫反应中学到一些经验？按照逻辑，下一个问题将会是：我们能否模仿我们的机体去控制癌症，甚至治愈癌症患者？

距离媒体和国会忙着处理完克隆人闹剧的两年之后，另一个重磅消息让媒体开了锅——第一批包括胰岛素、生长激素、合成干扰素在内的基因工程药物问世了。它们由瑞士百健公司制造，该公司的创始人之一就是哈佛大学科学家沃特·吉尔伯特。吉尔伯特来自波士顿，是位兴趣广泛、绝顶聪明的犹太人。他的导师是杰出的核物理学家穆罕默德·阿卜杜斯·萨拉姆，生于巴基斯坦，是名穆斯林，因为抗议宗教歧视而离开了故土。和吉尔伯特一样，他心胸宽广，兴趣广泛，想象力非常丰富。

1980 年 1 月 7 日，媒体报道了吉尔伯特在干扰素方面的突破。第二天，先灵葆雅公司股票水涨船高，因为他们拥有百健公司百分之十六的股权。苏联曾公开了一项研究，证明低浓度的干扰素喷雾能保护小部分受试者抵御流感病毒，因此投资人的信心倍增。其他研究中心当时也一直在探索干扰素在治疗癌症方面的应用。假使干扰素可以治疗一切疾病——从普通感冒到恶性肿瘤，那么生产干扰素的公司及那些买了这些公司股票的人，其前途简直是不可限量。

当时的基础科学发展很快，快到连更新新闻头条都赶不上，但突破干扰素所带来的兴奋依然是无法忽视的。包括癌症患者在内，几乎所有人都相信，只要坚持下去，活得足够长，他们就能等到新的治疗手段出现，最终摆脱病魔，尽管那时候癌症患者的标准治疗依然停留在那些最基础的已经沿用了数十年的干预方法——外科手术、放疗或化疗。这些方法，虽然对某些癌症有一定的疗效，比如血癌（白血病）和淋巴癌，但几乎总是会引起一些可怕的副作用，它们会导致脱发、恶心、呕吐，以及极度的疲倦感。难怪人们常说，经历这样的治疗过程简直是生不如死。

每天清晨，走进一间间病房，按照医生的要求挨个为患者们抽血进行血检，我见证了这些治疗方法的疗效和局限所在。我采血的技术不错，受到了患者的肯定，这门技术也为我的学生生活提供了不少必要的收入。此外，这份工作也是一个契机，让我不断改进与患者相处的技巧。每当我进入病房，很多患者还在沉睡，每次醒来，他们总是一如既往地要努力辨认自己在哪里。一大清早就用打针的疼痛来开启他们新的一天，哪怕疼痛微乎其微，我仍旧心怀歉意。我学会了去区分那些想和我聊天的患者和希望我做完工作就走开的患者。我变得更加自信，甚至有点骄傲，我给儿童以及婴幼儿抽血的技术比大部分人都要精湛。给婴幼儿抽血是一项很有挑战性的工作，他们的血管很细，又总是很害怕。

当我带着采血针、止血带和负压采血管在病房间穿梭时，我意识到对于那些正在与病魔抗争的患者来说，一次触摸、一句问候都能够有所帮助，但有时我应该做的事情恰恰是不要去触碰患者，这是我从那些患有镰状红细胞贫血症的患者身上学到的教训，他们被人触摸时要忍受难以想象的痛苦。有一次我差点被一个疼痛难忍的患者赶出病房。这次激烈遭遇过后，我总会第一时间告诉患者，我理解他们正在忍受可怕的疼痛，理解他们只想从我这里拿到足够的止痛药，然后关门关灯，让他们回到床上接着睡。接着，我会向他们解释我不能这么做，但我会尽量轻柔，并且一旦采血完毕，我会尽力满足他们的需求。

医学的人文关怀极其重要，医学院让我们真正明白我们对人体的奥秘还所知甚少，而表达善意有时是我们能利用的唯一最有效的治疗方式。当然，从放血治疗和颅相学的时代以来，医学已经取得了巨大的进步，但许多病症依然没法找到有效的药物。我们依然没有办法回答患者们最常问的那些问题：为什么我会得病？我什么时候可以好起来？在学习免疫学的时候，我就明白了医学的局限。免疫学是肿瘤专家们非常感兴趣的领域，他们曾希望能有药物像干扰素一样刺激机体对癌症产生免疫反应。机体可以监测到细胞的感染和损伤，然后调动免疫系统去抵抗感染、修复损伤，这一切如同魔法一样神奇。

在凯斯，学生们通常会被允许甚至是被鼓励带着遇到的问题上门向教授请教。我曾经去找过乔治·伯尼尔，他是血液学和肿瘤学的教授，美国顶尖的血液学家和肿瘤学家之一。他放下了手中正在做的事情，听着我语速飞快地提出一长串问题：

机体是如何把免疫细胞召集到特定的部位？

免疫系统是怎么自动开启和关闭的？

机体如何关闭免疫反应，从而不会造成其他附带的伤害？

为什么有些人身体里的受损细胞能够修复，而另一些人却做不到？

为什么相同的疾病，有些药物能够对某些人起作用而对其他人却没有任何作用？

对于这些问题，伯尼尔的回答总是："这些问题的答案我们还不清楚。"

伯尼尔是个了不起的医生，在凯斯，他是肿瘤领域的首席科学家，但正如他所坦言的那样，他对免疫系统中最基础的运转机制知之甚少。他不清楚为何有些疗法只对一部分人适用，而对另一部分人却不适用，他也不清楚免疫系统是如何识别机体中的威胁，做出应答，当危机过去，又关闭免疫反应的。

值得肯定的是，伯尼尔诚实地面对他未知的领域，没有被我的问题惹恼。我找到了一些和我一样对免疫系统感兴趣的同学，我们组成了一个小组并对我们学习的课程进行了详细的设计。我们阅读了所有能找得到的相关资料，不定期地见面讨论我们学到的知识，还经常去请教伯尼尔教授。后来，当我知道其他医学院的做派，我才意识到我们的教授是多么的宽容，让我们感觉似乎我们这些学生才是学校中最重要的人，不论何时有疑惑，我们都有权得到所有相关的资料。非比寻常的事情经常在小组和班级的学生中出现——我们会公开地谈论我们作为学生和医生的经历。

有时候，我们扮演的不同角色——对于我来说，是抽血、照护患者、求学——一起教会了我们很多知识，这些知识比待在图书馆学到的要更为深刻和久远。我曾遇到过一个名叫卡尔的年轻人，这个经历让我终生难忘。卡尔比我稍年长一点，有一天，他突然感到极度的疲倦，而且没有食欲，体重减轻，夜间盗汗，持续低烧，肺部长出了肿块。

卡尔是一个明智而友善的人，对于自己的病情，他更多的是困惑而并非担心焦虑。他认为自己只是被感染了某种流感一样的疾病，假以时日疾病很快就会离开他。但是，我掌握的知识让我比他本人更加担忧。和他做过简短交流之后，我走完了相应的程序将他送进了住院部。随后，我在实验室里制作了血液涂片，打算在显微镜下检测他的血细胞，按照标准流程，我加入了苏木精和伊红（这个名称来自希腊神话中的黎明女神厄俄斯。）对标本进行染色，前者为紫罗兰色，后者为玫红色。最后，我将载玻片放在镜头下夹好，打开光源，拇指和食指调整着准焦螺旋，然后俯身看向目镜。

"看见"癌症

通过低倍显微镜可以在卡尔的血液中看到超过常量的蓝色的细胞。这些被染成蓝色的细胞就是免疫系统的细胞，它们有时聚集在一起，呈现出深紫色的斑块。透过显微镜底部的亮光，这些细胞闪着光，以一种独特的方式绽放着，看起来像非洲紫罗兰般的美丽。然而，这一簇簇如花朵般美丽的细胞群内只蕴含着令人恐怖的东西——伯基特淋巴瘤。随后的淋巴结活检也证实了这一点，那些典型的星空状的载玻片总是关联着这种可怕的疾病——恶性淋巴瘤。

我在显微镜下辨认出了这些恶性肿瘤细胞，这些可怕的东西让我像打翻了调料瓶一样五味杂陈。作为一个医学生，我在自己准备的载玻片中看到了平常只能在教科书中看到的东西——某种疾病直接的临床证据——我的心情是十分激动的。我相信每个初为医生的人最初都经历过这样小小的激动，当他或者她终于意识到日复一日年复一年，翻来覆去背诵的知识终归与患者相关且非常有用的时候。但对于我的患者来说，这是一件十分可怕的事，恶性肿瘤细胞这个充满罪恶的敌人，会摧毁他所有对生活的认知和热爱，我很快就被自己发现的事实感到极度难过。

20 世纪 70 年代后期，被确诊为伯基特淋巴瘤的成年人基本没有治愈的希望，尽管偶尔有儿童能在使用两种化疗药物——甲氨蝶呤和环磷酰胺后痊愈。这两种药物对某些白血病很有疗效，而且还被广泛试用于其他癌症，但对于成年人的伯基特淋巴瘤，这两种药物的预后很差。作为病变速度最快的癌症之一，伯基特淋巴瘤的典型症状是可以蔓延全身，在每一个器官中长成肿瘤。在成人癌症患者的晚期，往往只需要几个月甚至是短短几个星期，患者就会因为器官衰竭而死。一个小小的血液载玻片就宣判了卡尔的命运，想想都十分恐怖。

诊断书和预后书下达时，卡尔十分震惊。他从没得过什么大病，本来应该拥有漫长而丰富多彩的人生。我极其忐忑、不知所措，身为实习医生，我渴望能够治疗甚至治愈身患重疾的患者。但是，我只能站在那，和卡尔相对无言。他和我一样年轻和乐观，前途无量，但现在他却不得不面对这个难以接受的事实——他患上了一种会快速恶化且无法治愈的癌症，在自己的人生刚要开始之时，却马上要离开这个世界。

人生总是有限的，如果能意识到这一点，我们会逐渐懂得感恩，心存感激把人生当作一份有限的礼物。的确，人的自然寿命是老天馈赠给我们的宝贵机会，让我们去了解自己，爱护他人，见证这个世界，对于卡尔来说这个自然寿命应该是 70 岁吧。很少有人能在二三十岁的时候就能"知天命"，那是随着年龄增长才能逐渐领悟的大智慧，因此大多数人都无法接受自己的大限已到，时日不多。卡尔也进入了这样一种心理否认的状态。他听懂了我们告知的消息，也知道自己身体的状况，但他很困惑为什么我们不能救他，有我们这些既温暖又聪明的医护人员照护他，还有着世界上最发达国家的最先进的医院提供的最好的医疗资源。

和卡尔的交往越来越多，我发现他很有幽默感。他还是个棒球迷，《八面威风》是他最喜爱的一本书，故事讲述的是黑袜队作弊的丑闻。很长一段时间，每当我遇到他，他总会重复书中的那句话："乔，快说这不是真的。"这句话出自书中一个小男孩之口，这个小男孩恳求一名绰号"光脚"的球员杰克逊·乔否认有关作弊的指控。据说，"光脚"乔从未回答过："这不是真的。"我和乔一样，没有做过这样的回答。

我们能为卡尔做的也就只有化疗了，但化疗无法阻止肿瘤的发展，最后就只能姑息治疗了，最大限度地去减轻他的疼痛。我们也尽量安慰他，但这种安慰也没什么用。上天戏弄了卡尔，要夺去他的生命，再多的安慰也无济于事。此后，他一直住院直到短短几周后去世。

尽管我内心明白死神一直在逼近，但卡尔的离世依然让我措手不及，悲伤得难以释怀。有些临床医生会努力学会保持所谓的"专业距离"，幻想着这个距离能够帮助他们去处理一些痛苦的经历。但是我一直怀疑，这样的距离真的存在吗？医疗是个与患者有密切往来的职业，试图跟患者保持距离的想法意味着一种事不关己的态度，或者更像是一种否定，否定患者身上存在着感性的一面。由于职业距离的存在，医生无法体会与患者待在一起时也会有快乐，无法了解患者在临床治疗中表现出的那种自嘲和幽默，有时甚至是非常优雅的那一面。职业距离让我们不能感同身受患者所受到的折磨和死亡的痛苦。如果一个医生试图追求这样的麻木不仁，可以肯定地说，他或她选错了职业。

　　忙碌的生活容易让人们忽略自己能够拥有一个健康的身体是多么的幸运，每个极其普通的一天其实都是一份礼物，因为有很多人无法拥有我们认为最理所当然、最平常的东西，但他们依然带着决然的意志力甚至幽默感来面对他们的痛苦。如果你与这样的人打过交道，你会明白，我们每天都在烦恼的事情大都那么的肤浅，不值一提。在临床治疗中，真正的关怀就是保持一种包容的心态去面对卡尔所经历的一切病痛，教会自己去面对死亡。如果顽固地坚守着这样的准则——保持冷静并剔除任何私人情感——这会让患者和他们的家人感到医生并不懂得去尊重生命，即使这生命就在自己眼皮底下。没有任何事会比死亡更沉重，任何想刻意表现得更加专业的行为都会让患者感到疏远而轻慢。这种对感性的否定也剥夺了医生的真实感受，这些感性的认识本可以帮助我们最终走出悲伤。所以，这种否定也让我们失去了可以从悲伤中恢复并继续前行的能力。

　　卡尔离世所留给我的不仅是悲痛，还有一个深刻的教训——医学和医学研究是如此的有限。或许我们已经发现了 DNA 的双螺旋结构并开始了基因工程，但我们仍无法从许多恶性癌症的手中夺回人们的生命。事实上，我们现在所采用的大部分治疗方法都不够完善，往往还非常简单。作为一个医生，我能给患者提供的治疗方法非常有限。尽管极不满意于这种现状，但我知道除了安慰眼前的患者，如果我真想多一些选择的话，就必须医学研究和临床治疗双管齐下。因此，我投入了更多的时间去研究癌症的病理机制，加入了一个学习小组，经常去请教相关领域的科学家，这些科学家们也很乐意在课堂教学之余来指点一下我们。阿德尔·马哈茂德就是这些教授中的一个，他是位卓越的医生和生物学家，非常慷慨大方。虽然他个子不高，但每当遇到他感兴趣的科学概念，他总是手舞足蹈、言语飞快、滔滔不绝。

在开罗和伦敦完成了学业之后，马哈茂德就对传染性疾病和疫苗产生了浓厚的兴趣。我在学校读书那会，他主要在研究一种肠内寄生虫——血吸虫病。据当时估计，在许多发展中国家，血吸虫病已经感染了两亿人。血吸虫病有时也被称为蜗牛热，因为这种虫子有一段时间会寄生于蜗牛的体内，这种病会造成器官衰竭，甚至死亡。在马哈茂德的家乡开罗，无论是过去还是现在，血吸虫病一直都是一种地方性传染病，但在过去很长一段时间，大家都误认为它导致的男性血尿是性成熟的标志，和女性月经一样。

埃及在 20 世纪 60 年代修建的阿斯旺大坝围住了数千平方英里的水域，不但为蜗牛创造了广阔的栖息地，也导致血吸虫病患病率不断升高，给人们带来病痛甚至死亡。这深深触动了马哈茂德，1972年他发表了第一篇有关血吸虫病的论文，阐述了血吸虫病诱发贫血的机制。从寄生虫的生命周期到流行病学，他从各个角度系统性地分析了血吸虫病的病因（阿斯旺大坝和埃及百姓的生活方式都难辞其咎）。马哈茂德对血吸虫的每个生长阶段以及它们不同的栖息地进行了研究，希望找出血吸虫的弱点。他的研究主要集中在几个核心点上，比如如何在尿液样本中清点微小虫卵的数量，虫子是如何在患有糖尿病的小鼠身上发生突变的。在研究中，一些特殊的病例引起了他的关注，这些病例中，人类的免疫系统成功打败了寄生虫，这为疫苗的研发指明了方向。一个安全的疫苗会启动人体的免疫系统来抵御寄生虫，这使得感染后的治疗变得没有必要，因为这些治疗反倒可能带来副作用甚至无法预测的后果。

几十年过去，我现在终于明白马哈茂德事实上是将一个宏大的问题分解为细小的片段来研究。我遇到他时，他已经是医学研究领域的大师，他把自己研究的这种疾病变成了一个值得探索的领域。免疫系统为什么不能有效消灭血吸虫？我在第一次见到他时也问了他这些最基本的问题，比如免疫系统为啥无法识别并杀死血吸虫呢？似乎并不满足于泛泛而谈，他因而邀请我加入他的实验室，一起寻找问题的答案。

受到邀请的那会，我其实并没有信心，觉着自己无法掌握科学家们应该有的技能，包括思维习惯等。我想只有那些非常优秀的人才能胜任严谨的科学研究，我从没想过自己能够加入他们。但我还是接受了马哈茂德的邀请，我在实验室里一张被玻璃器皿包围着的桌子上为自己找了个位置，这些玻璃器皿和我小时候在地下室中摆弄过的那些器皿没什么差别。我想，如果我没有科研工作者应具有的科学思维，马哈茂德应该会愿意帮助我培养这些思维吧。

我的第一个任务是将有免疫功能的淋巴细胞——身体卫士——和血吸虫幼虫放在一起。一旦它们开始战斗，我就用显微镜进行观察，分别计算剩余多少寄生虫和免疫细胞。在理想状况下，这项工作能使整个实验向前迈进一大步，从而发现是什么激活了免疫反应。迟早，这些发现或许能成为疫苗研发的关键。

在实验室，我能实时地观察到免疫细胞在第一次与血吸虫的交锋后逐渐占据上风，但某一个瞬间，局势又突然反转了。正如马哈茂德告诉我的那样，为了生存，血吸虫能够以某种方式转变自己。但随着血吸虫的突变，免疫细胞也会随之做出调整。几个星期过去了，数字总是不断改变，有时是入侵者占据了上风，有时又是防御者取得了胜利。此时如果用战场来比喻人体，倒是十分恰当。这项工作虽简单，但与那种能产生预期结果的练习完全不一样，马哈茂德并不想让学生去做那些没有实际意义的练习，就算他为此要付出更多的工作，他还是很乐意给我们分配一些真正的研究工作。我当时非常的激动，因为我可以透过显微镜的镜片看到细胞生物学真正的用处。我从未捕捉到免疫细胞完全战胜寄生虫的瞬间，当时的科技仍未发展到可以使我能实现这一目标，但这项工作仍是有价值的，它开阔了我的眼界，让我看到了免疫药物发展的无限可能，同时也让我踏上了科研工作者的道路。这些积极的影响弥补了一个小小的遗憾——这个我曾参与的项目在发表文章时，我没能登上作者名单。和每个年轻的医生或科学家一样，我也渴求这种认可感，但马哈茂德让我受益良多，使我对这一个小小的遗憾不再耿耿于怀。

在马哈茂德的实验室，我获得了一种希望，让作为医学生的我感到了极大的安慰。在临床教育阶段，我们会遇到各种阶段的患者——从入院到接受治疗再到康复，但我在这些大学附属医院（包括一个公立医院和一个退伍军人管理处）里见到的情况却让我感到震惊——不是那里的医疗水平不够高，就当时的条件而言那已经是相当高的了，尽管有琳琅满目的药品、各种先进的科技和预防措施，让我震惊的却是那些所谓先进治疗方法给患者带来的痛苦和创伤。尤其是在手术室里，这种创伤更加触目惊心。

现代外科手术可追溯到位于麻省总医院里那个著名的外科手术圆形剧场。在那里，1846 年，一位叫威廉·莫顿的牙科医生曾使用麻醉气体让一名叫爱德华·吉尔伯特·雅培的患者失去了知觉。（早期有关麻醉气体 ① 的实验总是招募那些健康的志愿者，他们吸入麻醉气体后，一边跌跌撞撞一边哈哈大笑。这种实验当时被描述为"搞笑剧"，对于参与者和见证者来说就是一种娱乐形式。）

外科手术圆形剧场至今仍矗立于世，如同老新英格兰教堂一般肃穆。围观者从上往下俯瞰，最底部是手术室，从手术室周围陡峭而上的是一排排木座椅，每排座椅都由白色的弧形木栏杆隔开。雅

---

① 麻醉最早先使用的是笑气。

培当时被绑在了手术室的椅子上，在吸入了足够的麻醉气体之后失去了知觉，之后一位叫作约翰·科林斯·沃伦的哈佛医学院教授切除了雅培脖子上的一个肿块。在观众的围观之下，当患者的身体被医生切开、探寻病灶并最终缝合的时候，沃伦医生的助手们通常会熟练地抓住患者。

沃伦也许是当时这个国家最具声望的外科医生，他动作很快，一言不发。他深知麻醉手术在当时是如此革命性的突破，以至于许多人难免怀疑这只是个谎言。沃伦渴望平息这些质疑，因此他只在最后结束手术时才打破了手术室里的寂静，大声宣告："先生们，这不是谎言！"雅培在清醒之后，也描述说他的感觉就好像只是脖子被抓了一下。

一次奏效，次次奏效。麻醉术可以减轻手术的痛苦，让手术过程变得相对井然有序，不再那么乱糟糟，但手术依然是件令人毛骨悚然的事情，尤其对于那些不知情的人来说。除了一些比较小的手术，大多数外科手术就像你在肉铺看到的场景一样，切割、放血以及（有时）锯骨。尽管手术会比屠宰细致得多，但它依然让患者像动物那样暴露在他人眼前，皮肤、皮肤脂肪层、肌肉和器官，很容易就能想象到手术中人体所散发出的那些气味，比如血液的铁锈味，烧烙术散发出的焦肉气味，还有被感染部位或器官散发出的强烈腐烂气味，以至于手术室的医护人员必须在他们的口罩上涂抹上水杨酸甲酯才能继续工作。在早期的实习经历中，让我最难过的是布尔格氏病（血栓闭塞性脉管炎）患者的截肢手术。这种疾病通常由吸烟引起，患者的血管被堵塞，四肢得不到充足的血液供应而产生疼痛和坏疽，患者的最终结局往往是截肢，失去脚趾、手指甚至是整条胳膊或腿。一名叫约翰·麦克贝斯的新闻记者曾在自己书中专辟一章《截肢那年》描述自己与这种疾病做抗争，并最终被截掉右腿的经历。

相比截肢，癌症手术不算恐怖，但是在缺乏微创技术的70年代末期，为了能精准地找到肿瘤，手术需要一个巨大的切口，因为肿瘤总是形态各异，大小不一，无法预测。小的肺部肿瘤就像是一颗西蓝花的小头上长满了头发状的微茸毛。在肺癌晚期的吸烟者体内，肺部会被烟油浸润发黑，但肿瘤又会呈现出弥漫性的白色。脑癌的形态常根据周边的结构而变化，有些看起来像小型的金字塔、哑铃，有些则像是李子、四季豆。

恶性肿瘤切除手术的程序比较复杂，既要最大限度地移去癌变组织又要小心谨慎尽量避免其他附带的损伤。在那个现代影像技术和计算机辅助切除术还没有被发明的年代，手术十分困难，患者在全身麻醉的情况下，手术往往要持续好几个小时。由于没有如今这样可靠的科技辅助，实操经验对于当时的医疗人员来说十分重要。

手术室里的这种紧张和压力也恰恰解释了为什么外科手术大夫倾向性地拥有某种类型的性格。2013年的医疗教育峰会上，有研究表明，外科医生常常精力充沛、外向而富有进取心。他们没有其他医生那么和蔼可亲，但却更加谨慎。随着时间的推移，这些特征似乎越发明显——一名老练的外科医生很有可能就是医院里最自信且最细心的人。用行话来说，他或她就是威廉·斯图尔特·霍尔斯特德的准接班人。

霍尔斯特德是20世纪早期美国最有影响力的外科医生，他既是临床医生又是科学家。他单枪匹马一个人给家人做了两次紧急的救命手术，从此声名远扬。第一次手术是在厨房的餐桌上，他摘除了他妈妈的胆囊。第二次手术是因为他姐姐产后大出血，他把自己的血输给她。霍尔斯特德开创了正规的外科手术培训课程，发明了手术用的无菌橡胶手套，并运用科学方法来探索麻醉剂。他终于找到了合适的麻醉剂——一种叫可卡因的新药，他首先在自己身上做测试。由于受到可卡因药瘾的严重影响，他写了一篇断章取义、极其混乱的文章，这几乎毁了他的前途。不过，他很快就恢复了过来，不仅赢回了健康，还赢回了自己在医学界的威望，用他妙手回春的手术拯救了无数生命，其中最引人注目的是针对乳腺癌患者实施的根治性乳房切除术。

霍尔斯特德身材魁梧，湛蓝的眼睛锐利逼人，性格强韧，是公认的美国历史上最重要的外科医生。他的方法极大程度地降低了手术的风险、患者的痛苦和死亡率，这使他在美国医疗界成为神一般的人物，他还利用自己的威望影响了全国的临床实操。他带着救世主一般的热情，积极地推广自己这一激进的手术疗法。在他看来，只有将包括肿瘤在内的全部乳腺、相连的肌肉和淋巴结一同移去，才能拯救恶性肿瘤患者的生命。根治性乳房切除术在当时变成了标杆，一直延续到20世纪40年代乳腺癌改良根治术出现之后的很长一个时期。

甚至在 1972 年，大多数外科医生依然选择为乳腺癌患者实施霍尔斯特德的根治性乳房切除术。很多患者自己也倾向于这个选择，认为这种最彻底的切除能极大程度地延长生命，不少人勇敢地参加了根治性乳房切除术的实验，但随着临床数据的累积，包括实验中对照组的数据显示，霍尔斯特德的根治性乳房切除术并没有实际优势。接受过根治性乳房切除术的女性大约有 2/3 还是会在 5 年之内去世，这个数据自从 20 世纪 30 年代之后就没有变化。媒体在报道这些数据时，经常会把第一夫人贝蒂·福特作为例子，她当时正是接受了也许并不必要的根治性乳房切除术。有本专著指出，大部分进行根治性乳房切除术的医生其实并不是癌症专家，很有可能对该研究的最新进展并不了解。我接诊过一些做过根治性乳房切除术的女性，因此理解她们的质疑，因为手术不只是毁容，更是对女性身体的彻底摧毁，还会在肋骨下留下巨大的疤痕。难怪有些人会对手术表示怀疑：有必要将血肉之躯如此大面积切除吗？既受到情感上的惊吓，又要失去这么一大部分的身体，这到底值不值得？

那时候，很多人会隐藏自己患有乳腺癌的事实，而福特夫人却十分坦率地公开了自己手术的经历。这促使整个社会开始公开地讨论这个每年造成 3.3 万人死亡的疾病，讨论相关的诊断和治疗。与此同时，科研领域也加速了研究的步伐。1974 年，休斯顿市安德森医院的研究者发表了一项研究结果，该研究揭示了乳腺癌的遗传基因成分。1975 年，又有消息说有早期检测项目能够有效地发现早期乳腺癌，早期是乳腺癌的最佳治疗时机。

1977 年以前，患者和活动家一直努力想让乳腺癌的治疗变得明朗化、公开化，并且鼓励一种更为周全的治疗方式。女性们也开始逐渐愿意探讨乳腺癌。甚至有一次，当有企业拒绝聘用接受过乳房切除手术的女性时，有 20 位女性站了出来，在纽约第五大道的萨克斯百货商场内示威游行。这些示威者中有些是乳房切除术术后帮扶小组的成员，她们在商店内抗议，当众剪碎了她们的萨克斯百货会员卡，参加游行的成员以及术后帮扶小组的组员们一起呼吁患者应该拥有身体的自主权。这惹怒了不少医生，因为他们坚信自己的职业如同上帝般神圣不可冒犯，这是当时医疗体系中广为接受的想法。

公正地说，希望医生能像神一样，这只是许多患者一厢情愿的想法。更有经验的医生主刀往往能让她们感到安心，因此路易斯·托马斯曾将医生的信心视作患者"信念与希望"的源泉。据我的经验来看，这种信念与希望对于患者及其家属来说弥足珍贵，他们觉得医生就像萨满巫师一样，能与某种超自然的力量相连，这种感觉让他们感到安心。但医生自己明白，治疗手段是如此有限，并发症是如此常见和难以预测，就算是最简单的干预治疗最后都可能事与愿违。最简单的"良药"，比如盘尼西林，如果用错了或者碰到过敏人群，都会有着致命的副作用。

作为一名实习医生，我也想努力成为患者的信任源泉，但我时常感觉自己是《绿野仙踪》里的奥兹巫师，只能躲在窗帘后面拉动杠杆来糊弄人。有时我会依赖主任医师来帮忙获取这种信心，他们经历了如此多相似的病例，我相信他们一定能做出正确的判断。但是，害怕自己是冒牌货的恐惧依然存在，而且我的许多同学也有着同样的恐惧。

冒牌货的恐惧终于消退了一点点，这多亏了理查德·格雷厄姆在内的许多顶尖的医生对我的指导，他们似乎总能找到完美的平衡，既不许诺空幻的诺言又确确实实地安抚了患者。与其他主任医师不同，格雷厄姆总能完美应对与患者沟通的任何挑战。事实上，每当患者看到或听到有关自己所患疾病的相关新闻报道后，总是会带着许许多多的想法和问题，有备而来。越来越多的患者希望自己能在治疗方案上有更多的发言权。比如乳腺癌女性患者就常常将治疗方案与性别平等相关联，很多人认为，对于自己的身体，被男性主导的医疗领域有着太多的话语权，她们渴望可以自己决定该怎么被治疗。

患者通常会自己提前做些调查研究，然后发现许多你可能闻所未闻的治疗方案，比如，凯斯的附属诊所——克利夫兰诊所有个外科医生从 20 世纪 60 年代末就开始给乳腺癌患者实施乳房肿瘤切除术。这种手术和根治性乳房切除术不一样，它只切除肿瘤以及些许周边组织，完整地保留了大部分的周边肌肉。这位医师名叫乔治·小克莱尔，出生于医生世家。他的父亲乔治·华盛顿·克莱尔被誉为美国输血领域的先驱，是第一次世界大战中有名的战地医生。他在军事领域极其受人尊重，所以第二次世界大战的一艘自由舰就是以他的名字命名的。

承继了父亲的威名，小克莱尔在医疗界也十分受人瞩目，他甚至为了证实自己的想法而举办听证会。即便如此，站出来反对霍尔斯特德的传统根治手术还是有风险的——反对小克莱尔的人认为他的成功很大程度归功于父母在医疗领域的卓越地位。在美国癌症协会的一次会议上，一名外科医生气冲冲地抱怨道："如今的女性总是拿着他的文章（关于小克莱尔的乳房肿瘤切除术）理直气壮地来质疑医生。"在小克莱尔看来，这正是他想看到的，因为许多根治手术是没有必要的，女性应该拥有更多的选择。

通常，手术之后再接受放疗，可以破坏癌细胞的 DNA 结构来杀死残留的肿瘤。1896 年，在威廉·伦琴发现 X 射线后的短短一年，放疗被第一次应用于临床。但 20 世纪 30 年代美国著名的镭表表盘女画工们的病例说明了放射物同样也会导致癌症[①]。医疗界有太多这样的悖论，对于放射与癌症之间这种错综复杂的关系，医生们并不惊奇，但普通大众却感到难以理解：为什么放疗会成为某些脑癌的唯一治疗方法，并被广泛应用于白血病和淋巴瘤的治疗？

的确，正如我在凯斯附属医院看到的，放射治疗带来了许多副作用，包括极度疲乏、恶心呕吐，有时是疼痛。但是，这些副作用远远比不上化疗的副作用，化疗的成分基本上就是毒药。化疗是在第二次世界大战后的几十年里经过不断测试而发展起来的化学药物

---

① 当时涂在表盘上的夜光涂料含有放射性元素镭，这些画表盘的女工由于长期暴露在辐射中因而罹患严重的疾病，不少人年纪轻轻就去世了。事发之后，这些表盘女画工排除万难开始了坚持不懈的维权斗争，并最终获得胜诉。

疗法，它被广泛应用于各种癌症的治疗。这些毒药如果能杀死比正常细胞数量更大的癌症细胞，它就能称作药物，但它常常带来许多附带的伤害。化疗在第一次被应用于儿童白血病时就印证了其疗效，随后化疗也相继成功地被应用于睾丸癌和淋巴瘤的治疗。在那个只有手术这一个唯一有效治疗方案（"进行切除手术，增加痊愈概率"是当时的口头禅）的时代，化疗提供了药物治疗的另一种选择。化疗的成功导致了一种盲目乐观的心态，医疗界开始将一种或多种药物一起搭配来治疗各种癌症。虽然化疗对肠癌和乳腺癌的疗效明显，但其他很多癌症——肺癌、肝癌、胰腺癌，对这些化疗药物却并不敏感。糟糕的是，这些毒药在杀死癌细胞的同时也盲目地杀死了许多健康细胞，在消灭肿瘤的同时也损伤了许多重要的器官，尤其是那些繁殖非常快的细胞，比如骨髓、口腔、肠道细胞，通常更加容易受到损伤。

因为肿瘤细胞的特点就是快速繁殖（这种假设后来被证实是错误的），所以早期的化疗药物研发主要关注如何让药物能快速杀死那些繁殖速度更快的细胞，这样一来，那些本该在体内快速增长的正常细胞也无法进行复制分裂，要知道几乎所有抵御外界入侵的组织细胞每时每刻都在进行着十分快速的复制。当摄入化疗药物后，这些细胞的分裂停止了，后果可想而知：口腔溃疡、脱发掉发、腹泻、感染。当肠道的屏障功能丧失，免疫细胞有限的抵御力无法清除入侵的细菌，连最低级的感染都会不期而至，导致与感染相关的各种症状：疲乏、发烧、食欲不振。更严重的是，这些毒药还会影响感官细胞，会导致严重的恶心呕吐，在20世纪80年代以前，几乎没有任何药物可以缓解这种呕吐。在做住院医师的时候，我看到成百上千的患者遭受类似的痛苦，护士和医生都想让患者感到舒适，但是却无能为力，只能心疼地看着。除非需要呕吐，患者常常一动不动地躺在病床上，他们从医生给自己开的药就能知道自己已经离死亡的深渊不远了。在一些罕见的病例中，化疗还会损伤心、肺、肾，甚至破坏免疫系统造成严重感染而导致患者死亡。

化疗最残酷的一点是大家普遍认为药量越足，治愈率越高。这意味着尽管医生内心清楚增加药量会带来什么痛苦，但一旦患者恢复到能承受相应药量之时，沉重的责任感再次驱使他们去增加剂量。因此从某种意义上来说，医生会开出更大的剂量来证明自己的勇气和决心。与此同时，为了让人觉得自己可敬可爱、勇气可嘉，患者也会被鼓励尽可能地去忍受痛苦。由此形成了一种奇怪的循环挑战：医生总是尽量去开更大剂量的药物，而患者，由于极度渴望被治愈，也为了能被人视为勇敢坚强，自愿去忍受过多的痛苦。

患者到底能承受多大的药量？这样的讨论经常会在家庭成员内部以及医生和患者家属之间发生。当患者的配偶或家长恳求终止治疗时，患者本人通常会拒绝这样的提议，一来害怕死亡，二来也担心让自己深爱的家人朋友失望。对于患者来说，就算长时间都会由于化疗而导致难受、虚弱、半死不活，他们也不放弃。大家都知道放血、颅骨钻孔术这样的传统疗法强加在患者身上的痛苦，但直到最后医学界才意识到它们根本没有任何疗效。化疗也是如此，唯一的不同在于化疗被认为能延长患者的生命，并且能够治愈某些癌症。

20世纪70年代末我开始接诊患者的时候，大家对传统的化疗方法依然保持着一路高涨的乐观心态，这种激进治疗法最狂热的支持者甚至认同爱德华·唐纳尔·托马斯，这位科学家、内科医生的观点："有时为了消灭老鼠，我们必须烧毁谷仓。"

托马斯来自德克萨斯州，1940年毕业于哈佛医学院。他的父亲是位乡村医生，曾躲在大篷车里跑到了前线。托马斯的第一个研究是在波士顿的一个实验室展开的，这个实验室是化疗先驱西尼·法伯专门为他设立的。50年代中期，托马斯去了纽约库伯斯顿的一家小医院工作，那里恶劣的天气反倒促使他一直待在医院里进行他的研究。

托马斯承认，烧毁的房屋不可避免地面临着重建的挑战，就癌症治疗而言，身体的重建取决于骨髓的再生，因为骨髓负责制造所有的血细胞和免疫细胞，包括运送氧气的红细胞，负责凝血的血小板，能清除碎片、细菌和真菌的单核细胞和中性粒细胞，能直接杀死病原体（或者是通过产生抗体来杀死病原体）的T细胞和B细胞。骨髓是所有这些细胞的母源，依靠着干细胞源不断地提供细胞的补给，所以一旦骨髓被破坏，生命会受到威胁，变得残酷而短暂，短短几个星期患者就会因感染或失血过多而死去。

那时的科技虽不成熟，但早在50年代中期之前就有研究发现，那些经历过无数次放疗的小鼠，虽然骨髓全部被破坏，但通过骨髓细胞移植它们的免疫系统能够被重建。在西雅图一家公共卫生医院工作的 R.T. 普雷恩和琼·梅因一起设计并完成了这个实验。他们首先摧毁了小鼠的免疫系统，随后给小鼠移植骨髓细胞，小鼠的免疫系统得以重建，最后他们还给这些小鼠移植了骨髓提供小鼠的皮肤，以此来测试受试小鼠的免疫功能。结果皮肤移植也成功了，证明这些小患者接受了被移植的骨髓细胞以及捐赠小鼠的免疫功能。

托马斯早期的研究是由美国联邦核能委员会资助的。该研究会监管着美国所有的核电站、核能研究以及核能武器制造基地，比如位于华盛顿的汉福德核废料处理场以及位于田纳西的美国橡树岭国家实验室。在类似这样的地方，人们会将核反应释放的物质加工成为用于武器制造的钚和用于医疗和实验目的钚同位素。这些物质极其危险，因此美国联邦核能委员会的专家担心工人会由于偶发的安全事故而暴露于高辐射环境，从而骨髓受损甚至死亡。

医生和研究者一直都在思考如何救治那些在大型核泄漏事故中骨髓被破坏的受害者，利用骨髓移植来重建患者的免疫系统，这样的想法一次又一次被拿来实验，但被用到人体时，却因为免疫系统的不适配性而失败了。要么是骨髓接受者残存的免疫系统攻击甚至杀死骨髓捐献者的细胞[①]，要么是另一种更为普遍的现象——移植物抗宿主反应（GVHD），指的是捐献者骨髓里的免疫细胞会被受赠者的身体视为异体而发动攻击。从理论上来说，如果移植的骨

---

① 指的是移植的骨髓。

髓与受赠者之间匹配度非常之高的话，排斥反应就应该不会发生，所以1957年唐纳尔·托马斯成功地为一对双胞胎进行了骨髓移植手术，希望以此来治疗其中一人所患的白血病。

托马斯进行骨髓移植实验的时候，也是有关放疗与化疗争议最激烈的时候，同意派支持将放化疗作为癌症治疗的方法，反对派则不然，因为医生在运用放化疗时不得不采取一种残忍的态度，其剂量有时甚至超过了患者所能忍受的极限，治疗似乎成功了，但患者却死于放化疗带来的并发症，就算后期有骨髓移植的帮助，但要对患者进行几星期甚至几个月的高强度治疗，这种方法在人道主义角度遭到了评论家的质疑。但渐渐地，免疫学家开始通过血液筛查为癌症患者寻找最适配的骨髓。1958年该领域迎来了一个巨大的突破——人体白细胞抗原系统被发现，该系统可以识别不属于本体的外来细胞。（这个重大发现主要得益于波士顿儿童医院血液实验室法国免疫学家琼·达斯特的相关研究。）基因这个复杂的系统在兄弟姐妹之间趋向相似性，这是托马斯为双胞胎进行骨髓移植手术能够成功的原因。

托马斯不可能完全清楚自己实验的每个步骤和原理，这是科研和医疗领域的常态。要更好地理解这个实验，还要依靠其他研究者的工作——骨髓中的各种细胞以及它们的功能要被一一识别出来，其中包括红色骨髓中的干细胞。干细胞可以产生血液淋巴细胞，还有那些能够抗感染的细胞。事实上，关于血液干细胞的想法早在1908年就被阿图尔·帕彭海姆在"造血大一统理论"（其英文

Hematopoiesis 中的 hematopoie- 的意思就是血细胞的生产）中提及，但直到 1961 年，加拿大学者詹姆斯·蒂尔和欧内斯特·麦卡洛克才第一次在实验中证实了干细胞的存在。该实验是一个重大突破，为干细胞生物学领域的发展扫清了道路。

蒂尔和麦卡洛克的研究正好处于冷战时期。面对核武器的威胁，各个国家都在急切寻找能够保全自己公民的方法。人类很早就知道身体可以自行补充失去的血液，远古人类甚至把血液看作生命之源。据说，成吉思汗的骑兵通常一人备有多匹马，骑兵边骑马边喝马血来充饥，而马匹则通过吃草觅食来补充血液。在亚洲大草原，人类的食物很少，但却有充足的草地，所以正是通过饮马血充饥的方法，成吉思汗才得以穿越大草原。第二次世界大战也证实了这一点：不少骨髓被辐射严重破坏的人最终还是补回了他们的血液。受到广岛和长崎核爆炸的辐射，当时日本很多人血球计数非常之低，骨髓里也几乎找不到活细胞，但还是有人最终康复且顽强地达到了正常的血液计数。这至少提供了间接证据——有可以造血的干细胞的存在。美国、加拿大、英国和俄罗斯等国家一直在推动干细胞的研究，探索将其作为破解辐射的良药。所有这些无疑为麦卡洛克那样的生物学家和像蒂尔一样的物理学家建立了互动和联系的纽带。

蒂尔和麦卡洛克把小鼠作为实验对象，一组小鼠是核辐射的受害者，另一组小鼠是骨髓捐献者。实验证明从骨髓中提取的细胞可以通过静脉注射来有效地补充受赠者的血液，使原本受到致命辐射的动物生存下来。他们在实验中发现受试小鼠的脾脏上长有结节，他们将这些结节进行切片分析，找到了供体干细胞的菌落。小鼠骨髓移植的实验证明了干细胞能够产生出多种不同的血细胞并进行自我更新。自我更新以及创造不同类型细胞是干细胞的基本两个属性。蒂尔和麦卡洛克不但证明了干细胞的存在，并且证明干细胞可以拯救受到致命辐射的动物。

蒂尔和麦卡洛克所做的基础科学研究，为后来唐纳尔·托马斯所做的治疗实验提供了基础。搬到西雅图的弗雷德·哈钦森癌症研究中心后，托马斯建立了一个雄心勃勃的实验室，致力于梳理癌症与免疫系统之间的关系。他曾这样描述过自己的实验成果："每30个患者中有1个多活了1年。"很多人认为既然其他29个患者都没有活下来，这项工作就是失败的，但托马斯则不这么认为。他认为既然那30个患者原本都会在几周内死于癌症，活下来1个也是"相当有意义的"。他的职业准则就是：统计数据只是个工具。"如果你把100个球抛向空中，只有99个球落下，这在统计学方面可能没有意义，但这个事实本身却是有意义的。"

托马斯和妻子多蒂一起工作，多蒂是托马斯大学时期的恋人，有次不小心用雪球打到了他，他俩就这样相恋了。托马斯一直痴迷于骨髓移植的研究，不少成功的科学先驱（如果不能说大多数的话）都有托马斯这样不服输的决心，即使是一次次失败也从未放弃。然而，于个人得失而言，这种努力十有八九可能永远不会有回报。可能有同事理解你并支持你的追求，但随着一次次的失望，自我怀疑会不断增加。这种感觉就好像一个艺术家完成了一幅又一幅的作品，但一幅都卖不出去。当未来是如此的虚无缥缈，你怎能确定自己到底是在做有意义的事情还是蠢事？

　　很多科学家终其一生都在执着地追求着自己的理想和信念，哪怕一无所获，医学史上也不乏这样感人的故事，其中最典型的一位要算是纽约年轻的外科大夫威廉·科利。1885年他初次行医，他的第一个患者去世了，他由此受到了巨大的打击。科利切掉了患者的手和大部分手臂，并确信已经切除了所有的肿瘤，但患者最后还是死于骨癌转移。从某种意义上来说，手术对患者和医生来说都是一种创伤。患者的死亡折磨着科利，他开始查找医院档案，查找类似的病例。最终他发现了一个脸部骨癌复发患者，经过三次手术后，产生了严重的链球菌感染，但每次发烧后，患者身体的肿瘤都会缩小，最后消失了。这名患者已经出院七年了，科利最后在曼哈顿下东区找到了他，身体非常健康，唯一能证明他生过病的证据是脸上的一个大疤痕，科利医生正是通过这个疤痕认出了他。

　　之后科利进行了更多的病例研究，他相信术后感染实际上改善了该位癌症患者的预后，并推测是其身体的自然免疫反应帮助了癌症的清除。他开始在患者身上诱发链球菌感染来验证自己的理论，并希望解释先前被归为奇迹的自发缓解癌症病例。实验的结果是，有些有效，但大多数患者还是去世了。科利试图利用各种已经死亡的细菌（这些细菌最终被命名为科利毒素）来使实验过程更加安全，这些死亡的细菌会导致发烧但不会致病。许多同行都不认同他这种治疗方法，称他为庸医，但是也有人受到启发利用病原体成功地治愈了某些疾病。1927年，朱利叶斯·瓦格纳-贾雷格利用疟疾病毒引发患者高烧从而治愈了梅毒，并因此获得诺贝尔奖。科利仍然默默地继续着他的研究，他的治疗方法至少给那些想尝试这种方法的医生提供了参照。然而，在1936年科利去世的时候，他的假设仍是未经证实的推测。

在科利死后的几十年里，人类对免疫系统的了解又迈进了一大步——免疫系统保护人类免受周围细菌的侵害，人类体表和体内藏着大量的细菌，其数量据说已经超过了身体细胞的十倍。因此，每个生命从离开母体开始，就伴随着免疫系统与病毒、细菌和真菌的战争，任何的闪失，人类便寡不敌众、难以招架。随着"战争"的深入，免疫系统内部不断地交流、制造武器、识别敌人，然后带领各种细胞和蛋白质与入侵者对抗。此外，免疫系统还负责清除因损耗而牺牲的细胞，同时对付大多数有恶性潜能的异常细胞。整个过程异常复杂，每种细胞都有其独特的特征。例如，每个巨噬细胞可以吞噬并分解100个细菌，如果它们不能战胜细菌的感染，就会释放一种能召唤中性粒细胞的蛋白质来请求支援。中性粒细胞非常凶猛，它们通常会在五天内自动死亡，以防止自身对健康细胞带来附带的损害。整个风险评估和沟通的过程还包括了T细胞和B细胞的参与。当冲突最终结束时，记忆细胞和B细胞会保留有关入侵者的信息，使人体能够抵抗不被同样的病毒再次感染，这就是人体神奇的免疫力。

免疫系统如此强大和高效，适应性又强，其机制又如此精密，相比之下，医生对患者的所有干预和治疗，无论如何的复杂，也显得无比粗糙。免疫系统对生命是如此的重要，所以一旦能够合理地确定被破坏的免疫系统最终可以被重新恢复，像唐纳尔·托马斯这样的科学家就恨不能马上跃跃欲试，要将免疫系统移除。不知道托马斯对自己的实验有没有过怀疑，但至少他从未向实验室的工作人员提起。如果向实验室的工作人员打听他们的老板，大家会形容托马斯是一个执行力很强的人，就算失败，他也会坚持"再试一次"。据研究员贝弗利·托洛克·斯托布的回忆，她曾请同事们在托马斯生命的最后阶段一起分享一下他的逸事，但没有人能说得出来。"托马斯没有故事，"她说，"从没有，他只有任务与使命，因此从来没有什么有趣的事。"

托马斯的脾气非常温和，但他治疗的患者一个个死去，这无疑影响了他的声誉。是的，虽然他接诊的患者基本都病入膏肓，没人能保证高强度的治疗加上骨髓移植会在他们身上奏效，但治疗最终以死亡结束时，我们无论怎样钦佩患者的勇气也无济于事，我们没有办法减轻他们的痛苦，没有办法抚慰亲人的悲伤。托马斯对死亡表示痛心，但也从偶尔的成功中得到了动力。"显然，干细胞移植是可以实现的"，他最后回忆，"我们只需找出方法"。这个"方法"包括采集、加工、预处理和移植血液干细胞的精湛技术，以及能够保护患者免受感染的精密系统。

1979 年，弗雷德·哈钦森癌症研究中心马上要为一位名叫劳拉·格雷夫斯的 10 岁白血病患者做干细胞移植。劳拉从科罗拉多州来到西雅图接受治疗，尽管她没有兄弟姐妹可以提供骨髓配型，但弗雷德·哈钦森癌症研究中心有一份工作人员献血登记册，登记册里正好有骨髓相容性信息，而且研究人员居然在注册表中找到了与劳拉匹配的骨髓。劳拉·格雷夫斯接受了高强度的化疗，她的免疫系统同时被破坏，然后她接受了骨髓移植，骨髓是从捐献者的骨盆中用针头采集的。

劳拉被安排在一间特殊的房间里进行康复治疗，那里的护理人员对预防感染非常有经验。那些免疫系统被破坏，亟须等待骨髓移植的患者很容易被感染，甚至平常无害的细菌都是致命的。一起悲惨的事故证实了这种感染的危险性：由于空气过滤器没有按时送达，水牛城罗斯韦尔·帕克癌症研究所 11 名刚接受过移植手术的患者因气管被真菌感染而死亡。劳拉被隔离在一个高度清洁的环境中，服用了预防感染的药物，并输入了血液和血小板。劳拉终于恢复了，带着健康的免疫系统离开了医院。但最终癌症还是复发，并夺走了劳拉的生命，但这次成功的干细胞移植凸显了骨髓库及其捐献程序的意义，它将毫无血缘关系的捐献者和受赠者联系到了一起。

使用高强度化疗再加上骨髓移植来拯救患者的免疫系统，弗雷德·哈钦森癌症研究中心的研究小组并非始作俑者。全国各地研究小组所取得的进展，一起推进了有关癌症的研究，比如研究能降低移植物抗宿主（GVHD）风险的药物，更进一步的研究包括如何在患者服用抗癌药物并得到短暂的缓解后，采集和冷冻患者自己的骨髓，从而使更多的癌症患者通过自体移植骨髓来进行治疗。自体移植用的干细胞需要在患者处于短暂缓解期时被抽取并储存起来，当他们接受强化治疗后，这些被储存的干细胞可以帮助患者恢复免疫力，否则这些强化治疗不仅会杀死肿瘤，同时也会杀死患者。

骨髓移植也为其他免疫疾病患者提供了治疗的可能性，比如电影《泡泡屋里的男孩》(1976)中所描述的各种疾病。这部由约翰·特拉沃尔塔主演的电影是根据一个叫大卫·维特的男孩的真实故事改编的。基因异常损害了他的免疫系统，让他很容易受到感染，因此不得不住在一个无菌的塑料泡泡里，连呼吸的空气也需要过滤。大卫最终接受了移植手术，但他妹妹捐给他的骨髓中含有与伯基特淋巴瘤相关的病毒，这种病毒最终导致他的死亡。但随着移植技术的迅速改进，其他"泡泡"男孩和女孩终于可以接受骨髓移植产生强大的免疫系统，能够离开隔离房过上正常的生活。那些在隔离环境中长大的孩子将逐渐被人们淡忘，直到有一天，人们只能从这部电影中看到这种疾病的存在，到那时，人们也可能会对电影故事的真实性产生怀疑。尽管骨髓移植的高治愈率降低了公众对免疫缺陷的关注，但围绕治疗方案所发生的其他戏剧性故事并没有结束。与癌症患者一样，接受骨髓移植的儿童和成人也需要接受化疗，化疗会杀死体内所有功能正常的骨髓细胞以及有缺陷的免疫细胞，这是让被移植者的身体为接受和培育新的骨髓细胞做准备，因此非常必要。

由于有了像劳拉·格雷夫斯那样成功的移植手术以及罗斯韦尔·帕克癌症研究所那样的悲剧，一种新的治疗标准在我还没从凯斯毕业之前就应运而生，这大大提高了移植手术的成功率，以及免疫疾病与血液类癌症的治愈率。在凯斯，我会经常帮忙照护几个高级专家所负责的患者，包括大名鼎鼎的希尔拉德·拉扎鲁斯^①——或许这样称呼他更合适——因为他和所有的移植医生一样，用化疗将患者带到死亡的边缘，然后像《圣经》中的拉扎鲁斯一样让他们重获新生。

尽管经历了许多挫折，但移植手术的成功依然预示着肿瘤学光明的未来。当时，心脏病学这样的专业之所以受到高度关注，一是因为心脏病患者人数众多，二是戒烟运动所带来的积极影响，此外还出现了可以降低高血压和高胆固醇等已知危险的药物。这些药物干预措施虽然减缓了疾病的发展，但并不等同于治愈了疾病，而骨髓移植无疑提供了一种根本的重置性的治疗方法。它可以重置被破坏的血液系统，通过强化治疗来治愈白血病从此变得可行。对我来说，这很有吸引力，如果能使不稳定的移植过程变得更加可靠、更加安全，你就能为患者重建一个新的血液与免疫系统，来改善所有涉及血液的疾病。

免疫功能缺陷还会导致一些看似毫无关联的疾病。免疫系统通常与大脑、肠道、关节、皮肤一类的疾病有着千丝万缕的关系，但问题是为什么有些器官不会受到影响，而有些器官却会呢？它们是如何受到影响的？要弄清这些问题是很难的。有时是免疫反应不足使身体机能变得一团糟，但有时罪魁祸首却是免疫活动过多。

对有些人来说，某些比较常见的物理或化学侵害可能会引发一

---

① 拉扎鲁斯，《圣经》中的人物，可以让人起死回生。

连串的反应从而产生疾病，在这种情况下通常会产生病毒感染，病毒感染后预先编程的淋巴细胞反应会被激活并高特异性地识别出病毒。整个过程事实上有很多细胞参与其中——有些是作为旁观者，有些是作为对类似身体部分的其他靶点具有特异性的细胞而参与激活过程。这种免疫反应的扩散有时会激活原本休眠的细胞，导致它们攻击身体本身。比如，I型糖尿病或多发性硬化症就被认为由这种过激的免疫过程引发的。

此外，严重的或者慢性的损伤也被认为会导致异常的修复。几个世纪以来，总有医生报告人体被烧伤处或受伤器官处发生癌变的病例。肝癌在肝炎非常普遍的亚洲的部分地区发病率非常之高，肝癌在酒精性肝硬化患者中的发病率也非常高。威廉·科利（是的，就是上文提到的威廉·科利）就曾治疗过一名兽医，他先前被牛角击中的伤口部位长出了一个肿瘤，并伴有肿胀和炎症。科利给他做了化疗之后病情得以缓解，不过 6 年之后他还是死于肾病。并非所有的肿瘤都是恶性的，所以这名兽医身上的肿瘤是不是癌还存在争议，但激发免疫反应肯定可以增强抗癌的效果。事实上，一种无害病菌卡介苗（BCG）——结核病分枝杆菌的同支——就被引入低级别膀胱癌的治疗当中并明显降低了癌症复发和进展。

兽医以及后来的一些病例证明了免疫系统的矛盾性，或者坦率地说，是人体系统的矛盾性。人体有这样一种机制，它能在激发或者解除免疫反应之间取得一种平衡，一旦要应对特殊的挑战，人体会不断转变这种平衡。比如，在我们身体状况良好的时候，血液的免疫系统和凝血系统会有相互抵消的活动来尽量保持一种稳定。然而，一旦身体需要，它们就会戏剧性地激活某个程序——当我们被割伤时，伤口会有凝血，但是在伤口愈合时，凝血会停止然后被分解，这就是凝血机制，但免疫系统则更加复杂，参与者和参与者的众多分子决定了多重免疫反应如何被协调以及最后被解散。20世纪80年代，我们才刚开始认识这些参与者，还不能描述它们在显微镜下的样子。时至今日，我们仍在寻找组成免疫系统的新细胞子集，因为已知的参与者名单还远远不够完整，只知道部分的参与者，因此无法确切知道它们的合作方式，但渐渐地我们一定会越来越清楚。随着应用于识别和计算细胞的工具逐渐增多，我们可以想象它们是如何在组织内移动、生长，并与身体组织进行回应。随着时间的推移，我们可以使用特殊的显微镜对活体动物进行观察。我们可以通过预测算法来推算各细胞是如何协同工作来达到对人体有益的结果。当然，希望这不仅只让生物学变得有趣，我们更希望它最终能给医生提供治疗的工具，帮助他们调整对患者的治疗方法。

没有任何细胞比骨髓中产生的细胞更为重要，骨髓隐藏在骨头中，其产生的细胞被血液循环运送到身体的每个器官和组织。正如像唐纳尔·托马斯一样的医生当初所认识到的一样，这些骨髓细胞执行着造血的功能，但受限于当时的知识，骨髓细胞的许多功能仍然不为人知，但这些先驱利用新兴生物学成果去拯救生命的努力是让人感动的。

那时的我刚从医学院毕业并转到医院开始接受培训，这是成为一名真正的医生之前的学徒期。无论是作为实习医师还是住院医生，你在这个时期所学的东西都会决定着你的未来。它决定了你的思维方式，怎样与患者和同事相处，你的视野是否宽广。我期待能在一个将医疗与科研紧密联系的地方工作——这个地方会支持临床决策必须以科学证据为基础，这个地方的目标不仅是根据今天的理解来提供最佳治疗方案，还要通过研究来促进医学未来更好地发展。我心目中理想的单位是波士顿的布里格姆妇女医院，它比邻哈佛医学院，是哈佛医学院的一部分，但更加开放，更敢于挑战既定观念，重视新的方法，并确立了非常卓越的标准。在每个医学生都害怕却期盼的那天——匹配日 ①——也是决定医学研究生命运的日子，我得知自己如愿以偿被分配到了自己想去的医院。布里格姆妇女医院是我的第一志愿，他们也将我作为首选录取的学生，我在那里获得了一个职位，这一经历改变了我的一生。

我在医学院的好朋友布鲁斯·沃克也参加了几个哈佛医学院附属医院的面试，他对麻省总医院最感兴趣。我们约定，如果我俩都被自己的第一志愿录取了，我们就在两个医院中间的路段上合租一个公寓，我们最终如愿以偿。我和布鲁斯曾是解剖学课上的搭档，我们在同一个大体老师的指导下学习解剖。解剖在现在的医学院也许并不是常见的过渡礼，但在我们那时候，那种让人激动又令人毛

---

① 美国的住院医师培训的匹配制度，通过这一全国性的系统，医学生可以找到自己感兴趣的专业和医院进行住院医师阶段的培训，而医院也挑选了符合条件的学生。匹配过程由网络申报、挑选面试、双方给对方排序、最终通过计算机匹配、公布结果等环节组成。文中所说的匹配日就是公布结果的日子。

骨悚然的经历是一种特殊的荣耀。身体是神圣的所在，我们被赋予权利可以去观察它，并有责任去详细了解它，我俩和小组的另外两名成员都把解剖看得非常严肃。布鲁斯和我还多做了一个头部解剖，想弄清头部复杂的结构。相同的求知欲让我俩很合得来。尽管都有成堆的医学期刊和书籍要啃，但意外的惊喜是我们都认为一品脱冰激凌就是一顿完美的午饭，因为你只用洗个勺子就行了！这使我们的相处变得非常轻松！

布鲁斯来自学术世家，学过化学，因此能够理解所学内容的科学基础。他非常清楚自己的目标——从事科研和行医，他相信自己可以实现这个目标。免疫系统是我们共同的兴趣点，但我们都为这个兴趣感到沮丧又困惑，沮丧是因为我们能为患者提供的治疗方法太少，困惑是因为免疫系统是如此的奇妙——各种生物体，包括人类，都有自身战胜疾病的方法。每当人类由于入侵的细菌、受伤或基因突变而患病时，人体会发起无数次抵抗或自我修复，日复一日年复一年。人体所有的这些反应其实再普通不过，却让我们这帮医学生惊讶不已，比如人体的"远位效应"现象（其英文表达abscopal中"ab"代表"远离"，而"abscopal"代表"命中目的"）。具体来说就是用放射线或其他局部疗法来治疗身体某个部位的转移性恶性肿瘤时，治疗会对身体其他部分的肿瘤产生疗效。免疫系统似乎以某种方式从局部细胞的死亡中学到了一些东西，然后将其应用于整个身体。身体拥有明显的自我修复能力，这些功能主要来自免疫系统和血液，其他组织也有这样的功能，比如像受伤的肝脏——

切下三分之一的肝脏，它还会长回来，这是一种超乎寻常的再生现象。这种再生和实验室里蝾螈的再生模式是一样的，是一个亟须被人们加以开发研究的医学领域。这个领域给我们带来了药物不能提供的东西，药物通常只能够尽量减轻症状，或者减慢病程，而不能让病情发生反转。免疫系统似乎是医学界领域中最有前景和最重要的领域，所以我们就被它吸引了。

虽然从没觉得自己以后会有多么的了不起，也没觉得自己能搞出点什么新的发现，但布鲁斯和我还是希望既要成为一名医生，又要成为一名科研工作者，在免疫和癌症领域做出一些贡献。到了波士顿，我俩就在马尔伯勒街上的一个叫后湾的街区找到了一套公寓。在 19 世纪被填平之前，它确实是一个海湾，一片 430 英亩的潮沼盐泽，位于大陆和岩石嶙峋的市中心——老波士顿及其贝肯山之间。街上满是红砖砌成的房子，这些房子一直保留到了今天。尽管现在已修葺一新，但 1980 年的马尔伯勒街到处都是小旅社，还有许多年久失修的维多利亚时代的房屋。这个地方也正好位于两所医院的正中，我们可以乘公共汽车再转火车（我们称为 T 车），天气好的情况下，还可以骑自行车去医院。

这是个医疗机构聚集的地方，我所在的布里格姆妇女医院就位于它的中心。医院（当时叫作彼得·本·布里格姆医院）当初得到经营执照准备为穷人提供医疗服务的时候，这个地方还是一片草地，而哈佛医学院因地处市中心，发展非常迅速。它们极大地促进了长木医学区（以长木街命名）的发展，该地区最后发展成为 12 个不规则的城市街区，拥有 3 所教学型医院，1 个大型癌症研究中心和诊所，1 个非常著名的糖尿病研究中心和诊所，还有哈佛大学公共卫生学院和牙科学院，以及数以千计的实验室。80 年代，这个区域每天约有 5 万人在通勤上班（到 2015 年，这一数字将增加一倍以上），来自世界各地的患者在这里寻求治疗。

对于做博士后研究的我来说，布里格姆妇女医院是个令人敬畏的地方，尤其当我看到墙上那些科学界、医学界传奇人物的肖像之后。和我一起查房的医生有不少是我早年在克利夫兰读书时只能从教科书上读到的人物，我知道医院的历史和标准，因此不敢掉以轻心。事实上我极其焦虑，只祈祷着在医学之神发现我并让我滚蛋之前我能够给患者们提供足够的关心和无误的治疗。最后拯救我的是高年资医生们开放的态度，他们愿意倾听我们这些刚毕业的医学生的问题，还有那些喜欢开玩笑的同事。显而易见，科学的证据才是医学的王道，布里格姆为我打开了一个全新的世界，让我渴望成为这里的一分子，在这个全新的世界里，有太多未知等着我们去追寻，但这个过程既让人鼓舞又充满艰辛，既让人开心又让人沮丧。有时，我们会在一天内经历所有的这一切。

我很幸运有一个理解我日常生活的室友——布鲁斯。他在我人生中最重要的那个夜晚扮演了非常重要的角色。那是我为他举办的订婚庆祝派对上，我邀请了一群朋友，包括心理学家斯蒂芬·希克。几个月以来，斯蒂芬不断跟我提到住在他公寓的一位朋友，他说："她叫凯西，你俩真的很合适。"所以在订婚晚会的那晚，斯蒂芬就把她带过来了。

凯西是位艺术家，曾是大学艺术系的教师，还曾在波士顿最繁华的购物街——现在也是——纽伯里街的一家画廊工作过。她一进来我就注意到她了，尽管喝了点杰克丹尼威士忌，但就算不喝，我也知道这酒很特别，这姑娘更是特别。这真的不是酒精的作用，至少她是真实的，她的气质和笑容打动了我。晚会上的每个人都很熟，只有她是新来的，但是她一点儿也没有拘束，她的真诚和随和吸引了大家。我意识到，斯蒂芬在知人善任方面的确有点特别的才能，他这个媒做得真是恰到好处。

我知道凯西很特别（母亲见过凯西后明确表示，在这场姻亲关系中她显然比凯西的母亲要幸运，她得到了一个更好的儿媳妇），几个月后的一件事也证实了这一点。我最亲密的朋友，四岁就玩在一起的发小蒂姆·雷诺从维尔京群岛的家中给我打电话。他和妻子凯伦刚刚有了孩子，但急诊诊断孩子需要进行一个非常复杂的手术。他们赶上了飞往波士顿的首个航班，我马上开始与镇上的顶级专家联系，准备安排手术。

到达波士顿后，蒂姆和凯伦夫妻俩就住在我与布鲁斯合租的公寓里。凯西很快成为我们这个协助系统的核心力量——几天、几周、几个月如一日。这样的新关系，要是其他人的话，可能会要经历几天的情绪危机，然后不得不寻求其他的计划。凯西竭尽所能地帮助凯伦和蒂姆，事无巨细，一直都充满爱心。照顾病患是一门速成课，一场意外的疾病会突然改变你所有的计划。她满心欢喜勇敢地接受了这些意外，似乎没有什么能阻止她乐观而体贴的心态。

和凯西订婚后我们一起去马萨诸塞州西部见了她的父母。我们一起在他们最喜欢的餐厅共进晚餐，在那里我看到一对年纪约莫八十岁的夫妇，也许有九十岁了，坐在一起讲着什么故事或者笑话，他们不停地笑着，好不热闹。我和凯西相对而视，如果我们也可以这么开心地一起白头偕老，那该是多么幸福的事啊！1984年6月2日，我们在一场百年难遇的大暴雨中结婚了。父亲做的伴郎，当时他的燕尾服还不太合身，布鲁斯的新婚妻子不得不进行紧急补救，载着新娘的马车迷路了，在教堂的圣坛上，牧师非常热心地决定临时修改一下我们已经倒背如流的誓言（尴尬的停顿，我不说你也知道发生了什么）。客人们一脚泥一脚水地从教堂的哈佛操场走到接待处。但我们依然很开心，是最后离开新婚舞会的一对，而且是打出租车走的。1985年8月，我们有了第一个孩子玛格丽特，我那时还在哈佛大学的某间宿舍做家教补贴家用。1987年，我们有了伊丽莎白，1991年我们迎来了爱德华，他的小名叫内德。

虽然我尽量让自己多搭把手，但凯西毋庸置疑挑起了照顾孩子的大梁。她在波士顿首屈一指的建筑公司——帕耶特联营公司里有一份全职工作，不得不工作和生活两头兼顾。我在医院出诊、做科研，周末还兼职夜班医生，为了能挣够钱给自己买房，所以家务我基本上帮不上什么忙。我们第一个房子是双户住宅，和另一对夫妇一起住，岳母第一次看到那个房子时还哭了。我选择了科研，意味着我挣的钱比机场的行李员还少，她并不希望女儿过这样的生活，但我的岳母杰拉尔丁·埃利奥特是在大萧条时期长大的孩子，在凯西小的时候也经历过金融危机下的困苦生活，她能理解我们经济上的困难。我和凯西总是相信未来会更好，但也有时候，特别是遇到一些意想不到的事情时，会让我们意识到科研这条路并不是那么一帆风顺。

那时候玛格丽特只有几个月大，一天晚上，凯西带着她到医院的值班室来看我，那是住院医生休息的地方。我躺在床上，凯西把玛格丽特放在我旁边。像所有婴儿一样，玛格丽特一把抓住我的领带就往嘴巴里塞，这时我突然意识到当天我曾在有放射性物质的实验室里工作过。我一直在回忆：我向前倾身弯腰的时候，领带有没有接触到"热"材料呢？事实上，盖革计数器显示是有接触，于是我们叫来了辐射安全警官。因为要提交一大堆表格，安全警官似乎感到异常恼怒，根本无暇顾及孩子的安危。我虽忍无可忍，但也无计可施。这件事增加了我们一家人在我科研道路上可能付出的代价。这条路对我来说是合适的，但是让凯西和孩子们牺牲这么多，合适吗？这不仅仅只是行医看病那么简单，如果只做医生的话，就只需要看看病、帮助患者，这会让我的生活舒适不少，而且这对我的家人来说也更容易接受。但如果科研是我最终的选择，那就注定了我的付出要多于回报。

癌症国

医生一拿到她的婚前体检报告，就通知她来布里格姆妇女医院的血液科。她和她的未婚夫一起来的，我把他们带到一个私人办公室，告知了他们这个坏消息。检查显示她患有慢性粒细胞白血病（CML），这种癌症会让骨髓产生异常的粒细胞，粒细胞是白细胞的一种。她最好的选择是接受化疗和骨髓移植，否则她将会死于这种病。

我不记得当时我具体用了什么词，但情况并非毫无希望，我应该也是这么说的。我只是很清楚地记得，当我说出白血病这个词时，患者眼里蓄满了泪水，神情恍惚。在见到我之前，她觉着生活是那么的完美，她也许正在为即将到来的婚礼而感到兴奋。但我突然告诉她，她得的是一种致命的癌症，目前还处于慢性期，这个时期不会感到难受，病毒也只涉及全身不足 10% 的血细胞，因此这个阶段是治疗的最佳时期，否则疾病可能会恶化，之后对药物的敏感性也会降低，那时人会真正感到明显的疲劳，持续的发烧。最后患者会进入危险期——异常细胞失控地繁殖，挤占了维持机体运作所需的正常血细胞的生存空间。

这个即将要结婚的年轻女子没有预约下次看病的时间就匆匆离开了布里格姆妇女医院。随后几周里，无论我们是给她打电话还是发信息，她都不予回应。难道她已经知道如果接受治疗，等待着她的会是什么？这只是我的猜测，但其实大多数人应该都知道当时化疗的疗效并不好，骨髓移植虽是治愈慢性粒细胞白血病的唯一希望，但其风险又很高，而且会给身体带来巨大的创伤。不过整体而言，由于应用了可以减少移植细胞对受者身体进行攻击（GVHD移植物抗宿主病）的免疫抑制药物，骨髓移植手术正在不断改进。此外，公众对移植的认知度也在不断提升，虽然肾或肝等器官的移植与骨髓移植完全不同，但器官移植的成功无疑给骨髓移植带来了希望的曙光，媒体对移植的报道通常都是积极乐观的，强调移植拯救了生命。

然而，新闻报道通常省略了移植手术的细节，这对所有参与其中的人来说都是一种恐怖的经历，包括执行这些手术的专业团队。布里格姆妇女医院的血液科经常做骨髓移植手术，和我一样的实习生经常还要帮忙照护附近丹娜－法伯癌症研究所的癌症患者，那些患者如朝圣般来到波士顿以寻求最好的治疗。丹娜－法伯癌症研究所是全国为数不多的几个专业癌症中心之一。这些地方的治疗和科研往往齐头并进，不过之间的平衡并不总是会顾及患者的体验和感受。事实上，在 20 世纪 80 年代的丹娜－法伯癌症研究所，医生通常将自己看成是勇士部落中的一员，他们能做的就是敦促患者忍受身体最大极限的治疗所带来的痛苦。首席战士是埃米尔·汤姆·弗雷，他与同事埃米尔·弗赖雷克一起于20世纪60年代在国家癌症研究所（NCI）通过应用一种毫无保留的全面疗法，从而在治疗儿童白血病方面取得了非凡进展，挽救了不少生命。

　　弗雷的官方头衔是科室主任，因此他在治疗上的这种激进倾向为整个丹娜-法伯癌症研究所奠定了基调。那时，做手术的外科医生遵循的是"切掉它，治愈它"的理念，而给患者做化疗的肿瘤学家们遵循的是"弗雷风格"，也就是说在保证患者生命安全的前提下，测试患者能接受的最大的化疗剂量，他们坚信只有这样才可以给患者提供最好的治愈机会。"多多益善"的治疗方法曾对儿童白血病有过疗效，随着新药物的不断开发，大家认为只要找到最高耐受点的剂量组合，一方面尽量提高剂量，另一方面在改善患者症状的基础上避免出现致命的并发症，就能对更为常见的成人癌症起到同样的疗效。整栋大楼里都充满着这种高歌猛进、全力以赴的风格——这里不但有病房，还有高科技实验室，就像所有以研究为中心的医院一样，这里有壮观雄伟的设备，不断发出嘀嘀声的监测器，穿着医疗制服的医生心无旁骛地忙碌着。这个地方一半像医院，一半像科幻小说里的战舰。

　　丹娜-法伯癌症研究所的文化和环境让那些想得到最现代化治疗的患者感到安心，权衡利弊之后，这些患者相信，如果想痊愈，他们就必须像职业拳击手一样承受挣扎和苦难。这种以命相搏的战斗观点是有缺点的：首先，它会增强一些人的自责情绪，自觉或不自觉地担心也许正是由于个人的原因而导致了自己罹患癌症。事实上，致癌因素非常复杂，哪怕吸烟也不能成为致癌的唯一因素，所以这种自责往往是不科学的，也是不必要的。然而，这种自责又是一种来自内心深处的本能和需要——为了理解那些我们无法掌控和解释的事情，甚至为自我惩罚找到理由和解释。这种观点还将疾病的最终恶化归之于个人的失败，个人战斗力的缺乏，这当然是不对的。虽然态度可以改变人们对事件的看法，尤其是家人对事件的看法，但它不会改变肿瘤细胞生长的速度。虽然有证据表明，免疫系统能够对神经系统的输入做出积极的反应，从某种程度上来说免疫系统可以受到思维的调节，但这种反应和调节还不足以强大到使人认为，它对恶性疾病的结果至关重要。顽强的抵抗是有价值的，但把癌症的重担压在个人的意志力上是不合理的，因为不幸的是，获胜的总是生理机制，而并非我们的意志力。

然而，自责的倾向往往根深蒂固。某些宗教传统更是滋长了这种自责的情绪，它教导我们一个人的身体、情感，甚至社会福祉都是自己美德或罪恶的证明。18世纪，圆形剧场里挤满了热切的观众，在那里，为了证明罪犯的内脏有道德败坏的迹象，所谓的解剖学家们会对被处决的罪犯进行公开的解剖。如今，尽管只有小部分人还会对身体和灵魂抱有如此极端的信仰，但这种想法依然困扰着很多人，他们有一种感觉，或者说一种思想，认为自己是所有病痛的始作俑者。这种感觉迫使人们产生一种自然而然的动力，竭尽所能地去对抗癌症，即使痛苦超过合理限度，这种感觉有时会降低人们表达痛苦的意愿。但是不幸的是，这种感觉可能往往事与愿违，给正在应对诊断压力和诊疗痛苦的患者带来危害。

研究型医院提供的治疗方法的确是非常独特，每个患者的诊疗都不是由某一位医生做指导和决策，所有的治疗方案都会考虑最新的科研进展以提高患者的治愈概率，因为每个患者不仅代表了他或她自己，他们代表的更是某一种疾病。当然，这种治疗风格既有积极的一面，也有消极的一面。以患者个人需求为基础的治疗永远只能是一种我们无法企及的理想，我们没法考虑也许在患者生活中有些事情可能比治疗更为重要。许多癌症中心的命名就预示着这一点，它们通常叫作"癌症研究所"，这说明治疗并不是它们的核心使命，尽管事实上大多数癌症中心还是以治疗为主。这体现了现代医学中一个主要的悖论——我们的医疗手段是相当落后的，需要科学实验才能推动它的进步，但当我们生病时，这又是很私人化的事情，我们不希望自己只是科学实验里的一组数据，我们希望有一只安慰的手，一种能治愈的抚慰。

我在实习期间曾经有过这么难忘的一天。通常我们每隔一个或两个晚上就要值一次班，这意味着我们基本上要保持清醒的状态在医院里待命36个小时。之后我们要么在家里睡一晚之后再继续另一个连续36个小时的值班，要么接着在医院里继续工作12个小时的白班后可以在家里的床上睡两个晚上。在每三天值一次班的日子里，我们每两周只有一个周日可以休息，其他时间都待在医院里，所以像洗衣服、买日用品、去银行以及社交活动都很难抽出时间——对大多数人来说，每天晚上10点的晚餐就是难得的社交活动，甚至和家人的联系也很难保持。因此有天晚上，一个电话把公寓里的我从睡梦中吵醒，这个电话至今让我终生难忘。父母在电话里告诉我，巴尔迪诺医生，我心中好医生的典范，诊断出母亲得了结肠癌。一个多月以来母亲断断续续地注意到马桶里有血，她最后还是不太情愿地把这个情况告诉了巴尔迪诺医生。巴尔迪诺医生给母亲做了初步检查后让她做了结肠镜检查和活检，结果是个坏消息。我当时已经无法思考，只想把我在波士顿所学到的知识都利用起来守护她的健康。

向别人寻求帮助是一件艰难的事，好在罗伯特·迈耶和罗伯特·奥斯汀都非常和善、乐于助人，一位是我信任的结肠癌专家，另一位是我所认识的最杰出的外科医生。他们立刻就腾出了时间准备给我母亲做治疗，之后母亲来到了波士顿。我和父母一起步行走到丹娜－法伯癌症研究所。作为一个渴望求知的实习医生，这段路我已经走过很多次，但这次的步伐似乎异常沉重。以前，我认为这是我可以大显身手的地方，里面这些了不起的医生和科学家可以指导我让我变得更加优秀。现在，这闪亮气派的地方突然暗淡了，当母亲走到丹娜－法伯癌症研究所门口的标志下时，她走不动了，哭了起来。她的恐惧，她的命运，都深深地折射在墙上的那些字母里。母亲一直都是个乐观开朗的人，时刻都准备着向前冲，但现在她成了患者，要走进研究所去面对一个不可否认、不可忽视的事实。

对她和我们全家来说，这是一场生死存亡的斗争，我们都来到了"癌症国"。

当母亲在丹娜 - 法伯癌症研究所门外停下脚步时，我的心都碎了，我第一次明白患者走进那扇门的感受。对我来说，我只是走进了一个紧张的工作和学习场所，它会像一个高炉一样将我锻造成为更好的医生和科学家。但是，对于前来寻求治疗的人来说，每一次拜访都伴随着对死亡的恐惧。母亲脸上的恐惧让我开始尊重每一个患者的经历，并让我记住每一个我正在治疗的患者都是一个极度害怕并渴望一线生机的人。

我从母亲的眼睛里看到了患者们的所思所想，癌症诊断让你进入了另一个现实的存在——癌症国。在这个国度里，平常生活中的各种琐事都会逐渐消失，所有的一切都由你的病情、治疗和预后所掌控。在 "癌症国"，你会学到一门全新的语言——关于血液检测和影像技术的术语，你会学会如何仔细查看心电监护仪上的数值，判断其中传达的代表健康或危险的信息。在这种地方待上数月甚至数年的人会对自己的疾病非常熟悉，以至于他们都可以当作医学专家了。

当然，"癌症国"并不总是那么沉闷。能在这里工作，我们其实为自己深感荣幸，因为这里没有其他领域中十分常见的欺骗和诡计。认真地做诊断、做治疗方案，没有任何能够比这更实在、更真实、更能让人投入的事情了。遇到这种长期生活在"癌症国"的患者，你会发现他们没有伪装，也没有偏见。他们想哭便哭，想笑便笑，而且更愿意坦诚地说出自己的想法。虽然有一些例外，但他们一般都更具有爱心和同情心。这有点讽刺，但确实是真的。当我们的寿命所剩无几的时候，感恩和宽容的本能便自然而然地流露出来。

陪伴母亲进行治疗也给了我机会，让我去了解患者及其家属对医生、护士以及对丹娜－法伯癌症研究所里一切事物的感受。母亲的医生是我认识的同事、老师和导师。我知道医生是怎么想的，甚至还能想象出他们会在会诊中怎样讨论母亲的治疗方案，但有件事他们做得非常巧妙，把母亲的病情恰当如实地告诉了她，又不至于让当时已经非常虚弱的她被吓住。当然做得最好的一件事就是在每次问诊结束时都会简述下一步要采取的措施。这些信息让母亲安下心来，尽管她明白自己有一段艰难的路要走，但至少有可以期盼的落脚点和休息点，一个明确的计划可以让任何艰难的攀登都变得更加容易。

看着母亲如此坚强地与癌症做斗争，我意识到对患者真实告诉治疗方案的极限在哪里。专业医生在私底下讨论的时候，可能会提及许多种不同的治疗方案，而这些选择有时最终可能并不适用。如果你让患者或患者家属听到这些谈话，这很有可能会把事情越弄越复杂——或者更糟的是引起事后冲突。患者家属可能会回想起那些没被选择的方案，然后反问："你当初为什么不选这个方案？"有时候，再多的解释也不能打消人们的疑虑，让他们相信你绝对不是因为无能或疏忽导致了这个选择。相反地，如果你把检测结果或影像学分析结果分享给患者却不做解释，也不说明你最终的判断及其所依据的经验，那么同样的问题也会出现。让患者自己解释这些结果，既不友善也不明智，会让最需要抓住船锚的患者觉得无所依靠，随波逐流。

母亲的手术已经安排好了。然而她盼望能治愈癌症的切除手术最终还是失败了，手术给她留下了一个令人羞愧的结肠造口，这考验着她的尊严。在公共场合面前，她一直保持着应有的品质，但我知道在亲密的朋友之间这很难做到。事实上，她在还不知道有关疾病的进展之前就感觉自己已经置身于健康人的圈子之外了。她的病多年来不断复发，她去世5年后，终于研究出了可以避免病情复发的方法，如果这些研究能早一点的话，她也许能避免复发，一切都太迟了，但我依然感谢这些研究，让那些和我有同样经历的家庭能够幸免于难。

母亲是一束让我们都为之旋转的光，她的每一次复发都让家人发自内心地感到恐惧。每次联系到那些资深的同事，我本以为他们能够很好地在专业治疗与人文关怀之间找到平衡，但他们每次的回答都让我感到了一种英雄主义。对我来说，他们的确代表了医疗和外科手术的典范，但有时我也怀疑，难道是我希望能尽一切所能的想法影响了他们，让他们失衡于最好的判断——真正恰当的治疗。发现肺转移时，医生为母亲进行了肺切除手术。我关于医学最可怕的记忆就来源于那次经历。胸部遍布着各种感觉神经，对人类来说，胸腔里的所有器官都十分重要，当进行胸腔手术时，尤其是当令人毛骨悚然的扩张器撬开肋骨时，会导致剧烈的疼痛。扩张器在中世纪时期就开始使用，无论是过去还是现在，若要切除肺部肿瘤，这种残忍的扩胸操作仍然是必须的。手术后我坐在观察病房里母亲的床边，她苏醒后，笑着瞥了我一眼，但脸上的笑容很快就变成了痛苦的尖叫。她后来说，这种痛苦就像是用喷枪在炙烤她的皮肤。即使身为医生，我对这样剧烈的痛苦还是感到很陌生；但作为一个儿子，这让我非常难过。最后只有在适当部位进行神经阻滞才得以最终缓解这种火烧般的痛苦。

她最终恢复了，但后来又开始头晕。结肠癌一般很少转移至大脑，但这种转移就发生在她身上。放疗后，她又需要接受开颅手术来切除转移的肿瘤。手术听起来完全合理，我也很感谢那些做手术的外科医生，但是仅仅打开头骨就会改变一个人，更别说进行其他操作。开颅切掉一些病变的脑组织，然后再进行放疗来彻底去除癌症，这些治疗只会留下阴影，尽管它确实让母亲恢复了一些体力——足以参加凯西和我的婚礼并可以跳舞了。对我而言，那是一份最后的礼物，但后来她的情况又渐渐恶化，最后巴尔迪诺医生来到我们家，对我说："够了，她受的苦到此为止。"

回顾这件事，我发现在很大程度上是我的乐观情绪推动了整个事情的发展。不是说为母亲治疗的医生失去了他们自己的判断，事实是癌症治疗根本没有什么标准的指导方针，医生总会自动压制自己那些过分积极地去帮助患者做决定的想法。对医生来说，这种帮忙做决定的想法是很危险的，医生总觉得有一些恶毒的、手持法律依据的监督者在背后紧盯着他们，这让这种想法往往变得更加困难。不是说这些影响到了那些为母亲治疗的医生，但我知道在很多情况下这的确就是事实，而且我自己在做决定的时候也会受到这些影响。"防御性医疗"的观念是真实存在的。对一些医生来说这变成了条件反射：做一切能做的事，这样就没人指责你没有采取行动。这种盲目机械的行为往往造成更多的浪费，尽管出于某些原因，健康经济学家在数据中没有发现这一点，可能是因为没有医生会承认，而且它也不易被察觉，但我知道我就是这么做的，而且我怀疑为母亲治疗的医生也这样做了。我们每个人都会心血来潮地想要帮助别人，而且大多数医生都会有帮助人的冲动，即使可以提供的方法其成功概率非常之小，常规的做法还是想要去尝试一下。这种"起码要做点什么"的冲动在很大程度上推动了目前的肿瘤治疗，尽管肿瘤治疗的疗效只能延缓死亡的到来，而不能有意义地延长生命。更糟糕的是，美国食品药品监督管理局（FDA）批准的肿瘤药物也是一样，虽可以缓解病情，但它们让患者延长的寿命不会多于几个月。

患者总是会条件反射地做医生推荐的事情。对于我母亲来说，情况确实如此：如果有任何的治疗方案，她都会同意。她是一个积极、能干的人，觉得为了家人和朋友，她有义务去接受每一个有意义的选项。作为一名癌症患者，她不仅要像我们言语所鼓励的那样顽强地与疾病作斗争，而且还要防止他人因为她的痛苦而感到难过。她不能让家人经历丧亲之痛，为了尝试缓和这种情况，她接受了一切可能的治疗方法。几近滑稽的是，她的烘焙时间还增加了。烘焙出来的饼干装满了越来越多的罐子，冰箱里存放了越来越多的馅饼，甚至地下室的另一个冰箱也塞满了。苦难的崇高意味着去做任何被推荐去做的事，而且还远不止于此。

四年的努力之后母亲于 1985 年去世，终年 65 岁，也是我现在的年龄。在生命的最后几年，她拼命享受着她为人母的每时每刻，以及她初为祖母的乐趣。老天似乎不公平，当我在难得的周末里"兼职"照顾养老院的老人时，心胸狭隘的我忍不住流露出了这种想法：这里许多老人因阿尔茨海默病的发展而对家庭和周围的事件几乎一无所知，一个公正的老天似乎应该把这些看起来毫无意义的生命换给那些真正被夺去了生命活力的人。然而，母亲教会了我将感恩当成一种生活方式，我不能让本不该有的教训持续下去，相反我必须将我的所见所想和家人经历的苦难变成一种动力，从而积极地去改变其他人将要经历的痛苦。我不能让那种痛苦只是发出响声后逐渐消失。很显然，没有什么比带来新的光、新的方法来驱散癌症的阴影更重要了。我们现在可用的方法是那么的粗糙：毒药、手术和辐射，就好像用手去遮挡飓风一样，面对癌症复杂的生理机制，这些方法都太过简单，它们是不可能打败癌症的。更多的科学知识似乎是唯一的出路。我很幸运，来到了科学研究的最前沿，而且有机会参与科学研究。

通过科学研究来创造更好的临床疗法其实是一件费力而缓慢的事情。作为一名临床医生，我经常要向患者解释为什么我们的研究进展得如此缓慢，人人都希望某个临床试验得到的某种新的治疗方法或药物最终能够治愈某种癌症。虽然任何临床试验的初衷都是希望带来巨大的疗效，但事实上很少有实验能做到这一点，尤其是有关癌症的实验。实验一直在改进，它们可以确定某种药物是否有效和安全，但这些实验仍然非常有限。人们总是恳求我们去寻找突破性的疗法，但我们几乎从没找到过。幸好大多数人都接受了这个现实，尤其是如果我们能花时间把事情解释清楚，但大多数患者仍然希望参与科学研究，在某种程度上是希望这个实验能给他们的治疗带来希望，如果实在不能，至少希望最终会有人因为这个实验而受益。

期盼科学进步是医生和患者在实验协议中心照不宣的共同心愿之一，也让大家接受了这样的事实：大多数试验都需要有患者处于"对照"组。对照组可能只是接受标准治疗而并非新药的患者，但为了确定新药能增加哪些疗效，这样做是必须的。但要跟患者讨论这件事，以及让患者与医生接受这件事都是十分困难的。患者的想法通常是，如果你真的相信这种新药值得一试，为什么不给我用这种药呢？通常我们的解释是，因为药物的副作用或者毒性可能会让病情变得更严重，这个理由似乎是充分的，而且更容易让人接受。但所有来到研究中心的人都是为了寻求新的疗法，因此他们通常愿意冒险接受新药。但让他们作为对照组的一员就意味着只能得到现有的标准治疗，无法满足他们的期望或愿望。

由此造成的相关人员之间的紧张关系是真实的，也是极具挑战性的。那时候我曾目睹一些有影响力的人对这件事进行幕后的操纵。但幸运的是，现代的临床试验阻止了人为操纵"随机性"分组的现象。现在，受试患者只会得到一个没有任何意义的"号码"，这个号码会被随机抽取从而决定着受试患者会得到什么药物或者被分到哪个受试组。人们互相竞争，并试图利用人际关系甚至提供贿赂来获得试验新药的机会，但我们的从业誓言中有那么一句："对所有人都要一视同仁地进行治疗，不管这个人处于什么地位。"金钱买不到同情和良好的治疗，不管是在原则还是在实践中，我们都应尽力为所有人服务。

而且，当你每天面对生死，你完全有可能把对地位和权力的考虑抛诸脑后。对我来说，因为有了照护患者的责任，过去关心的很多事情就没那么重要了，包括目前流行的一些东西。我还发现，要进入医院和实验室外的社交圈还真有一点点难度。这只是一个小小的例子，有一次我碰巧遇到一个下班的朋友，他给了我几张去芬威公园看棒球赛的门票。我喜欢棒球，而且红袜队的比赛门票一如既往地抢手，但我却无法激起热情去接受这几张票。不久后，我有了第二次这样的经历，这是一个信号，提醒我得努力过一种更正常的生活。从医院回家的路上，我路过了一个可以快速搞定我个人晚饭的地方，我走进去的时候正好在一张桌子旁看到了一些我认识的人。我当时想，太好了！有我认识的人。实在太久没有参加社交活动了，以至于我根本不知道他们几个是特意坐在一起的。当我询问能否加入时，他们说："唔，我们在吃晚饭呢。"随后的沉默中，我突然意识到我没能明白人家的社交暗示，闯入了我不受欢迎的地方。

对于整天在"癌症国"里工作的人来说，我们每天都会经历生死或者是创伤，这提高了我们对于生命的体验，又使我们对生活中的那些小事变得木讷。某个患者得救了，某个患者去世了，经历多了这样的生死之后，我们必须寻找一种方法好让我们能够继续正常工作。这在某种程度上是凭借一种暗语做到的，这种暗语让医生之间，医生和患者之间能够互相交谈，这样我们可以逃避某些社会现实。我们会说从捐献者那里"采集"骨髓并进行"处理"，之后把它"输给"接受过高强度放化疗的患者，因为如果没有这些新骨髓细胞来"拯救"他们，他们将会死去。骨髓是从捐献者身上采集的，捐献者会被推进手术室，全身麻醉，然后我们用大针头反复穿刺骨盆，并用注射器抽取骨髓细胞。这是一项费力的工作，包括多达一百次的插入针头，但后期会稍微容易一些，因为骨头在针刺的影响下变得有点像海绵一样了。

每次穿刺骨头时，少量红棕色的胶状骨髓会被吸入注射器中，然后被放入无菌桶中，直到收集到 1 夸脱或更多。这种穿刺对捐献者有一定的风险，包括一些罕见的情况，比如神经损伤可能导致长期疼痛和麻木。在那时，捐献者若想康复，需要在医院待上一个星期。听起来好像我们取出了大量的骨髓，但实际上我们只取了捐献者骨髓的 5%。未动的那部分骨髓会继续发挥作用，被采集掉的骨髓也很快会恢复。

对于骨髓接受者来说，漫长又艰苦的移植过程包括两天高强度的化疗加上全身放疗以杀死他们所有功能正常的骨髓细胞。布里格姆妇女医院可以做化疗，做完化疗，患者将失去所有抵抗感染的能力，这意味着我们必须将他们隔离在用无菌塑料密封下的特殊环境中。吃的食物都被辐射过以杀死所有致病微生物，喝的是无菌水，连呼吸的空气都被清除了所有污染。如果不穿无菌服，不戴口罩和手套，任何人都不能进入这些空间。某些情况下，只有通过连在隔离塑料屏障上带袖子的手套，患者和医护人员才能进行接触。

化疗结束后必须对患者进行全身的放疗来完成为患者进行移植的所有准备工作。提供辐射的直线加速器一般位于地下。像网一样的地下通道可以让我们到达医院的地下室。躺在轮床上的患者，被推着嗖嗖地经过这些通道，我有时在想，当他们盯着头顶上不断经过的灯具支架的时候在想些什么呢？凭借精细的技术和先进的药物，骨髓移植的效果已经稳步提高。1984年，全美每年做骨髓移植的人已经超过5000人，死亡风险目前已经下降到了30%。（这听起来很高，对比我们初期使用的那些激进且危险的治疗方法来说，已经是一个不错的纪录了。）我们做骨髓移植的效果超出了平均水平，这意味着我们的绝大多数患者在康复出院时，他们的癌症已经缓解，他们的新免疫系统开始正常工作。我在布里格姆妇女医院的导师乔尔·拉佩波特在这一时期取得了许多里程碑式的成就，包括第一次通过有效的移植治疗了许多与免疫相关的疾病，其中包括一种对儿童非常致命的疾病。

我们的成功令人激动，但依然有患者死于感染，尽管我们付出了一切努力，甚至使用药效最强的药物也无济于事，这是每个人都会遇到的问题。对于慢性粒细胞白血病患者，其治疗效果主要取决于他们是处于疾病的初期阶段，还是所谓的更致命的爆发期。在

20世纪70年代末和80年代初，60%以上的早期慢性粒细胞白血病（CML）患者在移植手术三年后存活了下来，而只有16%的爆发期的患者能活这么长时间。

最难以承受的是患者的离世，因为在治疗过程中我们已经与患者及其家属建立了情感的联系，再大的职业距离也不可能让我们因工作而失去情感。不止一次，我筋疲力尽地离开医院，在公共汽车上睡着了而错过了要下车的站，直到司机不得不在到达终点站的时候停下车走过来把我叫醒。有时候，我会变得非常气馁，以至于差点放弃我的职业。我接诊过一个朋友的父亲，没有比这更让我感到沮丧的经历了，因为我们无计可施只能眼睁睁地看着这个受人尊重、被人深爱的老人渐渐离去，这超出了我能忍受的极限。他去世的那晚，我在值班。那时候还没有手机，我用电话紧急呼叫主任医师的传呼机，他人在高速上，所以必须找出口下高速才能找到公用电话回复我。因此，我不得不以住院医生的身份与他的家人交谈，这真是一件痛苦的事情。最后他回到了家中，这至少给家人们带来了些许安慰。幸运的是，总会有一些积极的事情让我低落的情绪有所好转。在我刚开始做骨髓移植手术的那段时间，住院医生经常会穿着手术服离开医院。有一天，我在医院附近的一家商店停下来，打算买瓶酒再回家，店里的一个男人注意到了我的衣服。

"请问，"他说，"你是医生吗？"

我说是的，还跟他打趣说这个地方有这么多医生，你得小心走路，以免被他们绊倒。

当我付完钱，店员在找钱时，那人又问起了我的专业。得知我在血液肿瘤科，他接着问道，"你做骨髓移植手术吗？"

根据我的经验，我一时间想到的是——他是不是认识某个接受过骨髓移植手术的人最后去世了。但我还是鼓起勇气回答："事实上，是的。"不过，他接下来的话几乎让我震惊了。

"真好，"他回答道，"我做过一次骨髓移植，它救了我的命。"

他简短地聊到他是如何从慢性粒细胞白血病康复的，之后他和我握手道别。这种相遇发生的概率有多大呢？

我们能在长木医学区相遇是因为这里的患者比其他任何地方都要多。不过，这仍然是一次意想不到的相遇与交流，以至于我几分钟后才缓过神来。它是一个极大的鼓舞，让癌症治疗复杂的过程、极其戏剧化，甚至事与愿违的治疗结果显得那么微不足道。当你从某种致命的癌症那里夺回了哪怕只是一个年轻的生命，那种轻快的心情是无与伦比的。它让癌症看起来不堪一击，让移植手术似乎成了癌症研究的终极思路，一种触手可及的希望，这种希望正在发生巨大的变化。很显然，之前为了理解移植手术，我和同学在凯斯时向乔治·伯尼尔提出的那些问题现在成了研究的焦点。虽然很多东西依然像雾里看花一样，半知半解，但这和以前大不一样了，干细胞是一个我们虽知之甚少但潜力又无穷大的领域。正如科学研究中经常发生的那样，我们对所研究的现象并没有完全理解，也无法预测它会得到什么结果。

骨髓干细胞是一切的源泉：它能让身体产生血细胞、淋巴细胞和我们称为免疫系统的一系列抗感染细胞。这些细胞彼此之间的差异很大。例如，中性粒细胞需要一周以上的时间来产生，但其存活的时间通常不到一天。与它形成鲜明对比的是干细胞。它们可以进行不对称分裂，分裂出来的子代干细胞会继续发育成一个功能完善的成熟的干细胞，而另外剩下的细胞则会成为祖细胞的复制品——这是一个自我更新的过程。这种永久的再生能力是干细胞的一个显著特征。但与癌细胞的自我更新不同，正常的干细胞有着这样的能力或者内在的功能，能让后代或自身进入不同的分化过程。造血干细胞可以无限期地一直创造具有新功能的血细胞（增殖）和不断复制自身（自我更新）。如果被移植，它们将承担同样的工作并不断地重复，直到接受移植者死亡。如果移植被无数次重复，它们可以被认为是不朽的。

骨髓干细胞还能生产许多这样的细胞——它们可以监测体内是否有恶性肿瘤和病原体，包括病毒、细菌和寄生虫，一旦发现这些它们就会组织起来对抗。关于这个系统如何对付特定入侵者的理论，其中最有意思的是由一位名叫弗兰克·伯内特的澳大利亚医生在1957年提出的。伯内特认为，骨髓制造了一种特别的血细胞，即所谓的B细胞，它待在淋巴系统中处于储备状态，当需要时这种细胞会产生专门针对某种特定入侵者的抗体。值得注意的是，这个系统似乎能有效记住被打败的侵略者的样子，从而拥有了相应的免疫能力来应对该侵略者未来的攻击。该理论基本上是对的，尽管数年后人们才搞清楚免疫系统中一些细胞是如何对某些特定的目标做出反应的。

　　淋巴细胞——B 细胞是其中的一种类型（另一主要类型是 T 细胞）——有一种固有的能力，能够通过一系列基因突变来修正其基因组中的某些特定部分。这个特定部分表达了只在特定的淋巴细胞中被表达受体的基因。也就是说，B 细胞表达 B 细胞受体（也起抗体的作用），T 细胞表达 T 细胞受体。突变发生在这些细胞成熟的某个时刻，突变开始时，它们会经历一系列精心设计的程序，包括切掉受体基因再修复它，然后在修复的过程中加入了一些随机的变异。当基因碎片重新连接时，有些碎片丢失了，但也新增加了少许片段。这种被精心控制着的混乱程序将受体细胞中一开始全部相同的基因变成为一组独特的受体基因。每一个受体基因都有自己独特的"特征"，这个特征使受体基因能够识别特定的靶点，这在许多方面都意义重大。首先，能被识别靶点的种类增多了。这样，让一些随机变异成为自身细胞 DNA 的一部分，单个淋巴细胞因此拥有了自己的特殊身份和能力。这都是为了应对不同的靶点，这些靶点像细胞所必须面对的入侵者一样种类繁多且容易发生变化。我们的基因不可能预先将所有来自大自然的入侵者都成功编码。相反，我们的基因可以接受一定的随机性，允许 B 细胞和 T 细胞在适当的时候产生新的能力，使新的防御者能够拥有应战新敌人的能力。基因赋予了我们适应和恢复的能力，这两种能力在任何机体活动中都非常关键，它能成功保护人体不受不断变化的微生物世界的伤害。

　　另外有关免疫系统的经验是，并非所有的突变都是有害的。通常我们会认为基因突变是个不好的意外，但大多数突变是无害的，只有在错误的地方发生的突变才会导致癌症。突变不一定会导致严重的后果，这在皮肤细胞中最为明显。来自宇宙的不断辐射是引起我们皮肤细胞突变的主要原因。幸运的是，这些突变没有引起什么严重后果。而且有些突变是有益的，比如我们免疫系统的 B 细胞和 T 细胞的基因突变。显而易见，它们的突变会给新细胞提供新的能力，这种新的能力就是对多种入侵微生物的识别能力。在进化中，突变是不断适应新环境的方式。当突变的基因能对付艰难的挑战，有更好的耐受性，这些突变会被保留下来。如果突变正好出现在我们的生殖细胞干细胞中，即形成精子和卵子的细胞中，突变就会传递给新一代。

不是所有的带有突变识别受体的淋巴细胞都能存活。有些会被选择性地杀死，从细胞群中被剔除。它们的死有两个原因：一些突变的受体根本不起作用，它们要么不是细胞产生的，要么识别不了有价值的信息，毫无用处，所以就消失了；另一些细胞是因为识别到体内的某些东西并被它们过度刺激，以至于这些细胞触发了一个被称为程序性细胞死亡的过程——细胞自杀。即使存活下来的细胞，如果它们对身体有反应，它们也经常被重新编码，变成惰性细胞、非活性细胞，或是变成可以主动抑制免疫系统的细胞。这种机制产生了所谓的耐受性，即免疫系统被迫冷静下来，任由外来入侵者的肆虐。

21 世纪，科学家普遍认为身体是由包括活细胞在内的网络和系统组成的，这些网络和系统可以和拥有智慧的免疫系统一起相互合作。但细胞是如何完成这项工作的呢？在20世纪80年代初我开始科研生涯的时候人们对此知之甚少。最早对此进行深入思考的是分子生物学家约书亚·莱德伯格，他因为遗传学方面的成就而获得了诺贝尔奖，之后便开始研究人工智能。让莱德伯格感兴趣的是为什么计算机可以对输入做出反应并自己完成"学习"，他还从理论上说明了一群不同类型的细胞也可以完成同样的事情。

莱德伯格在20世纪50年代末首次提出了"自身耐受"的概念，并假设淋巴细胞确实能从自身发展过程中获得经验。如果它们的反应过于激烈，比如它们如果对机体本身有反应的话，它们会被命令坐下并闭嘴。在一般情况下，它们都照办了。30年来，我们对这种情况发生的内在机制并不知情，但他提出的概念现在得到了验证以及很好的定义，其定义足以让我们利用并操纵这些免疫耐受和反应来应用于临床疗法。

在干细胞移植和器官移植的领域里，耐受性和反应性意味着移植的成败得失。免疫系统如果缺乏耐受性，被移植的器官或骨髓就会立即成为靶点并遭到排斥。在20世纪80年代，免疫分型变得越来越复杂，刚开始的时候只是把捐献者的血细胞和接受者的血细胞混合起来，然后观察会发生什么。血型就是这样诞生的。莱德伯格就是把不同患者的血液混合在一起，并根据谁和谁会产生聚集而把血液分成A、B等组。因此他在1930年获得了诺贝尔奖，并由此彻底改变了输血的方式。但免疫系统分型比血型要复杂得多，它一般需要检测捐献者和接受者的淋巴细胞混合起来后是否能导致淋巴细胞的增殖和生长，并以此作为激活的证据。某个人的淋巴细胞对另一个人的淋巴细胞产生不良反应的基本机制被阐明了，这也是人类白细胞抗原（HLA）分型的基础。人类白细胞抗原分型成为一个关键的因素，可以确定谁的干细胞可以安全地捐献给谁。我在培训期间，这一领域的发展让移植变得更为安全，也让移植作为治疗致命疾病的方法被更广泛地接受。

然而，即使有了分型，移植过程对患者来说仍然是非常痛苦的。捐献者和接受者的免疫系统互相攻击，以至于需要使用强化治疗来抑制免疫力。患者承受的痛苦太大，以至于移植被视为最后的办法被用在别无选择的患者身上。这些患者常常患有侵袭性血癌，所以他们通常会接受强化治疗以杀死肿瘤细胞。随着早期强化治疗在治疗某些血癌患者身上的成功，有人提出了一种假设：骨髓不仅可以从一个人移植到另一个人，还可以进行自体移植。肿瘤强化治疗主要的毒性在于它会杀伤骨髓细胞和肠细胞，而其中至少有一种细胞——也就是骨髓细胞可以在强化治疗前被采集，然后存放在冷冻室里。同时，让化疗发挥其毒药的作用杀死癌症之后，骨髓可以被解冻，重新注入骨腔，恢复骨髓产生新血细胞的能力。这就是自体骨髓或干细胞移植。在某些人身上，它的效果非常好。

用自体骨髓或造血干细胞移植来改善强化治疗导致的后果（全部骨髓细胞死亡）成功地治愈了将近40%有特殊淋巴瘤并且使用其他疗法都失败的患者。那些已经走投无路的人挽回了自己的生命，这简直不可思议，所以问题变成了："为什么不让其他癌症患者也尝试一下这种方法呢？"

在波士顿我工作的医院里，我们开始使用大剂量化疗和放疗再加上骨髓移植来治疗恶性血液和免疫系统疾病。第一批接受这种治疗的患者中有一些得了乳腺癌的妇女，她们在常规治疗后癌症再次复发或者已经转移。她们的骨髓是健康的，所以我们首先从患者的骨骼中提取健康的骨髓，加工后在液氮中进行保存（这是自体移植的第一步）。在患者接受完几乎使他们丧命的放化疗后，我们再把骨髓输回患者体内，并希望他们的免疫系统能够迅速恢复，防止他们因感染而死亡。

自体移植治疗实体瘤最终在美国和欧洲的研究型医院广泛地开展起来了，但没有人像埃米尔·汤姆·弗雷一样如此坚定地坚持使用这一策略。像所有的肿瘤学家一样，弗雷对当时的化疗效果很不满意。在很多情况下，癌症似乎被消灭了，结果却以一种新的基因形式出现，这种新形式完全可以对抗之前看似成功的治疗。弗雷完全有理由对我们这一领域的缓慢进展感到不满，在马里兰州贝塞斯达的国家癌症研究所，他与埃米尔·弗赖雷克共同发明了一种叫作VAMP（VAMP是几种药物的首字母缩写，它们分别指长春新碱、氨基喋呤、甲氨蝶呤和强的松的衍生物）的疗法，用于治疗儿童白血病。VAMP疗法带有极强，甚至是致命的毒性，但他们最终在干预措施的帮助下，成功地使年幼的患者摆脱了药物副作用和感染，从而让这种疗法有了一席之地。

但在开发 VAMP 疗法的过程中，弗雷也曾为此承受过失败的压力，原以为实验能为濒死的儿童患者争取到最后一线希望，但结果却失败了。同事提出了抗议，认为他的方法残酷得令人无法接受，怀疑他做出了错误的选择。但和其他人一样，医生也会有所谓的确认偏见，总喜欢夸大成功，而把失败埋到心里最隐蔽的角落。我们需要这种心理防御，因为医护人员并没有与患者保持着职业距离，我们会与自己的患者建立情感的联系。这是人之常情。再者，我们难免会怀疑自己，因为我们要担负起一个病危者的治疗责任，只有专注于成功，才能让我们在治疗实验失败和患者死后还能继续坚持下去。不然，每当我们在病房里安慰完一个逝去患者的家属之后，又怎么能够足够坚强地穿过走廊去，和另一个充满活力而且正需要我们治疗的患者见面呢？

对于弗雷来说，失败的经历很可能促成了一种更为坚定的心态。正如同事文森特·德维塔在一本书中所回忆的那样，弗雷刚开始用 VAMP 疗法治疗儿童时，别人都觉得他是"疯子"。在会议上，人们用屠夫之类的词骂他，他的患者也因该种疗法而饱受痛苦。但这种非传统的方法有时也会奏效，而且只要有一个孩子接受治疗后能得到恢复并似乎痊愈了，他就有了继续下去的动力。有了足够的成功例子，他就能完善他的方案，对于之前已经无药可救的病例，VAMP 疗法治愈的概率也增加了。每拯救一个孩子，这种残酷的疗法就得到了更多医生的认可，促使他们说服患者、患者父母和家属接受着这种疗法，用它治愈患者。

在离开国家癌症研究所后的几十年，弗雷成为丹娜－法伯癌症研究所的主任，数百名世界著名的肿瘤学家成了他的助手。当他提议对实体瘤患者进行激进的治疗后再进行自体骨髓移植的时候，没有任何人提出反对。他是个有决断力的人，非常自信，并且也得到了这个领域不少卓越人物的尊敬，因此他不能容忍那些支持保守治疗的人的请求。当时，要想治疗白血病，使用有毒的化学物质是最先进的方法，许多医生希望，如果我们有勇气超越平常剂量的界限，那么化疗法将得到发展并运用于其他许多癌症上。

　　弗雷在他早期工作的基础之上又设计了实体瘤自体骨髓移植疗法（STAMP），其过程包括大剂量化疗和骨髓移植。他宣称这是能够"治愈乳腺癌的方法"。不久之后，丹娜－法伯癌症研究所就成了实体瘤 STAMP 疗法的全球领头人。在这项实验中，弗雷的合作伙伴之一是他的同事乔治·卡内洛斯，他们在 20 世纪 50 年代就认识了，当时他们都还在国家癌症研究所工作。卡内洛斯和弗雷等几个医生的地位非常之高，所以他们的想法得到了广泛的支持。在第一批实施 STAMP 疗法的患者中，可以看到实体瘤在几周内明显缩小。弗雷不断地调整着他的疗法，就像他当初改进 VAMP 疗法时那样，朝着药物与辅助治疗相结合的方向发展。接受大剂量化疗和自体骨髓移植联合疗法（HDC/ABMT）的乳腺癌患者的人数从 1985 年的每年 100 人稳步增加到 1994 年的 4000 人。尽管没有非常确切的治愈数据，但患者及其支持者向保险公司施压，要求赔付项目里包含此项疗法的治疗费用，有几个被保险公司拒赔的患者还通过诉讼赢得了赔偿。

如要进行 STAMP 疗法，每位患者至少要花费 20 万美元，因此报纸上经常会报道患者及其家人为了能接受这种治疗而跟保险公司打官司的新闻。尽管没多少证据能证明这种方法的疗效，尽管这种疗法会使患者极度衰弱，而且还要冒很大的风险，但乳腺癌的高强度化疗加上骨髓移植的治疗协议还是普及到了世界各地的医疗研究中心。在美国，手术的支持者认为，那些反对乳腺癌患者接受这种治疗的人是基于对女性的性别歧视。需求变得如此巨大，以至于有人投资了数十家新的营利性诊所，并有意压低治疗的费用，他们的费用比那些更为成熟的癌症中心的价格低了很多。一些医生甚至开始为卵巢癌和前列腺癌患者提供这样的治疗，但实际上对于后者来说化疗基本上被认为是无效的。

经过骨髓移植手术而存活下来的乳腺癌患者的心脏、肾脏或其他器官有时会受到永久性损伤，而且随着时间的推移，癌症依然会复发。对于化疗来说，多多并不一定就益善。激烈的争论开始了，支持者们认为患者应该有选择与死亡斗争到底的权利，尽管随机试验并不能提供可靠的证据证明它的疗效，但他们认为否决患者任何一个有希望的治疗机会都是不道德的。这一直是那些支持者的理由——他们认为科研工作者太过关注每个细节，导致有疗效的干预措施会被不必要的推迟。在阿尔伯特·爱因斯坦癌症中心，肿瘤科主任就认为没必要去进行乳腺癌患者骨髓移植的临床对比实验。他和其他人一起质问，为什么仅仅为了证明一个观点是否科学就要拒绝给（对照组）患者以治疗，为什么有些人要为了这样一个研究协议去白白送死呢？

经常跟患者打交道的我们知道一个人的痛苦和死亡会波及并影响到很多人的感受，所以实验性的治疗实在是一种痛苦的诱惑。有时我不得不告诉患者他们不具备参加某项实验的条件，这种谈话是毁灭性的打击。我有时也会试着鼓励患者参加某项实验，也许按照当时的客观标准他们并不适合这个研究，在这种情况下，我通常有预感他们的病应该会好转，觉得有责任给那些求生欲望非常之强的患者提供帮助。在大多情况下，当这些患者被允许进入该实验但治疗却没有效果的时候，我不知道我的努力是不是有益的，还是仅仅只是觉得我们（包括癌症患者本人、他或她所爱的人和医护人员）已经做了我们能做的一切。我并不想贬损那种已尽全力的安慰，但我们竭尽全力的治疗的行为有时不但给医疗体系增加了负担，而且往往还会降低患者在弥留之际的生活品质。拖延死亡的时间并不是一件好事。

治疗过程往往会变得更加复杂，有的时候患者会因为没有等到药物监管部门批准的某种药物而遗憾地死去了，还有的时候患者会因为服用了被药物监管部门批准下来的药物而出现了严重的、出乎意料的副作用。对乳腺癌患者实施骨髓移植手术，不少人是持怀疑态度的，我也是其中之一，因为没有任何化疗可以完全治愈肿瘤。去让那些本来就已经病危的人冒着生命危险去体验一次地狱般的经历，或者即便她们拒绝了，要让她们去告诉自己所爱的人，她们刚刚拒绝了一个本可以带来一线希望的选择。这都是不公平的，这似乎根本就不是选择。

在波士顿医学界，这场无休止的争论在 20 世纪 90 年代中期有了转机，汤姆·弗雷的长期合作者兼同事乔治·卡内洛斯突然不再支持 STAMP 疗法。因为全国在术后恢复过程中死亡的患者已达到了 10%。即使有这样大的风险，许多妇女依然想通过她们的医生获得这种实验治疗，实际上这种正规的实验治疗已经很难吸引到患者了，因为实验组的患者得到这种治疗，而对照组没有治疗。

一切争论在 1995 年达到了高潮。起因是波士顿的媒体报道，丹娜－法伯癌症研究所一名接受高强度化疗＋骨髓移植的患者（也是《波士顿环球报》的科学记者）在接受了过量的某种化疗药物后死于心脏损伤。39 岁的《波士顿环球报》记者贝特西·莱曼的死不仅让她的家人和朋友极其悲痛，也震动了医学界，还让公众开始关注到她接受的治疗方法。几个月后召开的一次全国大会上，为实体瘤患者进行骨髓移植手术的做法遭到了科学家们的一致批评，这种治疗方法被作为一个过激治疗的例子，与霍尔斯特德的乳腺癌根治性乳房切除术相提并论。在多数情况下，过激治疗与霍尔斯特德的乳腺癌根治术一样，并不比温和治疗好多少。在这次会议之后的几年里，大量的数据使 STAMP 疗法受到了质疑。1999 年，美国临床肿瘤学会的年会上公布了四项大型相关试验的结果，不过在此之前的媒体也报道了研究表明该治疗方法的疗效并不可靠。压垮该疗法的最后一根稻草是，当某个调查小组被派去检查其中的南非小组发表的数据时，却发现这个最重要的、最振奋人心的研究中所引用的数据全是造假的。

最终大约有 3 万名美国妇女接受了 STAMP 疗法，但其中参加正规项目的患者只有不到 1000 人。3 万人中的大多数选择了这种艰辛的治疗作为她们最后的也是唯一的救命稻草。那些最终死去的人很可能在临终时因这种治疗而忍受了许多不必要的痛苦。那些幸存下来的人永远不知道活下来的原因是接受了这种激进治疗，还是因为被分到了对照组根本没有接受治疗。是要保持科研的严谨，还是倾向富有同情心的治疗？如何解决这两种价值观之间的冲突来为未经证实的治疗方法设置临床试验的条件？在当时好像也没有什么实质的结论和进展。即使逐渐地出现了循证医学和更为严格的临床试验审查，这种新趋势也从未停止，不过在生死这个竞技场上，每当创新又开始和谨慎对抗的时候，同样紧张的局势还是会出现。

我们逐渐建立了更为合理的体系来管理临床试验，其中最大的进展是建立了专门的制度，允许利用"同情用药"的方式来测试某种药物的安全和疗效，也就是说谨慎选择那些无药可医的患者，让患者拥有充分的知情权，医护人员受到保护可以免于责任，同时让药物实验不受结果的影响。

当科学研究逐渐显示出骨髓移植的局限性，医生们发现了一种新的可怕的疾病，这种疾病使人们非常容易被某些病毒感染，而且这些病毒往往常见于免疫系统被化疗破坏的患者身上。除其他疾病外，这些患者还会患上肺炎、肺结核、疱疹、弓形虫病，甚至与免

117

疫紊乱有关的癌症，最显著的癌症是卡波西肉瘤，表现为皮肤上深紫色的隆起病变。

1981年，联邦疾病控制中心公布了这种神秘的疾病，它一开始被称为同性恋相关免疫缺陷（GRID）。同年，首个病例在波士顿一家专为男同性恋、女同性恋和跨性别者服务的社区健康中心得到确诊。一年后，该病更名为获得性免疫缺陷综合征（AIDS），全国病例增至771例，其中死亡618例。1983年，死亡率上升到每月100人。马萨诸塞州州长迈克尔·杜卡基斯成立了一个特别工作组，计划应对这场引发恐惧和偏见的健康危机。在波士顿市医院，一名想做淋巴结活检的艾滋病患者甚至遭到医生的驱逐。这不是个案。1987年，纽约大学的内森·林克发表了一项研究，表明25%被访谈的医生都认为他们有权拒绝对艾滋病患者进行治疗。

此前人们就已知道该病的传染渠道主要是血液或其他体液。那些资深的医生和护士，包括我，都不得不在接触血液时采取防范措施，这一点以前没什么人关注过，年轻的实习医生往往把溅到血液当作一个医生的标志。在重症监护室工作的我们有时真的很担心会误传病毒。有一次，一名技术人员问我，刚在一名艾滋病患者身上使用过超声波仪是否可以在隔壁房间的一名孕妇身上继续使用。我们对这种疾病根本没有经验，我也不知道正确的答案是什么，但为了安全起见，我们取消了第二个患者的超声波检查。

巴黎巴斯德研究所的吕克·蒙塔尼耶和弗朗索瓦丝·巴雷－西努西最终发现了艾滋病的病因——一种逆转录病毒，即人类免疫缺陷病毒，这是艾滋病研究的第一个重大突破。美国国家癌症研究所的罗伯特·盖诺则进一步证明了这种病毒就是艾滋病的罪魁祸首。除人类免疫缺陷病毒外，他当时已经发现了另两种人类逆转录病毒——HTLV-1和HTLV-2。像所有的病毒一样，逆转录病毒必须侵入宿主才能自我复制，但逆转录病毒比其他种类的病毒更邪恶。它们直接将自身的基因侵入宿主细胞基因内，将宿主细胞变成加工厂，生产出大量的新病毒并大肆感染。众所周知，逆转录病毒会在某些动物体内引发癌症，因此盖诺对HTLV-1与HTLV-2病毒的研究在肿瘤学领域得到了广泛关注。对每一个进行艾滋病研究的学者和治疗艾滋病的医生来说，人类免疫缺陷病毒的发现给予了他们无限动力。在波士顿，这些人中就包括了还在被培训的医生，比如布鲁斯·沃克和我。

早期我们对HIV病毒束手无策，只能治疗它引起的并发症，诸如感染和癌症等。我们做的事很多时候看起来就是刚治好了这种并发症，却导致了另一种更严重的并发症。体重下降、严重肺炎，还有无休无止的腹泻……实在是痛苦不堪。由于缺乏有效的治疗方法，治疗手段就只能回归到最基础的防止患者感染或者缓解患者的痛苦。在很多情况下我们只能选择那些被用于缓解化疗后遗症的药物，比如抗腹泻、抗恶心的药物，甚至是可卡因——也许你会很惊讶，但我的确在某些病例中使用可卡因来治疗严重的鼻出血。这种可卡因跟黑市的毒品不完全一样，它确实能收缩血管，所以一些医生在做鼻窦手术时会用它来抑制出血。如果患者能在濒死时使用可卡因给他们精神上的痛苦带来片刻的舒缓，这也不失为一种次要益处。在这种情况下，我总会回想起我在布里格姆妇女医院重症监护室里所经历过的一个非常艰难的选择。当时我们正在抢救一位实际上已经无力回天的患者，他的生命体征数据一直都在下降——很抱歉医生总是习惯性用数值来思考问题。看到这种情况我上前给了一支药解除了所有麻醉镇静剂的药效，令他所有体征数值恢复了正常。不过这个药反而让患者感觉到了痛苦，而且第二天他还是去世了。

患者去世之后，我见到了患者的女儿。我说："我当时真想尽力救活他。"不过她却反问："你为什么要那样做？"当我认真思考她的问题时觉得很难过，意识到我所做的决定都是为了我自己，为了同事们——不过也许他们可能正在批判我的决定。我的介入的确令患者的生命体征数据回到了正常水平并保持了几个小时，但对于患者和他的家人来说，这并不是一个正确的决定。不可避免的死亡是每个医生都无法回避的诊断，试图对抗它只会令患者付出更痛苦的代价，浪费更多医疗资源。

在艾滋病还没有任何治疗方案之前，我们在治疗时经常要面对类似癌症那样挣扎在死亡边缘的时刻，不同的是这往往发生在年轻人身上，因为癌症病例中年轻人并不多。艾滋病无可避免地会导致死亡，这个事实已经成为一柄达摩克利斯之剑①，悬挂在所有被确诊患者的头顶上。极其不协调的是，这种病居然总是发生在活力四射的年轻人身上。好在男同性恋的圈子里，总会有十分充足的信息

① 源自古希腊传说，是一把悬挂在头顶上的剑，表示时刻存在的危险。

与社区的帮助，患者至少能在紧急情况发生之前提早考虑一些应该采取或者不应该采取的措施。

任何你能想象出来的苦痛，艾滋病患者基本都经历过，包括心理上的痛楚。很多时候也正是对心灵宁静的追求使得患者最终能和家人朋友走到一起，很荣幸能够看到爱可以和解一切并帮助许多患者度过人生最糟糕透顶的最后时光。

很少有人能在面对死亡时还假装完全不在乎；相反他们会意识到他们所剩余的时间是多么珍贵，并决定无论如何都要好好利用它。即使是这样的紧急状态，有时候也不足以弥补人与人之间的裂痕。30年前，我曾收治过一位年轻的患者，他拒绝与母亲和解并最终死于艾滋病。如今，尽管家庭成员们也会在性认同方面产生矛盾，但是在20世纪80年代，这种矛盾更为常见，家庭由此产生的裂痕也更广、更深。像很多类似的病例一样，我慢慢地认识了那位患者的家人和朋友，也知晓了他母亲的痛苦。但她儿子是如此地坚定、决绝，我似乎也没有权力对此做出评论。最终，他至死都没有再见他母亲一面。作为一个在物质和精神上都失去了儿子的母亲，她承受了比一般人更多的痛苦。

与艾滋病毒和艾滋病患者打交道的经验可以使每个医生、护士、治疗师和技师成为更好的照护者。作为一种能够对免疫系统造成致命影响的疾病，其重要性是显而易见的，它为我们指出了一条道路，这条道路可以通往我们最关心的癌症研究领域。近百年来，科学家们一直在争论病原体致癌的可能性，除了伯基特淋巴瘤，我们并没有找到更多相关的证据。只有确凿的证据证明免疫反应对于保护人类免受癌症侵袭起到了非常大的作用，在艾滋病毒携带者身上检测到的卡波西肉瘤也证实了这一点。

我在哈佛大学教员兼病毒学家吉姆·坎宁安的实验室获得了一个职位，在那里我完成了我在传染病学和癌症领域最早的一个科研项目。那时候，吉姆的研究涵盖了一系列的重要疾病，譬如从艾滋病到埃博拉出血热，同时他也培养了一小批训练有素的科学家，他们前往世界各地进行各种重要的研究。和大多数实验室负责人不同，他更喜欢让团队成员从不同的角度来研究同一个课题，让我们相互竞争。（不过现在我在自己的实验室里可不会这么做。）吉姆当初的目标和现在一样，都是为了了解逆转录病毒是如何导致小鼠患上白血病的。（最近已经有人得出了结论，说是科学家夏洛特·弗兰德所发现的一种被命名为"弗兰德"的病毒导致的。夏洛特在1967年死于淋巴瘤。）我认为病毒的结构相对简单，所以可能是个好工具，让我们了解癌症的发展过程。对于任何想探索病毒与癌症之间关系的研究者来说，研究逆转录病毒致小鼠患白血病的过程将会是一个特别合适的模型：病毒易得，小鼠易管理，白血病细胞可大量产生，这就意味着可以进行分子机制的研究，并且分离出足够数量的分子试剂。

曾有一段时间，逆转录病毒让我们觉得我们能够深刻了解癌症。诺贝尔奖获得者哈罗德·瓦尔姆斯和迈克尔·毕晓普所做的研究表明，一些病毒能够从被感染的细胞中提取出能够控制细胞生长的基因。这令人震惊的发现表明并不是病毒里的基因导致癌症的发展，相反是人体的基因搭上了病毒这个顺风车。癌症是由细胞本身的基因引起的，由此人类身上的癌症也不是非来自病毒入侵，而是来自自身——敌人是我们自己。是病毒通过窃取细胞的生长控制基因并以不同的方式表达出来，或者确切地说在病毒的控制下以不同的方式表达出来，癌症才会出现，这意味着我们自己的基因其实才是导致这一切的罪魁祸首。正常基因一旦被破坏，就有可能变身成为"癌症基因"（其英文Oncogenes的前缀onco，意为导致肿瘤的）：原本是使细胞正常繁殖的基因，却变得不受控制，使癌症不受控制地生长。

瓦尔姆斯和毕晓普影响了好几代生物学家。作为科学传道者，他们用自己的经历来鼓励更多的人进入这个领域，这些人也许并不符合人们想象中的科学家形象。毕晓普年轻的时候曾梦想成为一名历史学家或者是作家，而不是科研工作者；瓦尔姆斯评价自己是个好学生，但并不是个好学的学生，他"宁愿去海滩度假，而不愿把时间花在科学展的项目上"。上大学之前，他花了很多时间在校报上，根本还没找到人生的方向。我也一样，作为一名英语专业学生，我有时会怀疑自己是否适合待在实验室。不过后来我放宽心了，人文学科背景不但不会妨碍相反还会提升我的科研能力，让我对医学研究做出创造性的贡献。瓦尔姆斯和毕晓普就是最好的例子——谁能做出这样的科研假设：病毒会劫持DNA？——它提醒了科学界，生物学研究从来都不是一个线性的发展过程，而是像大海一样宽阔无边。所有的生物活动都可以归结为相关分子的基本化学反应，抑或是粒子相互作用的物理反应；然而，仅仅对化学和物理有所了解并不足以预测生物学的结果。尽管在1976年科学家对于化学和物理的了解已经十分深入，瓦尔姆斯和毕晓普的发现对世界来说依然是令人惊叹的，同样也是令人敬佩的：这个发现彻底改变了癌症研究的重点。人们不再从外界寻找这种可怕疾病的诱因，因为答案就在我们自己身上。

瓦尔姆斯和毕晓普发现人体细胞在生长调控过程中可能会出现错误。很明显，细胞的生长受到体内信号的调控，这些信号被传送到细胞内从而激活促进细胞分裂的基因。他们发现了执行生长程序的基因，但其他研究者随后发现病毒也可以释放触发细胞生长的信号。另外，病毒虽然感染了多种细胞，但最终却只诱发了红细胞产生白血病。显然，这种所谓的"弗兰德"病毒仅利用了那些以红细胞为靶向的信号传递过程。研究最终发现，病毒是通过附着于受体细胞的表面来发挥作用的。受体负责调节信号让身体在出完血之后（或处于高海拔区的时候）制造更多的红细胞。病毒不仅向我们揭示了人类细胞生长的内部执行者的真面目，还展现了外部信号如何激活或停止细胞生长进程。这也就是我进入这一领域的原因——如果能设法了解病毒进入细胞的方式，就有可能会在细胞表面发现新的生长调节者。

哈佛大学一位新来的研究员希望发现其他逆转录病毒进入细胞的入口或受体。他叫吉姆·坎宁安，来哈佛之前在怀特·海德研究所罗伯特·温伯格的实验室工作。温伯格是癌症基因领域的大牛，也是我的偶像。吉姆极有才华，因此获得了霍华德·休斯医学研究所的一个职位，这是基础生命科学领域里最负盛名的研究所，我很幸运地成了他的第一个博士后研究员。我甚至还不懂分子生物学的那些专门术语就开始了研究，我只能快马加鞭地去学习。另外我还有临床的工作，临床治疗与科学研究是两个相反的世界。临床决策一般基于有限的数据，节奏很快，但还要进行多方面的考量，比如会见患者家属、检查 X 光片、电话咨询，还有确定诊疗方案等，每个小时都在超负荷运转。而实验室的工作需要深思熟虑地设计实验和分析结果，所花费的时间很长，不急不慢，但所有事情都要非常精确。截然不同的世界里有着截然不同的挑战和回报，无论哪边都让我感到动力满满。我喜欢科研，虽然我不止一次想放弃这条曲折的道路回到我熟悉的临床医学世界，去做我至少有能力能做好的事。但不可否认的是，实验室的魅力在于它能影响疾病的治疗，而不是仅仅只解决某个患者的痛苦，这种魅力就像海妖塞壬①的歌声一样令我无法抵抗。毫不夸张地说这就是我的动力所在，而且我相信大多数从事实验室研究的医生也是如此。

我想找出致癌的莫罗尼逆转录病毒进入细胞的途径。我的研究方法是将易受莫罗尼病毒感染的细胞中的 DNA 转移到没有感染的细胞中。如果细胞由不可感染变为可被感染，那它们一定获得了作

① 古希腊神话中人首鸟身的怪物，塞壬用自己的歌声使得过往的水手倾听失神，航船触礁沉没。

为病毒入口的受体。这个方法看起来很直接也很简单，至少从理论上来说就是这样，这就是科学版本的《美女与野兽》的故事。简单的概念虽然很有说服力，但往往就是莫名其妙地难以执行，所以患者总是不明白究竟为什么要花这么长的时间才能完成一个实验。接下来我会用我的实验来说明这一点。

严格来说，从一个细胞中提取 DNA 将其分成片段，然后将所有片段转移到一大组的其他细胞中，这一系列计划在技术上是非常具有挑战性的。首先，选择可感染的细胞就是一项挑战，但技术上的挑战就只是卷起袖子把事情做好这么简单。有时候会突然就卡住了，但很少看到这种情况发生，因为大多数时候科学家总是有足够的创造力来克服和解决技术障碍，有些人还因此获得过诺贝尔奖。更困难的问题其实是对实验结果做出解释。

在开始实施实验时，人们通常会根据自己已知的事实提出假设。在我的实验中我要将 DNA 从一个细胞转移到另一个细胞，或者说，一个细胞向另一个细胞捐赠 DNA。如果供体细胞的 DNA 允许本身被病毒感染，那么那些后来变成可被感染的受体细胞中新基因物质要么来自捐赠细胞，要么就来自病毒。因此，我们所要做的就是找到供体的 DNA，除掉病毒基因组，然后就能得到病毒受体基因。然而我们不知道的是病毒并没有很强的辨别力，它们不仅携带着自己的基因组，同样还携带着搭便车的致癌基因，除此之外它还转运了很多其他的遗传组。谁知道呢？我追查了很多这样的"便车流浪汉"基因，但后来我才明白过来，我对病毒的假设错得离谱。

但我还是学到了一些东西，而且直到现在我都认为这些知识可能与病毒性疾病有关，我还因为自己的各种假设而发现了很多新的未知的世界。幸运的是，我的实验室伙伴洛林·阿尔布利顿独辟蹊径发现了受体基因。她是个了不起的人，她把我也归于她的成功里面（她发表在顶级杂志《细胞》的文章上也署上了我的名字），而且没有贬低我小小的偶然发现（发表在《病毒学》杂志）。我很高兴实验室终于有成果能被刊登出来。

先前除了在阿德尔·马哈茂德手下的研究工作，我当时唯一的一个研究项目是在巴克内尔大学读本科期间完成的荣誉毕业论文，当时我研究的是诗人威廉·巴特勒·叶芝。叶芝是位复杂而充满矛盾的诗人，他用抒情的、音乐般的诗句表达了内心的渴望、激情、狂喜和失落。他喜欢借用自然界的意象，这是他的作品最吸引我的地方，作品引起了我太多的共鸣，以至于我开始研究他，企图探寻他那不着边际的神秘主义以及他看似克己内敛但实际有着狂热艺术追求的人生。奇怪的是，正是对叶芝作品进行深入研究的过程中使我相信我能够继续科学研究，去解决更大、更复杂、更难以从概念上阐释清楚的问题。它给了我上医学院的信心，也给我未来生活的主题提供了许多参考，这也是我后来经常从患者那里听到的。在挤满患者的医院大堂里，叶芝的诗一直回响在耳边。他的艺术似乎给我带来了一种精神上的超越，他把许多微不足道的生活细节变成了我们共同拥有的对生命最崇高的抗争。

我想叶芝和大多数诗人一样都不会按照线性逻辑来思考问题。

他迫使我们去思考他在诗文中隐晦提及的一切，诗中的节奏与特定环境下事物的联系吸引着你。他让我张开了思想的翅膀，不过我最先想到的并不是在教室里进行的有关文学的讨论，而是我幼年时不得不坐着听完的宗教读物。这还得感谢祖父母逼我每周至少去一次教堂——虽然我以前一直在想尽一切办法逃走。教堂教的东西大多极其枯燥乏味，但至少我学会了去思考一些不相关的事情。这也正是我想了解叶芝的东西，直到现在我仍然认为这能让我少做一些错误的假设，正如当年自己在第一个科研项目所做的那样。对我来说，把逻辑和假设结合在一起，假设出各种备选方案来将所有的事情联系起来，正是科学的乐趣与美丽所在。没有什么诗歌比《航向拜占庭》更为深刻，但令人难过的是复杂的局势正在逐渐形成。

当我还在把病毒当作一种简单的癌症模式来研究时，周围科研形势变得越来越错综复杂。我还在临床和实验室培训期间，艾滋病从一种奇异的罕见疾病转变成了一种后果极其严重的流行病。当我还在研究逆转录病毒的时候，这种病毒中的一种被公认为是艾滋病的致病原。我本认为逆转录病毒可以让我们获得很多与癌症相关的知识，然而具有讽刺意味的是，与科研的主流相反，最终是一种失败的抗癌药物给艾滋病的治疗带来了一线曙光。

齐多夫定，又称为 AZT，是由韦恩州立大学研究员杰罗姆·霍维茨在 20 世纪 60 年代早期所开发的。当齐多夫定对小鼠白血病的治疗失败后，霍维茨总结这个药只能"等待治疗其他疾病"，之后便转向了其他项目。20 年后科学家和医生们都在争先恐后地研究对抗艾滋病病毒的药物，一家名为宝来威康的制药公司委托国家癌症研究所检测齐多夫定。国家癌症研究所是药物筛查中心，专门检测由科学家、公司和机构提供的药物。它拥有一个系统，可以在数日内确定哪些物质对 HIV 有效。1985 年年初，齐多夫定被认定为少数有可能治疗艾滋的药物之一，当年 7 月它被允许投入人体实验。

第一批接受齐多夫定治疗的艾滋病患者首先出现了中度发热，之后血液中对免疫至关重要的"辅助性 T 细胞"浓度显著上升。除了血液中发现的这项证据外，医生还观察到患者病情出现明显好转。烧退了，机会性感染的概率开始下降，机会性感染是艾滋患者的另一个典型症状。试验随后停止了，因为安慰药剂组的患者已经濒临死亡，既然这种药物在实验组产生了疗效，如果拒绝给安慰药剂组服用的话是不道德的。宝来威康公司申请获得了这个曾被霍维茨和韦恩州立大学忽视的药品的专利。

当时艾滋病的死亡人数增加到了每年 4 万人，支持者组织了一次政治运动，要求政府尽快审批，所以美国食品药品监督管理局加快了齐多夫定的药物审批程序，原本的程序是要充分考虑新药的安全和疗效。但有关齐多夫定的疗效在 HIV 感染者社区中传播开来，患者们都叫嚷着要加入正在进行的几个试验。一些人，包括共和党的权力经纪人罗伊·科恩，利用他们的人脉来"插队"获得了这个资格。（但是科恩的病情过于严重，这种药于他已经没有帮助。）1987 年 3 月，此药一经批准，就马上出现在了数千张药方中。然而一两年后，越来越明显的证据表明，这种药物并非对所有患者都有疗效，并且艾滋病病毒会对这种药物产生耐药性。

耐药性是怎么产生的？很大程度上这是一个加速的适者生存过程。比正常细胞多了很多错误的 DNA，癌症细胞繁殖得特别快，同样，侵入免疫系统的病毒可以迅速移动并疯狂地变异。就艾滋病毒而言，这种疯狂的变异难免会产生一些可以逃避药物而最终存活下来的病毒，这些幸存下来的耐药病毒开始自我复制，并重新占领"前辈"失去的阵地。不过，齐多夫定对治疗艾滋具有一定积极的作用，这一事实为抗病毒研究指明了前进的方向，也鼓励人们使用抗病毒药物来治疗一系列病毒性疾病。几百年来，我们都知道细菌容易受到各种药物的抑制，例如从青霉素到第五代头孢。不过，病毒总能比克制它的科学更胜一筹。在艾滋病危机的推动下，科学家们紧急研制出了其他一些类似齐多夫定的抗病毒药物，它们可以用于治疗疱疹、流感和其他疾病。

齐多夫定之后，新型药物（比如说蛋白酶抑制剂）相继出现，这些药物可以阻止新病毒的产生。1996年，被称为哈尔特（HARRT）的一组药物——一种高效抗逆转录病毒疗法——被证实可以令艾滋病死亡率快速下降。那一刻实在是非同寻常，一些重病患者原本已经写下遗嘱准备向亲友道别，但在用药几个月后重新开始了正常的生活。毫不夸张地说，他们就像《圣经》中的拉撒路一样，的确是从"棺材里"爬了起来死而复生。那时候我正好被麻省总医院录用，这里有我亲爱的朋友布鲁斯·沃克，还有一位我认识的非常杰出的肿瘤学家布鲁斯·查布纳，我加入他们之中。彼时，查布纳领导国家癌症研究所的事迹早就被传为佳话。现在，他一来到麻省总医院就准备建立一个以患者为中心的临床癌症研究中心——一个与波士顿新兴生物制药中心合作的新研究中心。查布纳最特别的地方在于他的人文关怀，他真诚地关心患者以及照护患者的工作人员。"患者至上"是医生最明确的信条，但这个显而易见的信条在许多研究中心实施的"火箭计划"中却矢口不提。不过这种情况不会出现在麻省总医院里，这也是直到今天我仍然喜欢待在这里的原因之一。查布纳聘用我不久之后，我们在头几次的见面中详细讨论了我的计划，当我告辞时，他说："有什么是需要我做的吗？"在过去的15年间，每次与领导见面，无论是哈佛医学院还是其他医学院，从来没有人问过我这个问题。这就像是一声号角，告诉我来到了一个真正能自由从事自己的科学研究的地方。从那以后的每次会面，我总能想起这句话和当时的感受。

当时的麻省总医院每层楼都住满了不同阶段、徘徊在死亡边缘的艾滋病患者。目睹这些年轻人处于如此悲惨的境地，实在是让人痛心。麻省总医院是艾滋病研究的重镇之一，布鲁斯·沃克受命领导艾滋病研究中心，并邀请我担任该中心的共同主任。他主要研究HIV的免疫反应以及艾滋病的疫苗，我关注的是免疫缺陷的后果以及它的致癌机理。我们共享实验室并布置了一个公用办公室。这是个难得的时刻，当事业、友谊和机遇聚在一起的时候——这是一份真正的馈赠。

由艾滋病引发的癌症与大多数其他癌症有所不同。艾滋病引发的癌症是由于对病毒的免疫失控或免疫系统本身的缺陷造成的。其中卡波西肉瘤和淋巴瘤的发病率非常高，因此我们也正尝试针对这两种肿瘤开发新的治疗方法。

我们收治的绝大部分患者都病得很重，无法承受癌症的常规疗法——化疗（尽管有新药物可以缓解化疗产生的那些糟糕的副作用，比如恶心、贫血、白细胞水平偏低）。说到卡波西肉瘤，我有一位在南加州大学的朋友发现了一种叫作紫杉醇的化学物质，其低剂量的使用可以有效治疗一些患有各种恶性肿瘤（包括乳腺癌和卵巢癌）的患者，在许多病例中可以观察到癌细胞变少甚至消失不见。

紫杉醇，以药品名"泰克索"著称，是从太平洋短叶紫杉的树皮中提取的。长期以来紫杉在历史上有着特殊的地位，其树叶中含有毒素，因此有人使用紫杉叶自杀。紫杉花粉会引起过敏反应，在某些文化中人们认为即使睡在紫杉下面也十分危险。据推测，狮心王理查和威廉二世就是被紫杉弓射出的箭给毒死的，古罗马的葬礼仪式中也有使用紫杉树枝的记载。

那时候，国家癌症研究所正为发现植物中潜在的有用分子而进行植物样本采集，亚瑟·巴克莱在西北太平洋采集了 200 个植物样本，首次提炼出紫杉醇的紫杉树皮也在这些样本之中。我们现在很多药物其原料都是来源于植物和原始动物，比如真菌，它们在过去的 40 亿年间产生了各种化合物来保护自己。阿司匹林、鸦片、奎宁、洋地黄……它们都是我们熟悉的提取自植物的药品。从真菌身上我们发现了青霉素，在一些低等脊椎动物如蛇的身上，我们可以提取到用于治疗心脏疾病的药物。多年来，自然界的化学资源一直对我们有着很大价值，12%到50%的新药源于动植物界。

从收集紫杉树皮到发现紫杉树皮中含有一种能杀死卵巢癌和乳腺癌细胞的物质，花费了几年的时间。发现紫杉醇的研究引发了后续大量的紫杉醇研究，大家都急于想弄清楚癌症患者可以承受的最大剂量是多少。生活在经济落后地区的伐木工人希望他们能接到越来越多的生意，而环保主义者却呼吁保护森林，保护那些依赖紫杉生存的物种，比如北方斑点猫头鹰。这引起了一场激烈的政治讨论，甚至又被升级为一场人类生命与环境保护之间的较量，好在化学家们后来发现可以人工合成紫杉醇的关键成分，这场争论才结束。

联邦政府虽然负责促进和资助科学研究，却并不涉足实际药物的销售，因此当紫杉醇最终被批准可以在临床使用时，国家癌症研究所需要寻找一个商业合作伙伴。最终，百时美施贵宝公司（BMS）赢得了合作合同。这种药物成了轰动一时的畅销药，其年销售额超过10亿美元。该公司所获得的利润远远超过了每年支付给联邦政府的几百万美元专利费用，这个数字一度还在增长，因为科学研究表明此药对其他几种类型的癌症也有作用。

当我和帕卡夫什·吉尔联系百时美施贵宝公司，告诉他们小剂量紫杉醇在治疗卡波西肉瘤实验中得到了先期阶段的成功，并请求他们帮助进行更广泛的临床试验时，他们对此不以为意，剂量不到其他癌症的一半，他们认为这个试验是绝对不可能成功的。他们甚至拒绝让我们打折购买他们极其昂贵的药品，我们只能自己凑钱来做这项研究。幸运的是我们最后成功了，疗效相当惊人，甚至那些患有严重肺部疾病的患者也能迅速康复。这很快引起了百时美施贵宝公司的注意，因为紫杉醇的专利保护期马上就要到了，我们的数据加上一些来自国家癌症研究所的数据很可能让他们继续享有市场独占权。如果该药能治疗像卡波西肉瘤这样的"罕见疾病"会让他们获得美国食品药品监督管理局颁布的长达7年的专营权，没人能够仿制类似药物来跟他们竞争。为此，他们需要获得我们的试验数据。对于老到的制药公司来说，我们真是太过天真了。当问到我们想要什么报酬时，我们只请求他们退回我们买药的钱。事后来看，我们本可以要求他们资助我们未来7年的研究经费——毕竟紫杉醇被批准为"罕用药"，他们又可以狠狠赚一把。

药物专利能够产生巨额利润，大多数美国人迟早会从有关医疗体系的政治辩论中明白这一点——当然他们自己偶尔也能亲身体会。然而，科研费用却没有人买单，除非专利权归学术中心所有，或者像我们的情况一样，有人付钱来购买相关的临床试验数据。所有的钱都会流到制药商的口袋里。即使有可观的利润空间，他们却辩解根据塔夫茨药物开发研究中心于2016年的一项分析，要想成功地把研究成果转化为药物，其相关成本估计将超过25亿美元。成本因素是多方面的，其中包括研究模型完全错误地估计了该药在患者中的疗效。研究中很重要的一个工作就是将复杂的疾病尽可能简化成一组简易的模拟模型来进行研究，这也是唯一能让我们了解正在发生的事情的细节的方法。在药物研究中，人们的重点通常放在分子上——即与某种疾病相关的特定酶或单受体分子。在癌症研究中人们往往更关注什么基因发生了突变，以及这种突变是否会导致基因制造的分子突然变得更活跃或更不活跃。如果是更活跃的话，就是值得进一步研究的靶点，因为抑制过程相对来说比激活过程更容易。找到一个好的靶点通常是学术界实验室能够做出的贡献，有时他们也能够鉴定出一些可能影响这些活跃靶点的化合物。不过，把一个化合物变成一种药物，就得依靠制药公司了。

研制药物需要一个庞大的团队，团队中每个人都有自己的责任。化学家负责调整初始形态的化合物，以选出在靶点上具有更强特异性的变种（任何药物，如果影响到并非其预期的分子靶点，那就是"不纯净的"）；同时他们还负责确定哪些变体更易溶于水，更易储存，或更容易完整地进入细胞；细胞生物学家则负责评估这种化合物改变、杀死，或阻止癌细胞生长，或改变癌细胞分化状态的效果；药理学家负责探测这种化合物在体内是如何被吸收的——它是否能以口服形式被吸收，有效血药浓度能够维持多久，以及它最终是否会被肝脏或肾脏清除。之后就是毒性测试，首先是有盖培养皿实验，随后会将其实验于多种不同类型的动物。然而，没有哪个实验能够完全模拟药物对人体产生的影响。由于这个原因，大多数药物在开发后期都以失败告终。我们没有确凿的理由确定那些通过了所有测试的药物不会对人体造成损害。一旦药物进入临床测试，成本就会急剧增加，而药物临床测试的失败将会使数十人甚至数百人的心血毁于一旦。

在美国，药品价格几乎就代表了开发该种新药所耗费的全部成本，有时还包括其他失败的备选药物的科研费用。有国民医疗服务系统的国家可以为药品价格而进行磋商，而在美国，这是不可能发生的，因为美国的老年人医疗保险制度和美国的医疗补助计划被禁止这么做，而这也导致了制药公司的高价策略。所有的制药公司中，美国公司的药价要远远高于其他地区（通常是其他发达国家价格的两倍），药价成为公司主要的收入来源。这是一个不断争议的问题。医药公司需要获得足够多的利润来支付研发成本、生产新药，因此这个行业的油水必须足够多。只有这样，那些新公司才能吸引投资者。新公司往往只有数量有限的新药，因而承担了巨大的投资风险。大型制药公司不愿意冒险，所以只有那些小型的新公司才会研发新药。这些新公司不得不承受风险，可能很长时间收不回成本，因为从公司投资到生产出可以出售的药品，间隔的时间可能会超过十年。而在这期间，投资者本可以有大把其他选择。所以，既然承担了新药开发的高风险和长期限，可能的回报就必须特别高。

药品的真实成本经常被隐瞒，不为患者所知，因为它是由保险公司支付的。这种鸿沟意味着被保险人及其医生不会受到成本效益链的影响，即使药物费用非常昂贵且效果有限，患者们也可以要求获得治疗。最初设计保险制度时，基本没有什么药物会定价那么高。成本是决定价格的因素。如果一种药物可以带来潜在利益，那么无论它的效果多么有限，都很容易继续被生产。但是随着药物成本的上升,卫生系统的人开始警惕那种只有收益却不能带来疗效的药物。

以紫杉醇为例,当该药获得批准时,每位患者所需的花费约为3.5万美元。对于某些晚期乳腺癌患者而言,它降低了肿瘤恶化的风险,它的益处令人印象深刻。在某些情况下,紫杉醇还被开给那些通过切除手术后基本痊愈的患者用以预防癌症的复发。该药物通过干扰细胞分裂,包括健康细胞和癌性细胞,并最终杀死癌症。尽管耐药性在接受紫杉醇治疗的患者中很常见,但肿瘤医师还是会给那些无药可开的病人开紫杉醇,以帮助患者延长寿命。当癌细胞出现抗药性时,医生们就会换一种药,尽管最终癌细胞还是不可避免地会出现"交叉耐药",即对多种类型的药物产生抗性。

耐药性的部分原因在于这是一个"适者生存"的过程,在这个过程中,极少数对药物不敏感的癌细胞得以生存并不断复制,直到机体再次被病毒入侵,疾病再度出现。这种动态模拟的进化过程十分迅猛,随着易感细胞的灭绝,耐药细胞迅速兴起。这就是为什么大多数药物要与其他药物联合使用的原因。道理是这样的:如果服用的药物具有不同的作用机理,那么细胞可能对一种机理有抵抗性,但不太可能对所有药物机理都产生抵抗性。通常科学家会把具有不同作用机制的药物组合在一起,并且其中一些药物的效果被证实非常好。比如,儿童白血病、睾丸癌和淋巴瘤等疾病的治愈率已经达到惊人的数字。但是大多数源于上皮细胞病变的癌症却能够经受住这种多重药物攻击,这些病变的白细胞构成或造成了乳腺癌、肺癌、结肠癌、前列腺癌、胃癌、胰腺癌、膀胱癌和肝癌,还有对于脑部癌症以及肌肉骨骼系统中许多被称为"肉瘤"的癌症也是如此。随着人们对这一机制的理解，肿瘤学家调整了给药的时间、给药的剂量和药物搭配的种类，试图找到方法来绕过癌症的"防御系统"。药物的搭配使用有时会延长寿命，但是这种洗牌式的变革并不代表真正的进步。从长远来看，许多癌症会以更致命的形式复发。许多患者理所当然认为自己只是在跟时间较劲，希望能够活得足够长，能够等到科学家发现真正有效的治疗方法。每次参加临床肿瘤学会议都几乎成了一种折磨，因为所有的创新已经堕落到了只能不断重组那些效果不佳的药物，而其结果充其量也只是令患者生存率得到微小的提高而已。

尽管曙光曾经出现，但20世纪90年代的人还是见证了太多刻骨铭心的失败。打破这一现状的突破莫过于1998年5月3日，星期日《纽约时报》头版文章中报道的一则新闻：两种天然存在的蛋白质——血管抑制素和内皮抑素似乎可以阻止肿瘤发展和生存所需的血管。领导这项研究的科学家是我哈佛医学院的同事犹大·福克曼，他数十年来一直致力于血管再生的研究，他发现肿瘤可以产生某种化学物质刺激周围毛细血管发展成新的血管来滋养恶性肿瘤。为了寻找可以阻断这种血管生长的蛋白质，福克曼团队付出了艰辛的努力，包括处理了以加仑计算（真有那么多！）的小鼠尿液。福克曼在宣布试验获得成功时很谨慎，他说："如果你是只老鼠，并且你患有癌症，那我们是可以治好你的。"但其他人却不这么想。诺贝尔奖获得者詹姆斯·沃森大胆预测："福克曼将在两年后治愈癌症。"

在这篇文章出现后的几天里，负责制造这两种药物的制药公司获得了大量的投资，其股价上涨了整整50%。尽管还未进行过人体实验，但全国各地的患者都呼吁希望自己能接受这种蛋白质疗法。纽约一位肿瘤学家报告说，一位非常富有的患者甚至打电话来询问"大量现金资助"是否可以令他得到这种治疗。甚至有出版社想资助出版一本书来阐述福克曼的新发现。

大众的关注是对福克曼毕生努力的认可，他是当时唯一致力于血管生成难题的杰出科学家。他温文尔雅、善解人意、才华出众、年轻有为，19岁时就被哈佛医学院录取，并协助开发了世界上第一台心脏起搏器。到34岁时，他成为波士顿儿童医院的主治医师。他的第一个血管生成研究申请被美国国家癌症研究所的评委们拒绝了，因为他们认为福克曼的研究颠倒了肿瘤和血管之间的关系。拒绝信中直言不讳地写道："肿瘤的生长不可能取决于血管的生长，就像感染并非由脓液导致。"

几十年来，福克曼一直致力于将血管生长作为癌症治疗的靶点，但进展甚微。我到达波士顿时福克曼还只是一个传说中的人物，人们喜欢他，欣赏他的热情、才智和顽强不屈的精神。同时，他还是科学热忱与现实鸿沟之间矛盾的象征。尽管科学研究是技术，但它更是一种人类协作甚至是社会协作，物理学家、历史学家和哲学家托马斯·库恩就证实了这一点。他首次对科学研究过程本身进行了研究，让库恩感兴趣的是科学家社团是如何应对新思想的，他指出，与公认智慧背道而驰的观念首先会遭到抵制，这对提出新观念的人来说往往是非常痛苦的。匈牙利医生伊格纳兹·塞梅尔维斯就是一个典型的例子。他在担任某医院外科主任医生的时候，指出污染导致了该医院分娩的妇女较高的死亡率，试验表明，如果医生术前洗手的话，死亡率将降低90％之多。然而，这个观念是在细菌理论得到发展之前提出的，因此遭到了全面的抵制，这个观念的支持者也遭到了同事们的嘲笑。一方面是来自同龄人的嘲笑和打击，另一方面因为自己的观念无法得到认同，产妇在手术中不断死去，这样残酷的事实彻底地击垮了塞梅尔维斯。之后他被强制送入精神病院并于1865年去世，年仅47岁。

就像许多被抵制的科学革新家一样，塞梅尔维斯的观念要等到他去世数十年后才能得到人们的肯定。时至今日，人们为他立雕像，把他的头像铸在硬币上，甚至有一所大学用他的名字来命名。他之所以会获得如此荣耀，是因为他的概念得到了越来越多人的支持，所有这些支持累积起来就创造了所谓的"范式转变"（这是库恩创造的名词），改变了有关术后疾病的基本假设。原本被嘲笑的科学家现在成了公认的天才，教科书因此被修订，无数生命也得以被挽救。

每个科学家都梦想着像塞梅尔维斯一样取得巨大成就，但却害怕他所经历的一切。个中诀窍就是：在尊重自己和尊重他人之间取得一个平衡。如果你过早失去信心，放弃了自己的想法，其他人却基于这个想法取得了最后的突破，那么你一辈子都不会原谅自己。

但是，如果顽固过头听不进合理的批评，最后什么也没发现，后悔的还是自己。为了争取政府、基金会和企业提供的寥寥无几的资助而进行的激烈竞争，也使得信心与现实之间的矛盾变得日益明显。尽管我们所有人都希望只凭数据就能打动人心，但事实并非如此，研究者同时还必须是一个优秀的"推销员"——他们必须乐观自信、充满活力——这样资助者才会有足够的热情给他们投资。如果实在要批评犹大·福克曼，那就是他有时对自己的想法表现出近乎狂热的感情；但是，正是由于这股热情，他才赢得了投资者的支持，让他仅凭一己之力撑起整个血管生成研究领域。

各大媒体报道带来的兴奋感很快就被铺天盖地的争议淹没。科学家们艰难地重复着他的实验，以重现福克曼得到的结果——如果福克曼的发现要被广泛接受的话，这是必须的一步——但复制实验却很难成功。有科学家报告实验失败时，福克曼解释说，他设计的实验过程比较复杂，而且正如他当时所解释的那样，虽然实验原理没有问题，但有时他分离出的两种物质可能会出于某种奇怪的原因而并非他需要的蛋白质。新闻不断报道复制实验的失败，这令福克曼感到十分沮丧。一次会议上，当他的工作得到表彰时，他向周围人大声发问："一个人如果没有同行的认可，他能坚持多久呢？"这并非福克曼的过错，他一开始就坚持认为，现在就谈论治疗方案还为时过早。但是，在肿瘤学领域中好消息传播得太快了，哪怕是这些消息并没有得到证实，但这样带来的后果可能会对科学家造成毁灭性的打击。不过，对于血管生成来说，复制实验失败的问题终于得以解决，其他科学家终于也观测到了小鼠肿瘤的缩小。成百上千的实验室对福克曼最初的实验进行了各种的改进和调整，以期继续寻找那种最终能治愈癌症的化学药品，在这个过程中，有成功，但更多的是失败。然而，福克曼的名字将会在很长一段时间里跟虚假的希望联系在一起，这在很大程度上是由詹姆斯·沃森等人造成的：他们抓住了一个新想法，就认为这会给治愈癌症提供一些科学的依据。

尽管血管生成研究不能在两年内治愈癌症，但它确实开启了新的研究途径，直至现在依然如此。20 世纪末对癌症的看法表明，我们在许多方面投入的艰苦工作已然有了真正的回报，即使成果并不是特别闪耀迷人。最值得注意的是，各种癌症的死亡率曾在1991 年达到峰值，此后便呈现逐年下降的趋势。下降的主要原因是随着禁烟运动的开展，与烟草有关的癌症在男性群体中的发病率降低了。另外，结肠癌筛查以及结肠镜检查中对癌前生长物的切除起到了一定的作用。20 世纪 90 年代，我们还能对可能增加患癌风险的异常基因进行筛查。其中，基因 BRCA1 和 BRCA2 被发现与乳腺癌与卵巢癌密切相关，因此许多被发现携带这两种基因的女性都抢先进行了切除手术，这将女性罹患乳腺癌的概率降低了一半，罹患卵巢癌和输卵管癌的概率降低了 70% 以上。所有这些都可以看作是癌症研究的成果——这些成果有一些来自流行病学，它主要研究更具有患癌风险的人群，还有一些成果来自基础研究。

改良后的手术以及放疗技术也为癌症患者带来了更好的治疗

效果。科学家曾在 20 世纪 60 年代预想可以在基因层次上进行干预以阻止癌症的发生，遗憾的是他们所想象的这一进步并没有如期而至。1990 年，第一批患者——他们患有严重综合免疫缺陷所导致的各种疾病——接受人类基因疗法之后最终疗效不错，这种疗法是让某种经过基因修改而变得无害的病毒将有正常功能的基因带到白细胞里面去修复受损基因。这种修复很可能永久有效，因此有望推动科学家继续深入研究出更多更好的基因疗法。但是，数十年前曾怀疑基因疗法安全性的那些人最害怕的事情变成了现实：1999 年，一名叫杰西·吉尔辛格的 18 岁男孩在接受完基因疗法实验后不幸身亡，他当时只是因为代谢紊乱而接受该实验的。

早在科学家绘制基因缺陷的致病图谱之前，吉尔辛格所患疾病就已经被确认是基因缺陷了。他的治疗是被联邦当局批准了的，当时的联邦当局共收到了 300 人的申请，最终批准了 41 个由于单基因突变致病的患者。因为吉尔辛格的遗传缺陷仅是部分的，所以他在儿童时期才表现出病症，其他患者在婴儿期就会患病。他需要严格控制饮食，而且每天要服用数十颗药才能延续自己的生命。他曾告诉朋友，实验最糟糕的后果不过就是死亡，但随后他又补充道："就算我死了，那也是为了那些婴儿（那些一出生就患有与他相同疾病的婴儿）而死的。"但是，如果他们的基因出现完全的缺陷，那必将直接致命。

杰西·吉尔辛格死于多器官衰竭，很可能是因为携带所需基因的病毒遭到了他自己的免疫系统的攻击。实验中使用的病毒并非逆转录病毒，而是大多数人都具有一定免疫力的腺病毒。对这场医疗悲剧的调查表明，研究人员很可能忽视了某些危险的迹象，使患者更易受到肝脏免疫的损伤。此外，他们很可能受到了这种还处于开发阶段的疗法带来的经济利益的影响。随着消息的传开，从事基因疗法的科学家逐渐失去了支持者。联邦卫生与公共服务部针对基因研究制定了新法规，并派出工作小组审查了全国各地正在进行的基因研究项目。哈佛医学院是 10 个受到严格审查的地方之一。据当地报纸《波士顿环球报》的报道，大约有 1/3 涉及基因治疗的实验被喊停。当我被问到对这篇文章的看法时，我强调了这次危机可能带来的积极影响："重新反思该领域，最终将对其发展有所帮助，我们要尽一切可能去避免触及科学研究的道德或安全问题。"

根据芝加哥大学的综合社会调查，吉尔辛格的悲剧、对血管生成研究的争议，还有其他的一些因素一起导致了公众对科学和医学的信任度在 1999 年至 2005 年间急剧下降。尽管如此，公众对医生和科学家这两种职业的信任度却依然高于包括公务员、商业领袖、律师和政治家在内的其他职业。人们急切地希望我们能取得某些进展，实现当初的承诺——那时我还是个读着《生活》杂志的懵懂孩童——他们依然对科学家抱有信心。

我想说科学家配得上这样的信任。在这里我还想加上科学家的家人，为了支持我们对科学的探索，为了克制竞争的欲望而不去走捷径，他们一起为此做出了巨大的牺牲。在家里，凯西、玛格丽特、伊丽莎白和内德之所以能够容忍我经常不在他们身边，或者我在他们身边却时常心不在焉，是因为他们知道我在做的事情非常困难，同时也非常重要。尽管我做了很多尝试，但我无法预测自己的日程安排，我总是会被什么事情牵绊住，也许是在接诊患者，也许是小组在忙着处理一篇论文，也许是一份重大项目的申请书依然缺乏重要的细节。

但有时候经常是一些鸡毛蒜皮的事情让我工作得比平时要晚，比如找不到的插图。这种事情还千真万确的发生过，某天晚上我们收到《科学》期刊发来的修改意见，因为我们先前给他们投了一篇论文，于是我们开始着手进行修改。当时我们整理了一些打印好的细胞图像和其他一些数据的照片，我们必须将这些小图片组合粘贴在一个组合图形中。那天深夜，当我们拼完图片准备把最终修改好的稿子塞入信封邮寄时，一个小图片突然掉下来不见了。我们花了好几个小时但还是没能找到它。最后，我们只能先回家，打算等到第二天再开始新一轮的搜寻。开车回到家时，我再一次错过了晚餐和就寝互道晚安的时间，于是我去了孩子们的房间，看看他们睡得如何。当我靠在内德的婴儿床边时，那张遗失的图片突然从我的衬衫口袋里掉了下来，画面朝上飘落在他的额头上。我亲爱的儿子总算没让我这一晚的工夫白费，而且他本人还睡得挺香。唉，如果我早一点回家该多好啊。

化学物质的交流

化学是细胞的语言。最初的语言交流始自脱氧核糖核酸(DNA)，它用特定的方式引导着生命的组成。化学也是一门科学，它使生物学更为精确。如果能破译细胞的语言，知道化学物质是如何指引细胞的活动，我们就能干预疾病的发生，提高人类的健康水平。

无论是在肿瘤学，还是医学的其他任何领域，细胞都是化学物质交流最基本的生命单位和载体，但想要了解细胞的活动方式以及它们正常的活动如何被癌症摧毁，却像寻找圣杯①的旅程一样遥遥无期。当然，研究癌症细胞也并非了解癌症、攻克癌症的唯一必然途径，詹姆斯·艾利森的 T 细胞研究也说明了这一点。

在德克萨斯某个小镇出生并长大的艾利森很小就表现出极高的智商，之后也一直如此。高中的时候他曾拒绝上生物课，因为老

①　圣杯(San-greal)是在公元 33 年，犹太历尼散月十四日，也就是耶稣受难前的逾越节晚餐上，耶稣遣走加略人犹大后和 11 个门徒所使用的一个葡萄酒杯子。很多传说相信，如果能找到这个圣杯而喝下其盛过的水就将返老还童、死而复生并且获得永生。

师跳过了所有有关进化的讨论，教育委员会虽然让他挑一门大学函授课程作为替代，却没法阻止学校体育教练对他的嘲弄，因为他们看见他在体育馆中学习。他在大学里选择了科研而不是临床，原因有二：其一，正如他自己承认的，他不是很擅长背诵大量事实信息，这恰好是医生需要掌握的；其二，他担心自己会出错，从而导致严重的伤害。他曾说：医生必须正确，但科学家可以犯错。

获得生物学博士学位后，艾利森开始了免疫学和癌症的相关研究。他跟我一样都为机体强大的防御潜力以及自我修复的能力而着迷，但区别在于他的兴趣是探寻促成这种自我防御和修复过程的化学物质。免疫系统是如何辨别不同的目标物质并对其做出相应的反应？大多数情况下，这个过程通常会让人体形成一种持久的免疫力，保护我们在未来免受相同的病毒、细菌甚至是癌细胞的威胁。这是一个可以被疫苗激发的过程。即使我们了解它们的总体用途，但对于免疫细胞是如何发现入侵者并发起对抗感染的战争，我们依然知之甚少，这是一个宽阔与开放的领域，它张开双臂等待着像艾利森这样的探索者。

1982 年，艾利森还在德克萨斯大学读书的时候就发现了一种受体分子，它能够协助 T 细胞分辨像病毒那样的不速之客的抗原，并激发抵抗或者干扰癌细胞侵略的防卫程序。艾利森将这一过程比作汽车的点火启动。几年后，艾利森去了加州大学的伯克利分校，在那里他找到了一种叫作 CD28 的蛋白质，它就像是汽车的油门踏板，能进一步刺激 T 细胞。紧接着艾利森又有了一个最重大发现——

在同事杰弗里·布鲁斯通的帮助下，他们发现了CTLA-4蛋白质，这种蛋白质像一条小尾巴似的从T细胞的表面突出来，它的功能就跟汽车的刹车一样，负责阻止T细胞的过度行为。（当免疫系统无法在合适的时间停止运作时，也会导致一些问题——自身免疫系统的紊乱，这会伤害到身体本身，比如红斑狼疮、类风湿性关节炎、牛皮癣和I型糖尿病都是自身免疫系统失调的例子）。

与此相反，人们之前认为这种小尾巴蛋白质所起的作用是给T细胞传送行动的信号。这种想法根深蒂固，以至于艾利森的发现在好几年里都备受争议。人的免疫细胞应该要比简单的"点火"和"加速"复杂得多，这说法虽有道理，但那时学界的关注点并不在此。艾利森还能回想起当时的情景，同事总觉得他的想法太过虚无缥缈，所以有时会一边捂住嘴巴咳嗽，一边嘲弄他："詹姆斯是一个"——咳咳——"肿瘤免疫学家"。尽管艾利森努力想发现某些可以对CTLA-4起效的化学药品来治疗癌症患者，但由于少之又少的支持，他的进展非常缓慢。几年来，他一直维持着一种"小鼠实验人"的状态，只能在实验室的小鼠身上检验他的设想，同时也在酝酿着如何取得从小鼠到人类治疗的突破。

艾利森想控制的T细胞其实来自骨髓干细胞，它几乎提供了身体自然免疫系统所有的能量。其他干细胞的研究也表明，有可能操控这些细胞来为人类造福。1958年，牛津大学的约翰·格登使用紫外线消灭了青蛙卵中的细胞核，然后从青蛙肠内壁上取下一个单细胞并将其植入其中。格登检测的是那个时代未知的命题：是否所有细胞都拥有相同的 DNA？某个细胞中 DNA 能终其一生保持不变？抑或是当一个细胞拥有成熟细胞的所有特征时，细胞会分裂出去并因此而失去一部分的 DNA？他天才般地提出一种想法——从成熟细胞中提取出含有 DNA 的细胞核，并将其放入所有细胞的源头——受精卵中，并希望由此能得到这些问题的答案。这个实验的对象是青蛙，青蛙卵体积很大，数量也很多，因此这些卵很容易处理，且大部分都能在短时间内进行检测。最终的结果显示他的猜想是正确的，那些卵最后都发育成了小蝌蚪，青蛙的生殖能力也依旧正常。

格登成功的细胞核移植实验标志着细胞生物学向前迈出了一大步，也说明了实际克隆的可能性。其结果显示，DNA 不仅在细胞分化过程中保持了完整性，还有该 DNA 所表达的东西也没有变。那些表现在小肠细胞内的基因与那些表现在所谓的全能细胞（例如受精卵）里的基因的确有很大的区别，但小肠细胞的 DNA 可以被再编程，从而表达出那些全能细胞所需要的基因，进而组成一个全新的有机体。这个实验引起了广泛的关注，是克隆实验的典型代表——利用某个完整个体上的某个单细胞就可以创造出一个新的动物。格登十分谦虚，他压根没有去评估自己实验的重要性。当电视新闻记者沃尔特·克朗凯特上门采访并询问他："什么时候能实现哺乳动物，然后最终是人类的克隆呢？"格登的回答是："我不知道，可能是在十年或一百年后的某一天吧。"也许在别人看来，幽默而内敛的格登似乎最不可能成为科学新星，他自己也一直保留着之前一位教授给他的评语。评语开头说"（格登）整个学期的表现简直糟透了"，接着指出格登不听取别人的意见，自陷麻烦，最后的结论也是一锤定音：

我相信他的确想成为一名科学家；但从他现在的学业表现来看，这个想法真的很荒唐可笑。如果一点生物学知识都不学习，他怎么可能有机会成为一名专家，这对于他自己还是那些教过他的人而言，都是浪费时间。

因此，在一些学术专家的建议下，格登来到了哈佛大学研究生院，本打算在此专攻文学，也不知道招生办公室怎么搞错了，居然同意他选修了动物学的课程。在这里，他的创造性精神——也就是他在本科阶段惹恼教授的那种精神，得到了释放，最终他发表了一篇关于细胞核移植的论文，这让还是一名本科毕业生和在读研究生的他成了一道闪亮的光。克隆是一个让人兴奋的话题，但同时也遮蔽了在编程基因中一个更为重要的问题，这个问题格登曾在他的研究中阐释过。从学术角度来看，克隆意味着科学可以逆转一个成年细胞的时间，让它可以拥有和一枚受精卵——最强壮的干细胞——同样的表现。这枚细胞可以组成生命体的任何一个部分，因此它们被称为多能细胞。于人类而言，这大概就意味着220种不同的细胞类型。按逻辑来看，格登的研究意味着细胞以及全部的有机体都有可能返老还童。

除了暗示克隆的途径外，格登还指出了治疗癌症的新方法。他认为，第一个人类多能胚胎干细胞实际上是从睾丸癌细胞中提取出来的，这个实验在 20 世纪 80 年代就实现了，这些科学家发现人类与老鼠的细胞存在着天差地别的表现。

干细胞的主要特征是它们能自我更新（生成更多的干细胞）以及不断分化。格登的研究表明：分化并不一定是单方向的。细胞，或者至少是细胞里面的 DNA 在一定条件下可以进行再编程，回归到一种更为初始的状态。该研究自然而然引发了不少新的问题——是不是因为突变，从而使成熟细胞重新获得干细胞的分化功能？或许不是分化功能，而是它们拥有了它们本不该拥有的自我更新能力，这样的细胞，尤其是一个卡在某个特定的分化阶段的细胞，几乎可以确定它是致癌的。如果真是这样，那该怎么办呢？癌细胞和干细胞有着同样的特点。这是干细胞生物学和癌症研究的先驱约翰·迪克得出的实验结果。

1994 年的多伦多，迪克在接受了加拿大人麦卡洛克和蒂尔的培训后，发表了一篇有关白血病干细胞的论文。他的实验方法是他导师曾用过的用以证明干细胞存在的实验方法。他先是弄到了一只免疫功能十分低下的小鼠，低到可以接纳人类细胞而不会出现任何排斥反应。接着，从人类血液中提取出来的干细胞被输入这个动物身上并开始在身体里不断生成人体血细胞。迪克还通过这个实验检测在人类白血病细胞中，是否会有某些细胞可以导致这只小鼠也患上白血病。实验的结果是小鼠的确感染了白血病，再移植到另一只小鼠身上，情况也同样如此，这证明了癌症干细胞的存在。迪克及其团队进行了后续研究，想证明相似类型的干细胞至少会存在于某些肿瘤，即使不是所有的肿瘤。此后，他还用同样实验确定了癌症干细胞出现的频率与某些白血病中预后较差的关联。同时，他也很想知道化疗能否消灭癌症干细胞，因为想要治愈癌症，就必须消灭癌症干细胞，如果它们不能被完全清除的话，癌症迟早会卷土重来。目前，靶向白血病干细胞是一个比较活跃的研究领域，但认为它最终可以让癌症从缓解迈向治愈，却为时尚早。

大家期待迪克能在血液中有所发现。血液很容易得到，也很方便观察，它是科学实验中非常有用的对象。幸运的是，在身体的其他部位，血液也经常能够提供一些有用的提示以供研究。在迪克的发现之后，科学家们又陆续在乳腺癌、肝癌、脑癌、结肠癌以及其他癌症中发现了干细胞。这些癌症干细胞的出现可能是由于随机性的基因错误或者外部影响，比如说化学放射线导致而成的。在每个病例中，癌症干细胞不仅能进行自我复制，并且还能制造出一些异常的子细胞，这些细胞可能没有干细胞完整的特征，但它们却可以扰乱正常细胞的功能，甚至杀死它们。

癌细胞一直以来都被看成是一种快速繁殖的细胞。某些肿瘤，比如卵巢畸胎瘤 ① 就包含了多种类型的细胞——骨头、肌肉、皮肤、头发、牙齿等，这些东西混杂在一起，显示了生物学的疯狂。事实上，

---

① 一种生长在卵巢组织中由生殖细胞异常增生、集聚形成的肿瘤。

这些奇异的聚集就是干细胞胡作非为的一个证据，它们不但不知道何时停止增殖，更不清楚自己会制造出什么细胞以及如何制造。早在20世纪70年代，剑桥大学的马丁·埃文斯就在实验中让小鼠畸胎瘤细胞保持生命并让它们无限分化成了多种新的细胞。80年代，埃文斯又和其他人一起发现了小鼠胚胎干细胞，它能够被培养成具有存活力和生育力的小鼠。此外，如果对干细胞的基因进行某些调整的话，培养出的小鼠还可以存在某个或多个被敲掉（或被取代了）的基因，从而为科学实验创造完美的样本。

那些基因被敲掉的小鼠对于科学家而言简直就是可遇不可求的宝贝，因为通过克隆他们可以获得一群具有相同基因缺陷的小鼠。如果想了解基因的功能，最好的方法就是克隆一只正好有这个基因缺陷的小鼠。随着科技的进步，科学家最终能够有选择性地去掉细胞中的某个特定基因，这使他们能够确定基因在特定的器官或细胞类型里，比如说心脏、血液、大脑中的功能。最令人兴奋的是实验可以在小鼠一生中的任何时段实施，基因的作用很可能在胚胎早期、青少年期，以及老年时期存在很大差异。这种精确性让我们清楚有关基因的特别功能，也帮助我们了解它们如何和疾病相关联。

小鼠的基因实验说明了基因是如何影响机体而应对一些特定挑战，例如感染、伤口恶化，甚至药物的代谢。新方法不断出现，人们开始运用基因修改了解基因及其对疾病的影响，这些方法基于马丁·埃文斯最初给小鼠胚胎干细胞所下的定义。干细胞能够无限地生长，进行基因修改。修改后的基因会被注射进一个准备好的细胞空壳里面——这些细胞将会变成小鼠的胚胎，且最终会被培育成为具有繁殖力的小鼠，繁殖生长成为极其宝贵的克隆模型，为了解和治疗人类的疾病提供新的思路。

不可否认，埃文斯所做一切是了不起的，他鼓舞着人们努力去探索：人类是否也可以制造出类似的胚胎干细胞呢？然而这是一个充满争议的问题。对科学家而言，这个里程碑式的成就开启了一线希望——在培养皿中将人类胚胎干细胞培养成人体组织，或者至少提供了一种可能的研究方向。但对有些人而言，为了实验目的去利用和破坏胚胎也带来了某些问题——很多人甚至将之错误地等同于堕胎。虽然胚胎干细胞主要来源于那些体外受精门诊（IVF）丢弃的标本，或者像早期实验一样利用的是流产后的标本，但说到底还是来自人的身体。后期的人类胚胎干细胞几乎都是来自体外受精标本，并不涉及流产。但体外受精卵是否也是生命呢？当然，合法的道德争论是有必要的，但它不能跟堕胎混为一谈：体外受精卵是几百个离开了子宫中的细胞，不拿去做实验，它们也照样会死掉。

尽管人类胚胎干细胞并不依赖流产遗留物，但有些研究却有这个需求。例如，那些有免疫缺陷的小鼠虽能够利用人类血液干细胞制造人体血细胞，但它们不能生成 T 细胞，而要生成 T 细胞就要用到人类胸腺组织。从堕胎残余物里提取的胸腺和血液干细胞被植入小鼠，小鼠实验模型便能为研究人类免疫系统提供更好的帮助，同时还推进了疫苗的研究，尤其是艾滋病的疫苗。这个领域难免受到争议，研究人员自己也觉得有点良心不安。然而，那些物质最终都会被焚化，把它们用到实验中，至少是起到了一些积极的作用。于我而言，这是对人类生命的最崇高的敬意。但反对该研究的人表示，胚胎细胞的捐献在某种程度上鼓励了本应该要分娩的妇女们终止妊娠。然而事实上，捐献的决定通常都是在已经选择流产之后才做出的。批评家掀起了一场宗教学的争论，因为有关信仰认为怀孕创造了一个神圣的、值得不遗余力去保护的灵魂。该想法受到个人宗教信仰的引导，实在没有辩论的必要。但就个人而言，我从来都是抱着一种崇敬的心态看待这一系列看似奇迹的事件，在这个过程中一个小小的受精卵细胞最后变成了一个复杂的、能够思考的有机体——人类自己。没有什么比这更令人敬畏，更鼓舞人心的了。

即使是在实验室研究低级生物，这种崇敬感也没有减弱，因为不管我们了解多少，却只能知其然而不知其所以然，我们依然无法知道的是：细胞是如何准确地知道自己何时需要开始和停止。

当世界各地的医生开始攻克不育症，就意味着我们开始解锁生命的秘密，甚至能对其进行干预。20世纪，当人工授精有望为许多不育夫妇带来福音时，社会批评家也提出了一系列其可能存在的问题。他们最担心的是这样的事情：有一天，卵子和精子可以在体外通过体外受精的方式结合，然后被植入子宫。阿道司·赫胥黎在他的小说《美丽新世界》中曾将试管婴儿列入反乌托邦未来世界的一部分，这本书促使人们从道德层面去反对任何看似干预自然生育的行为。1969年前，据哈里斯民意调查显示，大部分美国人都相信人工授精是"有悖于上帝意愿"的行为。

由于很多宗教和政治领袖反对人工授精，该研究的进展非常缓慢，但从未停止，比如剑桥大学的妇产科医生帕特里克·斯特普托和科学家罗伯特·爱德华兹就决心去验证这一点，用爱德华兹自己的话说就是，"生育到底是掌握在上帝手上，还是在实验室的科学家手上"。

1978年，他们给出了答案，第一个试管婴儿降生在英格兰。几个月后的哈里斯民意调查结果显示美国的人改变了看法。60%的调查对象认为人工授精应该合法化，50%的人认为如果有必要的话，他们会选择体外受精。现在，在人工授精的帮助下，美国每年有6万名婴儿出生。尽管有赫胥黎的反对，但并没有出现什么社会危机。

作为一个目标非常具体和精准的医学挑战，体外受精的研究可以说是一个对实际生活非常有益的项目。对很多人而言，一个躺在慈父严母怀中的健康婴儿是能够解决很多问题的，但难以解决的问题是胚胎干细胞研究所提出的问题——能否使用流产手术剩下的或者那些人工授精夫妇们废弃的胚胎干细胞？由于IVF技术和流产关联，终止妊娠所带来的道德问题使它成为一个高度紧张的话题。反堕胎人士发动了一些极端的抗议活动，甚至是暴力事件，他们轰炸诊所，杀害医生等，以至于当时人们在公开表明自己对胚胎干细胞研究的立场时，不得不有所顾虑。（那些真正从事这项工作的人对于安全问题都是十分谨慎的。）许多医生和科学家不辞辛劳来到华盛顿，就为了表明自己支持联邦政府继续投资IVF技术，哈佛大学也出乎意料地以学院名义集体赞同该研究，一个由里根政府召集的包括医学、宗教、科学和道德专家在内的陪审团也以18∶3的票数宣布了同样的立场。但在反对阵营里，依然有人利用宗教信仰和道德伦理来做文章。我完全无法赞同那些仅凭感情用事而企图禁止实验室使用废弃胚胎和胎儿组织的人。这个世界，每天都有人生病和受伤，有人忍受病痛甚至失去生命，我们有责任尽自己所能去弄清楚人体是如何被创造出来，如何发展，并且是如何发挥各种功能的。这样我们至少能缓解一些人的痛苦，这才是保护人类尊严的真谛所在。

20世纪80年代，联邦政府对基础科学研究的投资远比今天要多得多——例如，政府曾资助亚瑟·巴克莱去收集太平洋西北部的植物样本并进行研究，尽管这些研究似乎跟那些用于临床治疗的特定药物只有非常微弱的一点点关系。尽管里根总统没有草率地对胎儿和胚胎干细胞研究进行全面的禁止，但他和他的继任者乔治·布什都在致力废除妇女堕胎的权利，因此他们都没有给该研究任何联邦资金的资助。之后国会投票想推翻这个行政禁令，但布什用了他的总统否决权把这项禁令给维持了下来。这足以看出这个问题存在的争议性了。

继续从事干细胞研究的科学家只能依靠私人资金来维持，因此不得不谨慎地使用分开的设备和装置。我的实验室现在还有许多被贴了绿标签的实验设备，表示私人资助，没有使用限制。这种尴尬的安排以及资金的短缺最终拖延了实验的进度。党派间的政治斗争就是这样。1995年比尔·克林顿打败布什成为新一任总统，这之后有了一些改变。但稍稍松缓的政策又很快被国会禁令终止了，这个禁令是两名来自圣经地带（美国中西部正统教徒多的地区）的国会议员——密西西比州的罗杰·威克和阿肯色州的小杰伊·迪奇所起草的，他们将其附加在国会法案的修正案里，而总统克林顿觉得自己有需要在上面签字，因此它成了一条法律。作为全国步枪协会在国会中首要的支持者，迪奇除了促成该议案通过，他之前的另一个主要"成就"便是禁止对枪支暴力事件进行联邦调查。（2012年科罗拉多州奥罗拉的大型枪击事件之后，迪奇承认说他为自己限制关于枪支暴力的调查活动感到后悔，那次大型枪击事件只是当年发生的14起枪击悲剧之一。）

幸运的是，我从事的研究并不需要从胎儿或胚胎组织中剥离干细胞，我需要的是成人骨髓干细胞——免疫系统的"明星"。所有同行都知道，那些珍贵的可以产生抗感染战士的干细胞是很难分辨的，最难的是要把它们从骨髓捐献者身上抽取的物质中分离出来。如果运用传统技术，最多能提炼出浓度20%的干细胞，而我的实验室研发出了一种新方法，可以生成浓度75%的干细胞，这都是利用免疫系统的工作原理实现的。

事实上，人体储备着功能强大的骨髓干细胞，其中只有一部分会被激活去生产免疫细胞以对抗病原体和癌症。我们当时运用了一种化学物质，它的药性只针对那些被激活的细胞，而对骨髓中储备的细胞无害。坚持就是胜利，我们收获了许多极富价值的干细胞。有了高浓度的干细胞，我们便有望能够描绘出这些细胞的分子特征，只是在我们还没有足够的技术让人类细胞植入小鼠以前，我们实验使用的都是人类细胞。与此相反的是一名与我们合作的内华达州同僚，他认为如果可以在动物免疫功能发育前便把人类干细胞植入动物体内，该动物的免疫系统便会把供体细胞视为自体细胞，而非异己。实验的关键是供体干细胞的移植需要在动物的免疫系统还未被激活之前就完成。我的同事艾斯梅尔·赞加尼在羊身上完成了这个实验，他运用超声引导注射法成功地在怀孕母羊体内植入了人类造血干细胞，这些细胞随着胚胎的发育开始生产人类血液细胞，出生的小羊体内也出现了多种成熟的人类血细胞。他注射的细胞正是我们之前分离出的骨髓干细胞，因此实验结果证明，我们分离出的是货真价实的人体干细胞。遗憾的是该方法没有受到关注，很可能是因为我们在还没有取得羊实验的数据之前就已经在《科学》期刊上公布了这种方法，抑或是因为我们的实验对象不是用大家所惯常选用的小鼠模型。对于刚刚起步的基因实验来说，小鼠一直是所有的实验者热烈追捧的核心实验对象，我们研究的是少有人从事的人体干细胞实验，这个实验没有简单适用的实验对象。

小鼠干细胞活跃性极强，因此在我们的激活筛选方法下小鼠干细胞往往会全军覆灭。此外，小鼠模型并不总是能模拟人体，当模拟失败时，质疑的声音便冒了出来。但失败也给我上了重要的一课，在之后的研究中，我几乎转而专用小鼠模型了。有时在可以控制的范围内，我们也会在人类细胞上进行实验，但我同样意识到，对人类细胞进行研究的困难难以预测。

当你的目标是帮助人类，小鼠实验便显得有些文不对题。尽管很多小鼠实验的结论最终并没有在人体身上奏效，但也有成功的时候，我便幸运地参与了其中一项——我们从小鼠实验中找到了从血液中获得骨髓干细胞的方法，从而避免了骨髓穿刺方式给病人、捐献者，甚至是看护者带来的痛苦和困难，因为骨髓穿刺意味着刺穿骨头取得骨髓。我们是如何做到的呢？先前的研究证明身体会产生一些"到这来"的信号告知细胞应当待在哪里。对于带有趋化因子受体 CXCR4 的骨髓干细胞来说，这些信号如同回航的信标，命令骨髓干细胞回到骨腔里面。当我们给小鼠某种药物关闭其回航的信号，干细胞便会迁移到血液当中去。如果这在人体同样奏效的话，我们就可以直接在血液中获得干细胞而无须实施手术，不但节约所有的人力和物力，还避免了手术的创伤。

时至今日，这种将干细胞从骨髓转移到血液的基础方法已被大多数骨髓移植中心采用，该方法免去了骨髓穿刺术带来的痛苦，它只需一种老药——细胞因子 G-CSF，以及一种锚定所需分子的方法。幸运的是，尽管有了我们的实验数据，生产这种药品的制药公司并没有趁机将这个药物商业化。商业化在药企是很常见的，高管必须在某个产品前景尚不明确的情况下提前下赌注。另一家药企迫不及待地推出了另一种可用的药品，该药曾因为其他目的（搞笑的是，为了艾滋病）而进行过人体测试。很快，他们便证实了该药也可以使干细胞迁移入血液。尽管很多人因此获得不少意外之财，但于我们，只要能够给科学的大厦添砖加瓦，给病人带来福音，就觉得自己获得了回报。

太大的科研项目看起来总是很杂乱，也容易招致误解。花费了将近 30 个亿的人类基因组计划（HGP）就是个典型的例子，这个项目由美国国立卫生研究院于 1989 年发起。支持者强调，这个项目与地球上的每个人都息息相关，它可以促进某些特定疾病的治疗，比如阿尔茨海默病、囊包性纤维症和肿瘤等。以上说法让人们对该项目的期望值很高，不过一个更为现实的表述应该是这样的：基因组学的研究可以对分子生物学整体有所助益，也许还能找出与某类疾病相关的特定基因。这是一项艰辛的工作，而想让这些研究生成治疗的方案，那估计至少要等上好几年——如果不是几十年的话。

人类基因组计划团队寻找的基因组并非某个物种精确而完整的设计蓝图，而是一份原始的、储存在细胞核中的碱基对[①]名单。碱基对要么由腺嘌呤（A）和胸腺嘧啶（T）构成，要么由胞嘧啶（C）和鸟嘌呤（G）构成。这些 A 与 T、C 与 G 的配对指挥着细胞、器官最终以至人体的生长与活动。它们存在于细胞核内，以沃森和克里克称之为"双螺旋"的阶梯状结构存在。人体细胞核内有 3.1 亿个碱基对，如果将一个细胞的 DNA 整理并拉长为一条直线，这条直线会有 6 英尺之长。

"基因组"这个术语最早诞生于 1920 年，而在 1976 年科学家才第一次完成了某个简单病毒的完全测序。随着 DNA 测序仪的出现，由联邦发起的人类基因组计划也成为可能，测序仪可以代替这

[①] 碱基对是形成 DNA、RNA 单体以及编码遗传信息的化学结构。

项劳动密集型的工作。然而，早期 DNA 测序仪造价不菲——相当于 2017 年的 20 万美元，而且它每次运行仅能生成一段能记录 600 个碱基对的条带。这就好像是字典里的单词清单，如果仅只有一页的话，是无法提供足够编写故事所需要的句子和段落的。同样，仅有的一段基因组是不会告诉你，特定的肝细胞或上皮细胞是如何产生并表达其功能的。

政府资助的基因科研项目进展缓慢，最终受到另外一个竞争团队的冲击，团队的领头人是科学家兼企业家克雷格·文特尔。1998 年，在塞雷拉公司工作的文特尔突然宣布，他们能够在人类基因计划现有数据的基础上利用新一代测序仪来提前完成该项研究。他的商业目标非常清楚：申请有关基因的专利，生产基因组然后卖给其他公司、高校和研究所的科研人员。正如大家所见，文特尔信心十足，好像驾着一艘巨大的帆船，满满地鼓起了印有他头戴巫师帽头像的三角帆，蓄势待发。在某次公开发言的场合，他甚至在一群亮闪闪的百老汇舞者的拥簇下走上台。

文特尔盛气凌人地宣称，他只需要一小部分纳税人的钱投在人类基因组计划中就能达成目标，这让华盛顿的政客对政府项目的进展感到极不满意。文特尔的资金来自私人企业，这也让人担心：他的研究结果会被怎样利用呢？如果基因组，或基因组其中的每个片段都获得了专利并被拿来牟取暴利，谁是最终受益者呢？这样一来，由该研究得出的治疗方法很可能会十分昂贵以至于只有富豪才能够得到治疗。如果政府的研究为文特尔团队提供了基础数据，公众难道不应当分享其收获吗？当塞雷拉公司准备为6500个由其科学家识别出的基因片段申请专利时，这些忧虑变得更为紧迫。文特尔的这一举动为其他国家的政治家们敲响了警钟，那些国家都有科学家加入了这项由美国发起的人类基因组计划。尤其是英国的首相托尼·布莱尔，他希望人类基因组的原始数据能向所有人公开。

尽管离经叛道的文特尔认为私人资金支持的科研更有创造力、更加灵活且更容易成功，但我仍旧认为，只有联邦政府才有能力组织这样一个伟大的基因组"围猎"行动。人类基因组计划就是生物版的阿波罗登月计划，即美国国家航空航天局（NASA）组织的人类首次登月计划。阿波罗登月计划仅仅用了8年就实现了，它是科学、工程学和制造业在规模上的创举，这不是任何私人科研团队可以完成的。如果你怀疑我的看法，请想一想第一次私人载人航天飞行，它直到2004年才完成，比首次登月晚了35年，依靠的依然是国家航天航空局的科技发展。

当然，文特尔团队的竞争并非没有益处。和普通人一样，科学家们也喜欢以自我为中心，没几个人会像约翰·格登一样，如此地谦逊和理想主义，抗拒大家的关注。相反，我们大多数人都喜欢攀比，喜欢从工作中得到赞誉。那些名声赫赫的奖项，包括诺贝尔奖，在一定程度上激励着科学家，几乎没有人会拒绝参加白宫的招待会或拒绝受邀在重要的会议上做主旨演讲。但我们中的大部分人都明白：在这个宏伟的计划中，我们都只是小人物而已，科学的最终发展都取决于大家是否愿意共享信息与研究成果。

公私两个基因团队之间的竞争在短时期内影响了我们对科学的热忱和期望。文特尔的离经叛道让他在一开始就遭受了许多的指摘，这绝不是科学界的个案。弗朗西斯·柯林斯——人类基因组计划的最高领导，一直坚信他的工作同阿波罗登月计划以及制造原子弹计划一样重要，这种自信再加上政府资助带给他的优越感让他将文特尔视作不速之客并极度讨厌他。即使这样，弗朗西斯·柯林斯还是争取与文特尔进行了调解。2001年2月12日，查尔斯·达尔文的诞辰日，媒体发布了数据相似的两份报道。《纽约时报》一如既往地提早一天透露了消息，向世界宣布由政府及克雷格·文特尔团队联合组成的全球研究团体已实现基因测序目标，其中最让人吃惊的发现是：人体拥有的基因数目远比科学家们预估得要少，据最终估计，人的基因数目将会是1万9千个左右，而并非之前预估的10万甚至更多。

消息公布当天，标题就震惊了许多医生和科学家。我们知道，从卵子和精子的发育到每个器官系统的运作，都需要基因来引导无数的功能，它需要指挥整个人体多达3.2万亿个的多种类型细胞，但人类基因组却比之前预想的要少得多，这难免让一些科学家感到沮丧，他们本来希望能够找到导致某种疾病的某个基因，从而为这种疾病提供一种（新）疗法。当然，一些特定的基因突变的确是某些特定疾病的病因，比如控制细胞生长的TP53基因发生突变，会导致恶性肿瘤的发生。然而，新闻所报道的基因数目是如此之少，因此基因与疾病那种简单的——对应关系的猜想就不太可能了。

文特尔团队的发现同样令人吃惊，所识别的基因当中，仅有300个基因是一般的实验小鼠基因组里所没有的，其余共有的基因似乎都来自人与小鼠共同的祖先—— 一些千万年前的生物。政府的团队也争相发表相似的观点，他们宣称发现了一名面包师身上有许多人类从细菌那里获得的基因，而且声称他们还能找到更多这样的基因。"有人对我说人类基因组的序列会让生命不再神秘，人性也会因此受到贬损"，研究完成时文特尔评论，"这些都是无稽之谈"。

人类与小鼠居然有如此之多相同的基因，这样的观点在某种程度上表明人类并非十分特殊的物种。假如一只透明的水蚤（淡水枝角水蚤）也有3万1千个基因，那么这种感觉就更为突出了。即使这种水蚤相当特别，它们能够长出盔甲与体刺以适应被污染的水，然而它仍然是一种蚤类。如此低等动物居然在某些方面有可能优于人类这种想法，对于许多人来说，这都是无法想象的。

但从进化方面来讲，人类基因组能够以如此之少的基因完成如此之多的工作，足以称得上"高贵"，而非"渺小"。唯有基因为实现机体内的多种表征而一致工作时，这种情况才能出现。如果你能够在一英里高的上空凝视一座城市，并看清城市居民之间存在着的无数关联，你就会明白我们的基因之间也建立了一种与之相似的、庞大而多样的关联，这种关联不是堆在一起的乐高积木，也不是穿成一串的珠子。如果我们能够看到在某个街区中，有多少人光顾拐角处的杂货店，又能看到杂货店老板如何与其顾客联系在一起，我们会为他们之间的关联感到震惊。正是这样的关联让人类建立了一个不断运转的社会，也正是这样的关联让基因创造了生命。

基因让细胞之间产生互动，互动中的化学平衡让细胞得以有序地生长和正常地发挥功能。在一本名为《基因社会》的书中，以太·亚奈和马丁·莱凯尔描述了基因这一动态的过程。正如他们所说的那样，基因组的排序揭示了，"生存的机器"除了需要竞争，更需要合作，这和理查德·道金斯在其著作《自私的基因》中所反映传统看法并不一样。

道金斯描述了一幅存在于基因之间的霍布斯[①]式的"每个人与每个人为敌"的战争图景，即最适者才能够进行复制，并以此生存和延续。这种战争确实存在，也能够解释一些特定的人类特性。亚奈和莱凯尔正是受到了道金斯的启发，才踏入了生物学领域。然而，感谢人类基因组计划，它让我们了解到基因本身是十分复杂的，比如说，我们那3.2万亿个细胞中的绝大多数，如果想要复制和生长，就需要受到其他细胞发出的信号。没有信号，这些细胞便不会行动。在细胞分裂时，它会将自身的DNA拷贝给它的子代细胞。对于不同细胞，这种更新的速率是不同的：白细胞数小时就要更新一次，红细胞能存活120多天，一些神经元细胞则与我们的寿命一样长。

复制在所难免，需要每个细胞以正确的顺序复制超过三十亿个核苷酸[②]，这就使得以突变形式表现的错误成为可能。这些错误通

---

① 托马斯·霍布斯，英国政治家、哲学家，代表作《利维坦》。

② 核苷酸是核糖核酸及脱氧核糖核酸的基本组成单位，是体内合成核酸的前身物。核苷酸随着核酸分布于生物体内各器官、组织、细胞核及细胞质中，并作为核酸的组成成分参与生物的遗传、发育、生长等基本生命活动。

常是无害的。正如亚奈和莱凯尔所指出的，癌细胞需要几个基因突变才可致癌，这也可称为"多基因命中"。由于这些突变体自我复制的速度可能比正常的细胞更快，它们可能已产生了 DNA 修复功能障碍，已有损坏性的变异，或对死亡信号不够敏感，或有了许多其他的能被癌症改变的功能。更快的增殖速度、更低效的损伤修复意味着这些突变体更易获得第二个、第三个突变。随着每个新的突变，癌细胞战胜了越来越多的机体抵抗，直到机体再也不能对其施加控制，癌细胞便完全成熟，成为癌症了。

癌症爆发的临界点部分取决于细胞多久分裂一次，这样它们才有机会去收集更多突变的基因。我们的皮肤细胞、肠道与气管内膜细胞，以及血细胞是所有细胞中分裂频率最高的。这些不断在我们身体里面进行分裂繁殖的细胞要以千亿来计数。在这么频繁的 DNA 复制的进程中，错误难免会发生。如果发生的错误改变了细胞的正常活动，机体的修复能力就会被激活去修正 DNA 错误，或者大量的其他异常物质、异常细胞。

由于细胞与生俱来的自毁机制，许多异常的细胞会直接消失不见。这种自毁机制，也被称为细胞的程序性死亡（PCD），它会修剪掉衰老和无用的细胞，为新生的细胞开辟场地。比如，胚胎在发育手的过程中，程序性死亡会修剪掉手掌的蹼细胞为手指细胞的生成做准备。这种机制也帮助控制了成人或孩童大脑中大量神经元的发育。

癌细胞很可能携带着某种突变的基因，这些基因能够帮助其躲避这种自毁的过程。由于癌细胞的体系一直处于"运行"的状态，它们会比正常细胞消耗更多的能量，并挤对健康的细胞，甚至经常转移并侵占机体的其他部位。如果它们是肿瘤干细胞，它们便很可能在化疗的冲击下存活下来，并导致癌症的复发与转移，最终致人死亡。

20世纪90年代，我父亲被确诊为癌症，让我至今难忘的是转移癌那无情的特性。和许多北方人一样，为了能更多地待在户外，父亲搬到了南部的佛罗里达州。1995年3月，我去佛罗里达州看望他，他那时还很健康，也很有活力，我们还一起打了网球，不过打完球他感觉有些背痛。休息之后疼痛似乎也没有减轻，于是5月份他去做了X光检查，后来的消息不是父亲，而是父亲的医生给我打来电话时我才知道的。1995年6月前，父亲一直由救护车接送着去医院做一天两次的放疗。我不知道居然会有这样的病例需要患者一天两次的放疗，这显然不是标准的治疗方案，给父亲带来了许多不必要的痛苦。在往返医院的路上，不可避免的碰撞会让充斥肿瘤的骨头产生无法忍受的痛苦。从父亲的检查报告以及医生那里获得的信息中，我知道他的生命仅剩几个月了。

父亲最后一次与我谈及病情时，他已豁达地接受了这个结果，而且还安慰我说自己已经度过了美好的74载光阴。

我却没有那么豁达。父亲接受的是没有任何治愈可能的治疗，以他的状况，治疗的重点应该是缓解痛苦。既然一天两次的放疗其长期疗效根本没有得到证实，那为何要遭受治疗的痛苦呢？我不得不得出这样的结论：因为有医疗保险的支持，一些不择手段的人把佛罗里达州的老人看成医疗中可以挖掘的金矿。相比美国其他的州，佛罗里达州的医保骗子十分猖獗，而营利性医院是绝不会对这些老人施以援手的。父亲最终需要接受住院治疗，我去看他的时候才发现医院根本没有采取任何有效的护理和治疗，尽管还没住满一周，父亲的脚后跟已经出现了严重的溃疡。不可否认，每个医院都会有些问题，但父亲的经历让我坚定地支持政策制定者，保险赔付必须要建立在患者预后的基础之上，而并非仅仅只看重表面的治疗。

如果把基因组看作生物发育和运行的初级脚本，那么干细胞就是生物制造的明星球员了，它们是建造、维持并修复机体的英雄。它们甚至可以被称为超级英雄，因为它们具有创造多种子代（细胞）的能力，它们几乎是永生的。同样，肿瘤干细胞就像堕落天使，或是《黑客帝国》中恶毒的特工史密斯，他可以令人恐惧地不断复制自我，而且能够在看似完全死亡后死灰复燃。

癌细胞与组成我们机体的健康细胞同时分享着干细胞的这种永生的特性，这是一个富于机遇的领域，能够让我们科学地了解疾病和健康。但挑战在于，由于组成人体多数组织的干细胞是在近年来才为我们所认识，我们对它的了解还非常有限。我们无法测量单个细胞中的物质是如何随着时间发生变化的，这就意味着，很多时候我们对机体的观察并非直接的、准确的。生物学是所有学科中最不具有线性关系的一门，很难有一对一的因果关系。尽管物理学、化学、地质，甚至天文学中都存在着未解的谜团，但它们通常都遵

169

从于数学的逻辑：A 与 B 之间相互作用即可得到 C，而在生物学中，一个标记为 A 的细胞可能有数十个极点，这些极点可以联系许多相邻的细胞，并传递多种不同强度的信息。有些信息会暂时改变邻近的细胞，有些会永久改变，而且这些信息还会受到其他特定时间里发生的信息的影响从而传递出截然不同的含义。如我们能够得到方法去量化每条信息及其所产生的影响，生物学便很可能成为更易辨别的逻辑学科。然而，它依然是一门复杂的学科。随着我们揭开它的每个维度，生物学会让我们更加敬畏，这赋予我们生命、给予我们活力并让我们被病魔纠缠的过程复杂得令人瞠目结舌。

这种复杂性也表现在医疗干预往往会带来的许多无法预料的后果。一方面，乳房填充手术不但被用作单纯的整容，而且还被用作乳腺癌妇女的安慰治疗。另一方面，乳房切除术作为乳腺癌的治疗方法如今仍在进行（并不是霍尔斯特德所拥护的那种极端的"根治性切除手术"），而且逐渐被用于乳腺癌的预防。有些被确定为有乳腺癌遗传基因的妇女，比如，安吉莉娜·朱莉[①]就宁愿进行双侧乳房切除术，也不愿让自己和家人面临不必要的风险。无疑，人们之所以愿意去考虑乳房切除术，是因为他们知道乳房填充术可以弥补切除术所带来的毁容损形。在这种情况下，将二者当作预防癌症的辅助手段是恰如其分的，但不幸的是，和所有科技一样手术也有缺点——它有可能致癌，尽管很罕见。如果女性患者填入的是质地不平的填充物，她们有可能会患上一种免疫系统罕见的癌症——

---

① 美国演员、导演、编剧、制片人。

"T细胞间变性大细胞淋巴瘤"。T细胞是组成免疫系统非常重要的部分，它能抗击感染和癌症，如果患上这个病，T细胞会被激活，并错误地导致一种侵袭性极强的癌症。但值得注意的是，如果植入物的表面很光滑的话，这种情况似乎就不会发生。尽管这种风险并不足以鼓励人们去实施填充物去除手术，但美国食品药品监督管理局还是提议病人及其医生都要充分意识到这个问题。这个例子很好地证明了机体，特别是免疫系统那谜一样的复杂性。

人们已知慢性损伤会增加患癌的风险，吸烟与肺癌的关联便是典型的例子，由酒精、肝炎或某些寄生虫病（包括马哈茂德研究的日本血吸虫病）引起的慢性肝损伤导致肝癌是另一个典型的例子。癌症好发于受损器官的细胞，它们之间存在某种明显的联系，不断重复的受损与修复过程或许最终会演化成一种非正常，且终将失控的修复过程——癌症。甚至受损的免疫系统也会导致免疫系统的癌症，这看起来合情合理。

自身有免疫系统疾病的人，比如干燥综合征或者红斑狼疮，患B细胞淋巴瘤的概率会增加。但T细胞肿瘤一般很罕见，它们很少与潜在的免疫失调有联系，也不可能与任何特定的乳房填充物有什么关联。为何表面粗糙的填充物会导致T细胞肿瘤，而光滑的表面却不会呢？为何患癌的是T细胞而不是乳腺细胞？为什么是T细胞肿瘤而不是其他肿瘤？在现有的知识下，这些问题不但无法解释而且无法预知。表面粗糙的填充物所带来的外部刺激是如何引起了一种罕见的恶性肿瘤，我们几乎不知道要从何处着手。于我而言，对一个没有清晰联系的问题进行研究几乎是不可能的，尽管在面对某些重要问题时，勇气是重要的，但也必须在解决问题的勇气中去客观考量研究本身的可行性。这也常是公众，尤其是病人对此感到深深沮丧的原因。为什么医生与科学家不能很好地解决我的问题呢？问题的症结并不在于是否有兴趣，而是在复杂的生物学泥沼中，他们缺乏坚实的落脚点。

要获得落脚点，必须将一些非常分散的科研成果联系在一起。正如詹姆斯·艾利森博士为肿瘤免疫疗法，蒙塔尼和巴尔·索瓦丝为艾滋病研究，詹姆斯·汤姆森与约翰·吉尔哈特为干细胞研究建立的那些联系一样。

干细胞和再生人

　　1988 年，威斯康星大学的詹姆斯·汤姆森和约翰·霍普金斯大学的约翰·吉尔哈特分别在实验室里成功地分离并培养出人体多能干细胞，他们都将自己成功的实验成果发表了出来，时间不过相隔几周。没人能忘记这个重大的突破，它为培养各种人体细胞指明了道路。多能干细胞是终极干细胞，无论你研究的是什么类型的疾病或细胞，多能干细胞都有可能让研究者获得更直接的启发。研究的第一步是取得稀有的人类细胞标本，这些标本通常无法在实验室培养中长久存活，要不然就只能选择相对容易培养的小鼠细胞。如果可以获得人体胚胎干细胞，就意味着能够长期培养和获取人体细胞，还能继续被增殖分化出多种类型的成熟细胞。胚胎干细胞增殖十分简单，尤其在汤姆森的指导下，这一流程更为便捷。只需要一种特殊的介质就可以让细胞生长，但一旦得到介质，细胞会失控地增长，所以难题在于如何让胚胎干细胞定向分化为你所需要的细胞。
　　有时，简单转换细胞培养介质就能让所有细胞同时成熟并分化成实验所需的细胞。通过显微镜你能看到细胞如心脏般跳动，这种体验如同电影情节般扣人心弦，它也是确凿的证据，说明我们可以培养出心肌细胞。领域内的每个研究者都相信这可以为治疗心脏病找到一条捷径，用细胞补丁去修补损伤的心脏。对于那些由于心肌过度损失而长期面临心脏病发作甚至死亡威胁的病人来说，这无疑是"神术"，但研究仍有待完善，还需数年的时间来探索如何培养特定心肌细胞——因心脏病发作而损害的心脏泵部细胞，而并非其他细胞。同理，人类胚胎干细胞还能分化成神经细胞，这一令人振奋的消息激励着研究者去培养神经细胞群，希望能植入患有脑神经系统功能障碍的患者。

毋庸置疑，人类胚胎干细胞研究可以扭转乾坤，但深入的研究急待更多人的共同努力，组建团队、整合数据、交流观点，每个环节都至关重要。仅仅哈佛大学就有数百位来自血液学、肿瘤学、神经学和胚胎学等各个学科的学者在进行有关干细胞的研究，但大部分同僚之间仅是一面之交。毋庸置疑，同僚间的疏离让我们无从得知某些重大研究的最新进展，也不会有平日在饮水机边的闲聊，这些闲聊经常能让我们灵光一闪，从而获得解决某个难题的新想法。

在竞争激烈的学界，大多数人可能会吝啬地不愿分享自己知道的信息。为了快速启动某些研究，很多科学家也曾试图创建跨学科团队，但除了少数研究项目，比如至今仍在坚持的人类基因组计划，大多数跨领域的合作通常都会以散伙告终。由于干细胞研究领域为再生医疗提供了可能，在这样具有重大人道意义的领域，我们只能收敛一下自我的欲望，加入团队，集思广益，促进研究发展。比如说，我们团队就有位干细胞领域公认的专家，他让我们紧紧地团结在一起。当然，这个人并不是我。

道格拉斯·梅尔顿在导师约翰·格登的指导下完成了他的博士论文。正如之前说到的，没人料到格登会成为一名科学家，但他在1958年成功地完成了首例青蛙克隆，成了基因领域的先驱（那时道格拉斯只有5岁），他在五六十年代发明的许多实验方法仍沿用至今。70年代，格登成为美国剑桥大学（哈佛大学在独立战争之前都被称作剑桥大学）分子科学实验室的负责人，这个实验室先后诞生了沃森、克里克和另外三位诺贝尔奖获得者，格登在2012年获得了诺贝尔奖。梅尔顿在剑桥学习时与格登合作并成功发表了5篇有关基因学和克隆的文章，之后他获得了博士学位。发表文章的第二年，梅尔顿凭借硕果丰厚的惊人简历，年仅28岁就成了哈佛大学的教授。

梅尔顿不是实验室里那种为了登上学术顶峰而不择手段的极端利己主义者，他本科毕业于伊利诺斯大学的哲学系，虽然和我一样都是从人文专业转入医学的，但他显然比我自信多了。在格登实验室里不断培养起来的科研能力为梅尔顿打下了牢实的科研基础，与生俱来的才华让他在许多重要的思想方面遥遥领先于同龄人。

道格①能在演讲时让人们感到他胸有成竹的自信，他了解观众，尤其是科学讲座的观众。他知道他们的需求是想听故事，故事讲得

---

① 道格是对道格拉斯·梅尔顿的昵称。

175

通俗易懂才能让观众理解、记住，才能激起观众的更多的求知欲，让他们追随你。用一个同事的话来说，没有哪个人会在听完讲座后感慨，"要是这场讲座能更复杂点就好了"。道格是讲科学故事的大师，能绘声绘色、娓娓道来。

道格的故事往往能激起观众对科学研究的热情和支持，哪怕是一些还停留在构思阶段的项目，也许并没什么需求，也没什么创造力。一般来说，科学界的成功很少会被归功于个人品格之类的因素，因为人们通常认为科学家是呆板机械的，只知道工作。事实上，科学家并非大众媒体所描述的那样是不近人情的古怪人物。和其他领域一样，科学同样需要热情、创造力和人品，在干细胞生物学这样新兴的领域尤为如此。道格总能为干细胞项目引入人才，找到财政支持。这不仅多亏了他的人格魅力，尽管他说话真的非常温和，还多亏了他科学的、条理清晰的陈述和精诚团结的合作精神。和其他一些顶级科学家不同，道格会承认团队中所有人的贡献，无论是与患者面对面沟通的临床医生，还是冒险为项目倾囊相助的资本家。因此，纵观整个剑桥、波士顿学界，他拥有无人能敌的人才和科技资源。

在过去的 20 年间，道格都在勤勤恳恳地探索基因是如何编码、转译直至诞生新生命的。他花了大量时间研发和测试新的方法，试图从分子结构来揭秘信使 RNA 是如何在细胞内通过控制生产功能将氨基酸连接在一起的。他的许多实验是用非洲爪蟾的卵进行的，也就是约翰·格登克隆出的那种。非洲爪蟾是良好的实验对象，因为它们强壮，繁殖量大且成活率高，是基因实验的最佳模型。

在六个月大的儿子萨姆被确诊为 I 型糖尿病后（他的女儿后来被确诊也得了这个病），科学对于道格来说不再抽象，而是更具私人化的一件事。I 型糖尿病是基于免疫异常一种疾病，主要是由于胰腺不能产生足量的胰岛素帮助机体消化、吸收营养物质。胰岛素分泌不足是致命的，它会导致很多可怕的症状，包括癫痫等。I 型糖尿病很少见于婴儿，因此梅尔顿一家只能一边眼睁睁地看着萨姆受着病痛的折磨，一边焦灼地想弄清致病的原因。

萨姆这一辈子都要受到 I 型糖尿病的折磨，并随时可能有生命危险，这促使道格完全转变了自己的研究方向。由于科研资助的特殊性，道格的举动在科学界几乎是不可能的，研究者只能申请自己已经具备前期研究成果的项目，这样才能用未来更高的成功率来说服资助者。道格没有受到这些制约，他获得了霍华德·休斯医学研究所的支持；有了资金支持，他可以转变研究方向。他真的就这么做了，他将自己的研究直接集中在糖尿病和干细胞领域，希望能找到治愈糖尿病的方法。干细胞可以终其一生在人体存活期间不断为胰脏输送功能健全的细胞，这种能生成胰脏的干细胞一般分成两种：一种不断产生许多的酶，消化食物；另一种分散在胰脏的不同部位，并在那里产生、储存以及释放胰岛素和其他激素来调节人体的新陈代谢。患有 I 型糖尿病的患者几乎没有分泌胰岛素的细胞，也就是 β 细胞，主要因为自身免疫失调而选择性地杀死了这些细胞。

对于道格和许多其他研究者来说，β 细胞似乎是一个比较成熟的解决方案——未来某天，或许能应用干细胞为人体供应有效的胰岛素。（直接从死者身上移植胰脏细胞的方法曾经成功过，但手术过程十分复杂，并且需要许多捐献者才能为一个患者提供足够的胰脏细胞。并且移植成功后，随着时间的推移这些细胞的效力会不断递减。）

然而，在干细胞应用于临床治疗之前，仍有许许多多基础研究需要进行，还有许许多多的问题需要回答，比如胰腺是如何在胚胎以及胎儿阶段形成的，它又如何在成人阶段一直保持其活力。道格在动物实验后发现其中有一种叫作"刺猬配体"的分子，它调控着胚胎发育的整个过程，使胚胎细胞分化成人体的不同部分。但这些配体，以及它们为完成工作而经过的通路①又与人类某些恶性肿瘤相关。科学研究一次又一次地证明了，能让机体正常发育和生长的机制往往与恶性肿瘤的进展有着千丝万缕的联系。

一个受精卵是如何逐步发育出神经组织并形成脊髓、大脑直至整个神经系统的？通过青蛙胚胎实验，道格对此有了重大的发现。这种发育过程是通过细胞间的交流实现的——一组细胞激发其他细胞群产生了相应的变化。这是道格及其团队的发现，对于外行来说的确难以置信，但这些发现回答了一个关键的问题：前胚胎这个没有规则的细胞球是如何发展成复杂的生命的。

和其他胚胎学家一样，道格也没有摆脱动物实验所带来的局限

---

① 刺猬信号通路是动物发育的关键调控之一，在所有的两侧对称动物身上都有体现。哺乳动物有三种刺猬信号通路同系物，DHH、IHH 及 SHH，其中 SHH 因与某些癌症相关联而得到广泛的研究。

性。对动物起效的药物对人类却无效，由此造成的失落感表明从老鼠、青蛙以及其他动物实验中所能获得的知识是如此的有限。（主要的问题就在于，我们和动物不是在完全相同的化学物质下发育而成的。）因此，同其他胚胎学家一样，道格将研究方向转向了人体胚胎干细胞。由于不是所有的胚胎干细胞都具有相同功能，他利用体外人工授精过程中被当事人遗弃的受精卵培养了许多新细胞株，这样全世界的科学家都能获取他培养的胚胎干细胞。虽然政府的联邦财政限制条例已经出台[1]，道格依然在霍华德·休斯医学研究所资金的资助下完成了实验。

很多研究者都被干细胞研究的道德争议给吓退了，但汤姆森和吉尔哈特还是利用私人资金组建了科研团队，继续进行研究。汤姆森后来透露威斯康星大学由于畏惧公众舆论而拒绝给他资金支持，一个名叫麦克·韦斯特的商人解决了他的财政难题。韦斯特的杰伦生物医药公司一直在寻求一种"青春不老泉"的科技——因为没有更好的名字就暂时这么称呼了。韦斯特是生物学博士，整个学术生涯都在探索衰老的机制，想寻求减缓衰老，甚至是逆转衰老的方法。他寻求的几乎是一个虚无缥缈的概念，为了不被人看成是不可理喻的疯子，致力于这方面研究的科学家不得不更加努力。事实上，韦斯特的想法是有科学根据的，他对端粒酶十分着迷，它们的作用似乎就是调节染色体的活力；不仅如此，他对干细胞也十分感兴趣。

有了杰伦公司的资助（杰伦公司也资助了吉尔哈特），汤姆森

---

[1] 指的是布什总统削减了国家对干细胞研究的拨款。

在一个独立的机构用弄到的设备开始了自己的研究。他运用的是之前运用在灵长类动物身上的实验技术，将胚囊解冻后放置在含有营养物的培养基上进行培养，分离并获取干细胞。一旦干细胞被分离后，研究人员必须小心地观察细胞的菌落，并不时用吸量管分离部分干细胞，以免细胞群落分裂生成过多干细胞并逐渐分化形成各种干细胞亚类（比如骨骼肌干细胞、骨头干细胞、神经干细胞等）。在适宜的培养和保护下，这些被称作细胞株的细胞群落本质上能永久存活，它们能无限地进行复制分裂并为全世界的研究者提供干细胞进行研究。

汤姆森提供的干细胞株虽能够通过有偿购买获取，但要求同时提供对于科学试剂来说非常严格有效的实验报告，这阻碍了许多人从事这一领域的研究。相比之下，道格的干细胞株价格更为实惠。但由于这些干细胞研究尚处于研究探索的初期阶段，因此还未有明显的特性。汤姆森和道格的两个科研团队都依靠私人资金进行研究，但要研发具有巨大潜力的试剂，这样小打小闹的研究效率是非常低的。在生命科学领域，许多具有重大意义的生命科学研究无法获取与其重要性相匹配的财政支持，联邦政府作为科研的主要财政支持者，下令禁止资助这样一个无疑是最重要的领域。虽然私人和企业的资助同样能推动科学研究，但可惜的是很少有企业会资助像干细胞这样的项目，因为这类研究不但离真正的临床应用还有很长一段距离，还会让公司面临公共关系的危机，许多企业因此望而却步。即使有私人资助，对于该领域巨大的资金需求来说也是杯水车薪，之间仍有巨大的差距。所以，我们应做的是号召科学家一起努力加快研究的步伐，为潜在的资助者们提供一个成功的案例。哈佛大学就十分擅长吸引精英人才甚至是慷慨仁爱之士，仅需一个号召，就能不费吹灰之力建立一个领先的干细胞项目。

在我眼里，道格不仅是哈佛最优秀的科学家之一，也是世界顶尖的干细胞专家之一。（他同时也是美国国家科学院院士，那里拥有全世界最顶尖的科学家团队。）即使优秀如道格，但干细胞研究仍需要整个团队的共同努力，需要更多成员的加入。我知道道格也有同感，所以我向他提议一起建立一个跨领域的干细胞研究所，但其实我还是有些忐忑，道格，这位在胚胎学领域叱咤风云的明星也许不会搭理我这样默默无闻的血液学家吧！

听到医生或科学家表达紧张和不安的感觉，大家也许会觉得很讶异，以为我们经过医学院的训练，又能顺利地在医院或实验室工作，应该胸有成竹、毫不拘束。然而，对疾病诊断的自信并不等于对科研的自信，我就是怀着这样的心情去见道格的。多年的学习让我可以理解患者对病情的自诉，也能熟练地辨析病症、X 光片、胃部症状、肺部的声音，这些不过是生物学的基础，是"出售产品"，而并非"创造产品"。生物学和医学是两个不同的世界，在基础医学，我还只是个入门者，而道格早已是老资格了，但让我充满信心的是我有个特长——我的沟通能力，经常穿梭在患者的病床边让我掌握了这一技能。锦上添花的是，我还有许多有趣话题，能与人加深联系，有时是育儿经，有时是一本最近读过的好书，有时是对户外的热爱，甚至钓鱼的爱好都能帮我进一步拓展话题。钓鱼是极少几个让我能专注的事情，无论是在岸边还是在水中，挥竿和偶尔钓到鱼的快乐都能让我充满自信。我多年以来一直在波士顿海港停着一艘渔船，这样我能在 8 点上班前享受一两小时的钓鱼时光。通常我会将鱼放生，偶尔捕到大鱼，我会把它捕捞上岸送给麻省总医院旁的餐厅。由于我总送鱼，他们从不让我付饭钱。

我记不清我见道格的那天有没有去钓鱼，但他可能也没看出我一直在掩饰自己的紧张。我们很快有了共鸣，我们都渴望干细胞生物学能研发出实用的药物来改变人们的生活。他告诉我，他渴望把自己的科研成果转化为实际的治疗方案，并且很乐意为此接受任何可能的帮助。他研究的胚胎学的确可以研发出临床疗法——通过研究胚胎干细胞是如何分化为胰腺细胞，他很有可能研发出治疗 I 型糖尿病的方法。一旦成功，这将是巨大的成就，美国有超过 120 万成年人患有这种病，而且每天都有儿童被确诊。糖尿病给人类带来了巨大的痛苦，也给医保体系带来了巨大的负担。如果能通过干细胞疗法使患者拥有正常的胰腺功能，这将是天赐之福。不仅如此，道格的基础研究与所有细胞生物学研究都十分相关，但只有不同实验室和研究者之间能够更自由地合作，他的研究才有可能为包括肿瘤学在内的许多其他研究散播下突破的种子。

作为一个庞大的机构，哈佛大学像是一个四分五裂的巴尔干地区，尽管到处都是优秀的人才，但每个人都争强好胜只专注于自己的想法，甚至可能不知道校内有同僚也正在做与之相关的研究。此外，研究资金通常也只资助单个项目，不会资助合作项目。除了这一限制外，哈佛大学的科学家和美国其他研究人员一样，都受到了联邦财政限制条例的影响以及有关干细胞道德争议的阻碍，这也使慈善家和基金会对资助项目持谨慎态度。这样的阻力让美国在科学和医学领域很容易被其他国家超越，但同时也给一些机构创造了机会，这些机构的领导有能力且愿意对此进行投资。杰伦公司就是一例，它资助了吉尔哈特和汤姆森。但是与哈佛大学及其附属医院所能投入的相比，这些企业能提供的资金还是太少。

道格也认为，哈佛大学在干细胞领域的研究不仅需要外部助力更需要内部合作。我俩最后还勾勒出了一个跨校的科研合作方案，但更重要的是，我觉得，我俩都认为自己找到了实现这一目标的伙伴。

我在医院工作，熟悉医院的运作模式，道格是哈佛大学艺术与科学学院公认的领军人物，与大学实权中心关系密切，我们正好代表了可以将干细胞研究应用于临床层面的两支力量。他是基础生物学令人瞩目的巨星，我在临床领域也多少有些优势。虽然哈佛大学没有这样的先例，在如此庞大的机构间组织科研人员进行跨领域跨机构的合作，但我们知道科学家们虽心存疑虑，但还是很渴望有合作的机会。最后，我们还相信哈佛校友会资助我们，因为他们也会赞同哈佛大学应该引领这一具有潜在转化力的领域。

要实现这个想法依然阻力重重。首先，僧多粥少，即便拥有巨额捐赠，想得到哈佛大学资助的项目实在是太多了，何况哈佛大学的筹款能力依然是有限的。其次，我们的项目实际上会让学校面临这样一个风险：把赌注押在其他有能力的人不愿做的工作之上。还有，我们必须考虑到这样的研究很可能不会有单一线性的发展结果，借投机分子的行话来说，我们也许注定打的是没油的井——白费功夫，没人能够保证基础科学领域的成果一定可以转为临床的治疗方法，甚至无法保证这些研究能为我们带来回报让研究得以继续。我们的研究可能给大众带来福音，并使哈佛大学走在该领域的尖端，但也可能沦为一个纯粹为了研究而进行的研究。

我俩并未考虑是否能成功，我们的初衷是为了研发新疗法，让那些寄希望于干细胞研究的患者从中受益。我们将机构命名为哈佛干细胞所（Harvard Stem Cell Institute），故意省略"研究"二字，因为我们不希望只专注于"高大上"的研究。

只有说服哈佛大学的校领导、医学院以及附属医院的领导，让他们相信我们能带来积极的成果，才能将哈佛干细胞所变成现实。我有一个便利的条件，当时我无法向道格透露，但现在能在这本书中写出来。1983年，我诊治的病人里面有一位名叫劳伦斯·萨默斯的哈佛大学教授，他年纪轻轻就患有霍奇金淋巴瘤，该淋巴癌可引起许多不适症状，包括疼痛、发烧和体重下降。这种疾病能被治疗（通常通过化疗和放疗），但并非所有人都能痊愈。

劳伦斯当时已经病得很重，但起初并不清楚他得的是什么病，他最终被送到我工作的医院，我当时是那所医院血液疾病主任医师专家团队里的主治医生（细分专业的受训者的专业称呼）。我们进行了许多检查，包括骨髓活检，最终才确诊劳伦斯的病情。他在医院住了很长一段时间，我因为参与了他的治疗而得以比较深入地了解他。他是个聪明又好奇的病人，只是命运多舛。我起初只知道他是经济学家，后来才得知他是该领域的学术权威。他父母都是宾夕法尼亚大学的教授，他在麻省理工完成本科学习时，他的两个叔叔保罗·萨缪尔森和肯尼斯·艾罗已被授予诺贝尔经济学奖。紧随叔叔的步伐，劳伦斯在宏观经济学研究上做出了成就，并享有盛誉，但被确诊后，健康变成了他的首要问题。霍奇金淋巴瘤并没有影响他的思考能力，每当我见到他时，他都会问很多很好的问题，所以我提议："我教你医学，你教我经济学。"

　　萨默斯同意了，在他治疗期间，我学到了很多有关国家甚至全球经济运行的知识（现在很多都遗忘了）。最后，他痊愈出院了。从他身上我了解到重要的一点，那就是智力上和人格上的勇往直前，遇到什么重要的机会，他从来都不会退缩。康复后，他继续极其活跃地投入到他的教学、研究和咨询工作中。1991年，他离开哈佛大学，担任世界银行的领导。1993年，他加入克林顿政府，之后一直担任财务部部长，直至克林顿任期届满。布什总统接任克林顿后，萨默斯回到哈佛大学任校长，那年他46岁，是哈佛大学最年轻的男性校长之一（迄今为止，所有哈佛大学校长都是男性）。而且，哈佛校长的任期与教皇一样十分之长，因此他有可能要在校长这个岗位上工作几十年。

　　十月一个阳光明媚的日子，哈佛广场举行了萨默斯的就职仪式。他的家人都来了，包括两个 11 岁的双胞胎女儿。他在就职演说中只强调了一个主要的目标——他称之为"科学革命"。他说这一革命会在即将来临的"生物和生命科学时代"发生。人类亟须深入了解构建生命的基础学科，比如生物学和化学等，这将会推动"科学革命"的诞生。萨默斯深谙这个时代的背景，他提到了高达数十亿美元的基因组测序项目，并认为哈佛大学必须调整其传统结构，以求能最有效地参与科学研究。

自从我到哈佛大学以来，哈佛大学实际上已经错失了许多坐上生物学头把交椅的机会，其中一个机会正好在我的领域。一位名叫布莱恩·德鲁克的出色的年轻医师和科学家，跟哈佛大学和丹娜 – 法伯癌症研究所有些关联。他对一种被称为激酶的蛋白特别感兴趣，该蛋白能够将高能磷酸盐转移到分子上来激活分子。德鲁瑟关注的激酶可以调节白细胞的产生，但这个过程有点复杂，干细胞首先会产生所谓的"祖细胞"，然后再为人体提供能成为成熟白细胞的物质。当干细胞或祖细胞出现遗传缺陷时，它们会引发癌症，最早发现的癌症慢性粒细胞白血病（CML）就是由费城染色体的遗传缺陷导致的。

有关费城染色体在慢性粒细胞白血病（CML）中的作用，其中最重要的研究是由芝加哥大学的珍妮特·罗利完成的，她是从医生转为科学家的。罗利是个神童，在 19 岁时就获得了大学学士学位，她第一次申请医学院时被芝加哥大学拒绝，因为当时医学院的女性名额已满。（医学院每年的男女录取比例是 60∶3。）芝加哥大学普

186

瑞泽医学院于第二年录取了她，她毕业时才 23 岁。

　　在一家诊治唐氏综合征患儿的诊所担任医师时，罗利对遗传学产生了兴趣。（患有唐氏综合征的人比常人多了一条 21 号染色体。）一个偶然的机会，在陪同身为病理学家的丈夫前往英国休学术年假①时，罗利从医学转到科研领域。在那里，著名的血液学家拉兹洛·拉杰在牛津大学丘吉尔医院的实验室里给了她一份工作。被人称为"原子血液学家"的拉杰还从事与辐射有关的疾病研究。在拉杰的实验室，罗利开始研究染色体缺陷。回到芝加哥，她遇到了另一位著名的白血病专家莱昂·雅各布森，并说服他为自己提供了一台特殊的显微镜和一间暗室，她因此可以为染色体拍照并放大观察它们。虽然费城有两位科学家彼得·诺威尔和大卫·亨格福特先前已经指出，慢性粒细胞白血病患者的第 22 号染色体异常的小，但是只有罗利掌握了缺陷的机理。

　　由于基因总是涉及化学交流，罗利的发现提示了染色体发生错误的位置。随后的实验显示，9 号染色体上的一种激酶转移到 22 号染色体上，并与另一种基因融合，从而使该激酶始终处于打开状态。始终活跃的激酶迫使细胞持续生长，这是一种极具破坏性的对话方式，也暴露了其潜在的弱点，很明显化学物质也可以抑制激酶。布莱恩·德鲁克这时加入了这个研究，他受到罗利的启发，认为罗利识别出来的基因错误有可能被某种化学物质修复，从而关闭不受

---

① 学术年假，19 世纪源于美国研究型高校，即所有教师在服务一定期限之后都可以申请享有的权利。

控的细胞生产。

但最大的挑战在于寻找靶向准确的化学药物，这种药物只会关掉激酶，而不会干扰其他与生长和能量代谢活动有关的细胞。德鲁克拥有一个历经磨砺的科学头脑、一个坚持不懈的决心。像我一样，他童年时就是个小小的化学家，尽管偶尔会有烟气散入父母家，但他仍可以自由地实验。严肃、谦逊、温和又善于自我反思的他拥有成为顶级科学家的能力。作为一名医生，他曾治疗过慢性粒细胞白血病患者，患者的离世触动了他，激励着他不断从事科研。和我一样，他也相信，从更容易着手的血液和骨骼来研究癌症，可以更加整体地理解癌症的原理。

遗憾的是（对丹娜－法伯癌症研究所和哈佛大学来说是更大的遗憾）德鲁克无法获得他想要的支持。研究中必须的化合物STI571的专利权属于瑞士西巴－盖吉制药公司，但丹娜－法伯癌症研究所已经与该公司的竞争对手山德士就他们生产的某些产品签订了一项相关的研究协议。因为STI571是靶向治疗药物[1]，与肿瘤学家们所用的一般毒药截然不同，德鲁克曾鼓励西巴－盖吉制药公司的科学家尼克·莱登开发像STI571这样的药物，这仍无法打破整个僵局。由于受到丹娜－法伯癌症研究所的制约，德鲁克决定前往波特兰的俄勒冈卫生科学大学，那里的政府承诺加大对科学研究的投入。

---

[1] 靶向治疗，被称为"生物导弹"，是在细胞分子水平上，针对已经明确的致癌位点的治疗方式，该位点可以是肿瘤细胞内部的一个蛋白分子，也可以是一个基因片段。

德鲁克终于得到了少量的西巴 – 盖吉制药公司的药品，并在有正常白细胞和慢性粒细胞白血病细胞的培养皿中对其进行了测试。令他惊讶的是，这种药物杀死了90％的慢性粒细胞白血病细胞，但没有杀死任何正常细胞。1994 年，他向瑞士的合作企业报告了这一发现，在接下来的动物试验中，也证明该药物十分有效。

无论是财务支持还是技术支持，大型制药公司在基础研究中的作用都是至关重要的，但也存在不少问题。他们提供的资金可以使世界各地的科学家研究新的理论，有大型公司支持的机构通常可以得到大量所需的化学药品，但对利润的追逐，以及集团企业的各种活动，工业与科学之间的关系变得非常复杂。制药公司间常发生复杂的合并与收购。在高风险的企业战略游戏中，研究项目的方向常常迷雾重重。一个典型的例子就是不久之后西巴 – 盖吉制药公司和山德士合并创建了世界第二大制药公司诺华。

诺华公司并不想去开发罕见病药物，因为罕见病药只面向小众市场，也就是说STI571这个药不能带来足够的利润。将STI571的研究进行到底，来治疗一种仅有3万名患者的疾病是具有挑战性的，如果不是因为德鲁克的不懈努力，就不会是今天的结果了。他说服诺华公司至少对药物的首次研究进行支持，在那项研究中，他只能在那些所有标准疗法都束手无策的患者身上进行实验。将近150名患者，其中包括6名儿童参加了这次实验，他们被给予各种剂量的STI571药丸。第一位患者病情有所改善，第二位患者也有所改善，然后第三位，德鲁克开始感到兴奋。没有出现严重的副作用，而且许多患者的病情都得到了改善。病人的精神变好了，身体各种功能也逐渐回复，血液测试的结果也证实了这种改善，这表明STI571使他们的血球计数逐渐正常化，带有费城染色体缺陷的细胞也逐渐减少。如果这一发现成立，诺华公司将拥有第一个抗癌靶向药物，它能修复引起恶性肿瘤的特定遗传缺陷。

第一阶段的研究结果令人瞩目，但是诺华公司并没有承诺会继续后期的研究。事实上，诺华公司没有足够的药物来进行更大型的第二阶段研究。但是一份来自病人的请愿书被交到了诺华公司高管的办公桌上，最后诺华公司决定开始第二阶段的扩大试验，这是社交媒体施压成功的一个早期典型案例。从未听说过STI571的血液学家也从想参加试验的患者那里知道了这个药物。

1999年12月，布莱恩·德鲁克在美国血液学学会的年会上作闭幕演讲时，我正好就在新奥尔良市的会议厅里。尽管已经将药物试验的结果高度保密，但新闻界还是提前透露了此次会议将会有重磅新闻，这成为大家广为猜测的话题。当德鲁克开始演讲时，会议厅座无虚席，十分安静，当他开始描述实验得出的参数时，都能清晰地听到人们记笔记时笔尖刮擦纸面的声音。正如他所描述的，实验中每个服用该药的患者都处于疾病晚期，他们的医生已经用尽了所有能用的治疗方法，有些人奄奄一息，仅仅这一点就让成功的概率显得十分艰难。

德鲁克是个瘦高个、头发稀疏，声音轻柔，他不是那种感情外露的人，但那天下午在新奥尔良市，他看起来好像无法控制自己。

他介绍了研究小组是如何确定合适的剂量和治疗方案，又是如何历经数月等待结果。最终，随着每日剂量最终微调至三个 100 毫克胶囊时，产生了非常显著的效果。总共有 31 位患者的病情得到了完全的缓解，白细胞指数恢复了正常，身体逐渐康复。在某些病人身上，引发疾病的异常染色体开始消失。的确，在德鲁克小组研究血液样本时，在一些患者血液中甚至再也找不到任何费城染色体的存在证据。据报道，这种药物仅有的副作用是疲劳，肌肉痉挛和胃部不适。

我想大多数听到德鲁克演讲的人都会想到那些死于慢性粒细胞白血病患者吧，还有其他那些经历了骨髓移植正承受痛苦的病人，后者也只有四分之一的成功率。

相比之下，药物 STI571 似乎是个奇迹，但科学家们通常不相信奇迹，德鲁克在接受采访的时候就承认了这一点。他说："在这个项目中，我遇到的一个问题就是很难说服人们不要去相信这样一件好到让人无法相信的事情——因为事实摆在这里。癌症研究的一个主要目标便是确定癌细胞与正常细胞之间的差异，以便可以通过毒性最小，且最有效力的靶向治疗来针对这些差异，这正是我们看到这些患者身上发生的。"

这种药物最终被命名为格列卫，它在新奥尔良市血液学学会的年会会议上引起了广泛的关注，这个药在早期实验中被证明如此有效，甚至美国食品药品监督管理局采用了快速流程来批准格列卫的临床使用。2001 年 5 月 10 日药物获得了批准。诺华公司早就为这一刻做好了准备，第二天就开始发货，在短短不到六个小时的时间内，该药物的所有预订单（总共是 5000 多单）就被全部装车并运输出去了。没过多久，全世界的医生和患者都见证了这个药物对白血病戏剧性的缓解，就像早期实验中记录的那样，带有费城染色体缺陷的细胞数量在下降，健康细胞的数量在增加，濒临死亡的患者恢复了体力，开始重新进食，体重开始增加，并恢复了之前正常的生活。见证了这一切的我感到十分震惊。

格列卫的基本作用与传统化疗中的细胞毒药有很大不同，以至于大多数科学家和医生都希望它能对所有患有慢性粒细胞白血病的人都能奏效，并保持持久的疗效。证据表明，通过治疗，病毒突变问题已经被根除了，这增强了人们的希望。同样乐观的观点还包括：一种治疗癌症的新范式已经开启，如果格列卫能从根本上消除导致一种癌症的基因突变，也许它对其他癌症也可以有相同的疗效。

在获得美国食品药品监督管理局批准后不久，以我同事乔治·迪米特为首的一些内科医生就将格列卫应用于胃肠肿瘤患者，因为该肿瘤的病变机制也是基因突变，和大多数慢性粒细胞白血病的机制差不多。该药物被证明大约在 60% 的胃肠肿瘤病人身上有效。其他一些试验也发现，格列卫对某些与骨髓相关的疾病以及一种极为罕见的皮肤肿瘤同样有效。然而，这个名单仅止于此，人们期待已久的、希望能起到类似分子魔术作用的突破性系列药物并没有如期被研发出来。确实，尽管格列卫可以控制慢性粒细胞白血病，却不能治愈它，病人需要长期服药，并且最终，一些患者还是会不

192

可避免地出现耐药性。尽管如此，格列卫仍然打开了一扇门，人们开始开发类似药物来针对由于基因异常而导致的其他疾病，这在制药行业是一种全新的体验，并且标志着医学思维方式的重大转变。

格列卫开辟了广阔的生物领域。研究表明，各种类型的氪星石都可以被开发利用出来应对癌细胞的超强病变力。基因测序可用来确定具体突变的位置，然后就是找到可以对付这种突变的药物。这种合理的方法虽然令人信服却异常困难，尽管如此，通过这种基本的研究范式，我们取得了很大的进步。通常，这种疗法虽无法治愈疾病，但至少可以为许多患者暂时缓解病情，并且可以针对患者肿瘤中出现的不同异常情况对症下药。现在，大多数大型癌症研究中心已经不再使用20世纪的显微镜技术来对所有患者进行诊断，而是根据肿瘤的基因特征对其进行鉴定，并根据这些信息选择要使用的药物。确实，美国食品药品监督管理局最近刚刚批准了一种抗癌药，这个药专门针对某种特定的基因异常，而不管该异常基因导致的到底是哪类癌症。

哈佛大学的校长办公室位于马萨诸塞堂，它是校园中最古老的建筑，也是美国第二古老的大学建筑。（最古老的是克里斯托弗·雷恩爵士大楼，位于弗吉尼亚州的威廉与玛丽学院。）在独立战争的时候，这里曾经是士兵的军营，这些士兵当时很可能顺走了许多物件。这座建筑的历史气息十分浓厚，以至于你刚踏入大厅，就能感受到几个世纪以来沉甸甸的历史厚重感。当我和道格去找萨默斯校长讨论关于成立干细胞所的事情时，我们都深深地为这种历史氛围所吸引，一路静静地瞻仰着大厅里的历史遗迹，然后才走去办公室。

那时，萨默斯是美国著名的学术领袖之一。在学校里，他非常受学生欢迎，很多学生找他给印有他签名的钞票签名，他通常都很乐意。（他当联邦政府财政部部长的时候，发行的钞票都有他的签名）。在这次干细胞的争议出现之前，大家都认为他虽然才华横溢，但有时会有点难以相处。他不是个容易应付的人，如果你提出的只是半成型的想法，他可能会拆解、分析并证明它的各种不足，也许他并没有按照当事人的想法行事，很多人会觉得自己受到了冒犯，认为萨默斯太不近人情。那些人常用"不通情理"这个词来形容他，但我从未对他有这种感觉。实际上，依我看，他很精明，比起把自己的想法强加于他人，他更喜欢从别人身上学到一些东西，他擅长综合各种想法和观点并努力并让大家达成共识。

正如萨默斯在就职演说中所表示的那样，他明白所谓的官僚政治，并褒扬干细胞的研究，这两点并不令人意外，但令我和道格十分惊喜的是，他居然知道人类基因组计划与干细胞生物学之间的差异。前者本质上是一项可以通过大量应用技术来完成的基因工程，而后者的可预测性很低。当然，我们的工作有需要计算技术的地方，但我们所研究的系统是多变且相互关联的，因此要构造一种科学的数学方法来计算它是极其困难的。我们相信生物学、跨学科交流、有时甚至是直觉——人类大脑计算能力的游离产物——可以产生意想不到的且有价值意义的见解。

除了极少数的例外，几乎只有大学才能容忍并支持这种"异花授粉"和有失败风险的实验，这正是一个大型的干细胞研究计划所需要的。在学界，你的创意是最重要的，并非你的关系或金钱，但在工业生产中，情况却并非如此，企业管理者害怕这种没法预测结果的研究会浪费资金，也担心大型政府机构的官僚政治，因此对于他们来说，创意通常只是其中比较重要的流通货币之一，而并非全部。

尽管大家普遍认为经济学是数字游戏，但它也受到了心理学的启发，心理学可以帮助解释市场运作中发生的许多现象。萨默斯非常重视经济学的这个方面，他最重要的著作之一就以先见之明的视角描述了经济繁荣所带来的社会影响，这种繁荣散布着一种高涨的情绪，使人们看不见自己行为中存在的明显风险，进而导致灾难。用经济学术语来说，对某事件做"心理理论"式的描述，这种几乎完全基于心理学的经济见解，其预见性比任何在场的人能想象到的更高远。

萨默斯与我们讨论时就完全能理解了我们所提出的关于生物学非线性的研究特点。当我们提到哈佛大学有机会为生物学研究的飞跃式发展建立正确的校园文化时，他对此感到十分激动。作为一个战胜过癌症的人，他非常关心我们的研究工作是否能带来治愈疾病的可能性，对于该项研究的道德问题，他没有顾虑。但是，他担心我们可能会遇到来自其他人的抵制。

"你们觉得这项研究可以得到大家的支持吗，包括来自内部和外部的支持？这样才能让你们有足够的号召力。"萨默斯问道。

他说的"内部"指的是哈佛大学的人。在这里，我们可能会遇到一些人的反对，那些人早就画地为牢，宣布他们要研究这个领域，因此我们的研究会让他们觉得正在受到侵犯。事实上，我们已经考虑到了我们想要合作的人，并希望大多数人（即使不是全部）都能看到我们的建议中的价值。

他说的"外部"人员包括所有关注干细胞研究的政治、学术、科学、慈善，甚至宗教界的领袖以及普罗大众。很遗憾我们没办法让干细胞研究的争议减少，并且随着乔治·布什当选为总统之后，我们预感麻烦只会越来越多。

我对萨默斯说："这就是为什么我们需要领头去做这件事的原因，我们没有正常的支持基础——政府、慈善事业和企业，但是如果哈佛不去做这件事，还有谁会去做呢？"

我们首先需要的是能够激励、召集和指导干细胞所的领导力量，同时也需要这个力量帮助我们解决筹集资金的问题。我们都不希望把资金看得那么重要，但事实正好相反，资金对于科研是极其重要的，如果没有稳定的资金供应，大多数研究将无法付诸行动。在某些情况下，充足的资金还能给团队争取试错的时间，甚至是多次试错的时间，直至最后的成功。如果萨默斯可以从大学给我们提供资金支持，并将我们的项目推荐给那些经常支持哈佛大学的重要捐助者，那么我们就可以为长期的研究获得持续的资金支持。

在马萨诸塞堂的拜访结束时，萨默斯表示他将支持我们，他会在与捐助者举行会谈中给我们留一个主要的席位，以方便我们向他们寻求资金的支持。不过有时，我和道格不得不擦亮皮鞋、系上领带去出席某些场合来配合这项工作，我们可以依靠萨默斯和哈佛大学的影响力来认识这些捐赠者。更重要的是，他要用哈佛大学的信誉来支持我们的研究，尽管这不足以改变那些持反对意见的政客们的想法，让他们同意联邦政府资助干细胞研究，但至少可以让大家相信，我们正在做的事情将以负责任的方式成为主流科学。

虽然大型的科研机构通常会找（或建造）一个大型的工作场所，并挂上机构名称的大标牌以表明其存在。例如，2017 年，英国剑桥大学开始着手建造一个大型的独立机构来专门从事干细胞、分子生物学和癌症研究，但也有很多科研机构本质上是虚体，大家分散开来各自开展工作，相互之间的联系主要是通过管理人和资金链。我们中的一些将聚集在麻省总医院目前正在建造的一个新地方工作，那个地方大约 4 万平方英尺，但是我们不会给这栋建筑挂牌，因为我们中的更多人将会分散在剑桥地区周围的实验室和办公室。

重点不是我们每天都要在一起工作，而是我们要创建一个组织机构，这才是"机构"一词的真正意义，它会鼓励并促进跨学科之间定期的交流。这种交流对于激发创造力很重要，同时也能使哈佛大学将所有这个领域的力量团结在一起，从而制定一些标准和期望，我们认为这是哈佛大学崇高的使命。干细胞所最终的目标就是治疗糖尿病，以及其他许多包括癌症在内的疾病和状况，当大量的资金投入这个充满各种可能性的研究中时，所设置的高标准和目标可以保护我们，让我们免受过多的压力。在干细胞研究这样的领域中，吸引媒体和投资者的注意并不难，因为他们都想成为第一个知晓突破性研究的人，但在这种氛围下也容易产生一些诱惑，出现一些极端的情况，比如投机取巧、夸大结果甚至是欺骗民众。

我们在哈佛大学艺术与科学学院的会议室召开了干细胞所的第一次会议。艺术与科学学院是由包括约翰·亚当斯、约翰·汉考克在内的一些人创立的，该学院的首批院士包括乔治·华盛顿和本杰明·富兰克林。那么悠久的历史，又培养了那么多的院士，当你第一次到访，一定会对它心生敬畏，但像哈佛大学一样，学院的目的并非吓退学生，而是鼓励你以一种更为开阔的方式去思考，更加勇敢地去面对创造的风险并坚持到底。有人对许多顶级科学家做过一个意义深远的研究，研究表明坚持不懈的创造力是科学家成功的关键。我相信任何有影响力的机构都会鼓励这种创造力，无论哪个年龄阶段的科学家，创造都是源源不断的生产力。该研究证明，当正确的人在正确的时间提出正确的想法，他会收获巨大的成功，有些人在年轻时就达到了这个最佳状态，他们精力充沛，可以同时追求各种各样的想法并实现它，但大多数人就只能坚持不懈，如果被给予适当的支持，他们也能在适当的时间到达目的地。正如该研究的论文作者所指出的，让·巴蒂斯特·拉马克一直都没有出版他具有里程碑意义的进化论著作，尽管这本书比达尔文的《物种起源》早了50年，他直到65岁的时候才出版他历时30年才完成的著作《动物哲学》，随后又出版了七卷本的《无脊椎动物自然史》。

在干细胞所，大家的年龄、经验和科学观点各不相同，但我相信，所有人都拥有一种潜在的品质——这篇关于成功科学家论文的作者将其称为"Q 品质"。拥有 Q 品质是一种能力，让人们能找到一个适合自己和当今社会需要的研究课题。我们的团队——包括伦纳德·索恩、乔治·达利、斯图亚特·奥尔辛、杰弗里·麦克利斯、理查德·穆利根和戈登·威尔等都有这样的品质，他们在癌症遗传学、血液学、儿科癌症学、神经科学、糖尿病、干细胞等方面都各有专长。

和书呆子一样，我们用活动挂图和大黑板做了一个矩阵图。我们在矩阵的竖列上列出了感兴趣的领域——糖尿病、心脏、神经、血液、癌症、肌肉、肾脏等，并在横列上标出了研究方法。我们聊得越多就越意识到，与其说彼此竞争，不如说我们在一起努力为现有的项目添砖加瓦，一起开发新的研究方法，因为我们发现对同一问题感兴趣的不同人——比如说，肾病——能够从完全不同的角度来进行讨论，并最终推动科研的发展。干细胞所可以将这些不同的人和不同的概念融合在一起！后来，我们的计划不胫而走，越来越多的人想加入我们，我们从中选定了 25 名主要的研究者，他们基本有了自己需要负责的研究团队，还有另外 75 名科学家。我们还与哈佛大学的 7 所学位授予学院和 7 所医院建立了合作关系。

大家对于哈佛干细胞所的热情告诉我们，我们低估了渴望合作的同僚数量。（我还低估了劳伦斯·萨默斯作为一名倡导者的杰出能力，事实证明他非常善于帮我们筹集资金。）我们很快就在麻省总医院布置出了一个独立的实验室，计划了一个主要针对校友们的拓展项目，面向那些愿意为慈善事业投钱的杰出人士。同时，我们还开始在哈佛大学内外招募顶尖的科学家，并确定了许多想要争取的人。

例如，干细胞研究先驱乔治·戴利，他在麻省理工学院获得了生物学博士学位，在哈佛大学获得了医学学位，是哈佛大学迄今仅有的以最高荣誉毕业的 12 人之一。作为一名年轻的科学家，他曾在诺贝尔奖得主大卫·巴尔的摩的实验室工作，他在那里完美地展示了珍妮特·罗利有关慢性粒细胞白血病的研究发现。他用某种逆转录病毒将费城染色体上的融合基因植入正常小鼠血液干细胞，并将其转化为白血病细胞，这证明了融合基因不仅与白血病相关，而且的确是白血病的病因。他接下来想试试是否能从胚胎干细胞中制造出血液干细胞，理论上来说胚胎细胞的确能够造出任何类型的细胞，但这在实际操作中却很难做到。乔治花了十多年来完成这个实验，现在他似乎快成功了。他同时也是一位医生，也希望看到科学最终为病人提供服务。当他同意加入我们的行列时，他的名气让干细胞所拥有了更大的吸引力，吸引着那些年轻的科研新星。

与其他领域一样，良禽择木而栖，有前途的新人总会对自己的所栖之地有点挑剔，大多数人都在寻找这样的地方——拥有最先进的技术，有强大财政支持，能建立自己的团队。波士顿地区至少有四个研究中心，任何一位对此稍有点了解的科学家都知道这四个研究中心绝对位居于全球十大生物或医学研究中心之列。这种情形给了我们一些优势，尤其当我们接触到像艾米·韦格斯这样的崭露头角的科研新星，要知道她曾和富于传奇性的细胞生物学家欧文·韦斯曼一起在斯坦福大学工作过。（韦斯曼和我有过一段逸事，他曾写信给我直截了当地抱怨我在某篇论文中忘了署他的名。我对这种事情一般表现比较豁达，立刻对我的疏忽表示了歉意，匆匆写了张字条，大概意思是："我深表悔恨，你都可以听到我把头撞在墙上的砰砰声。"我们最终成为朋友，还经常一起去钓鱼。）

韦格斯小时候曾参与杜克大学的天才项目，最初的课程之一是写作，这培养了她出众的沟通能力，对于一名科学家而言这种能力尤其重要。她在亚利桑那大学学习动物行为学和灵长类动物学，之后她对科研产生了浓厚的兴趣，并获得西北大学免疫学博士学位。（她在西北大学时发表的第一篇论文为免疫细胞的研究开辟了一条重要的新途径。）在斯坦福大学工作的时候韦格斯因为工作效率高、工作产量大而被大家熟知，以至于韦斯曼得出结论韦格斯的工作能力是无懈可击的。我之所以能够把她争取过来，是因为通过交谈后，她发现如果可以与干细胞所里不同研究的学者进行交流，她关注的那个研究领域不但不会遇到任何的阻碍，而且会得到更大的发展。

要把团队组织起来，有点像组建一支大学足球队，最好的球员都想知道，他们能否在那里找到水平相当的对手。在韦格斯同意加入后不久，凯文·艾根也答应加入，他将和道格拉斯·梅尔顿、康拉德·霍奇林格一起工作。康拉德的导师是麻省理工学院克隆专家鲁道夫·贾尼施，他同时还受到波士顿儿童医院和纽约斯隆·凯特林研究所的邀请。然而我们设法让他和一位哈佛校友进行合作，这位校友将资助他在麻省总医院的研究工作。这笔专门的款项给了他足够的信心加入我们的研究，并对自己的未来充满信心。

当我们到处招兵买马时，其他人也在选择同样的道路，希望在没有联邦政府支持的情况下，继续在美国发展干细胞研究。斯坦福大学为干细胞科学建立了一个1200万美元的基金，新泽西州州长将新泽西州设为第一个创建地方干细胞计划的州，并向罗格斯大学提供了650万美元的资助。约翰·霍普金斯大学以及威斯康星大学也在继续开展研究工作。在加利福尼亚州，活动家正在起草一份投票提案，要求该州的选民投票建立一个价值30亿美元的干细胞研究基金。这次全民公投于2004年以显著优势获得通过，这无疑肯定了这类研究工作的科学价值和经济价值。正如计算机硬件和软件开发使硅谷和波士顿郊区成为商业强国一样，干细胞研究将为最成功的研究所所在地带来财富和发展的机会。

干细胞的应用前景已经不限于癌症，也不限于道格研究的糖尿病还包括其他疾病，这些疾病可能在一种名为再生医学的高级疗法下得到改善。这项研究面临的挑战是如何去创造人类细胞、人类组织，甚至是人类器官，这听起来虽然像是科幻小说，但最终的目的却不那么科幻——修复人体组织，甚至让其重新恢复活力。我在骨髓移植中见过这种情况，正常的血细胞可以从严重受损的骨髓中再生出来，这已经成为再生医学的一种临床实践形式了，但这个术语直到20世纪90年代初才被常规性地使用。汤姆森和吉尔哈特在人类胚胎干细胞方面的研究激发了人们的热情，目前正在进行的研究也考虑用细胞修复来治疗神经系统失调、脑损伤、内分泌疾病，甚至心脏病。

虽然胚胎干细胞是人们关注的主要焦点，但已经有证据表明，无须使用胚囊或胎儿组织就可以研究出治疗方法。干细胞被发现也存在于成人的组织或者婴儿出生时留在脐带的血液中。尽管脐带血的潜力被大量天花乱坠的宣传（其中一些是来自商业脐带血采集和储存公司）搞得神乎其神，但这些细胞实际已经被用于白血病的治疗。当然，如果稍稍夸张一点的话，它们也有可能对其他一些疾病起到一定的作用。

很少有人讨论再生医学的终点，它可能是人类寿命的延长。并非大家不想关心这一话题，没有人会对延长寿命不感兴趣，但任何让延长寿命变成现实的建议都会让人产生一种假想的看法。人类梦想通过干预来延长寿命的第一次记录大约在 2500 年前希罗多德的作品中有提到过。早在古希腊，希罗多德就提出了有关青春不老泉的概念，自从人类开始意识到人会死亡这个事实起，就一直幻想着想要延长生命。20 世纪初，纽约长生不老研究所成立，它有个博爱的目的就是延长人类寿命，但 1936 年达成了一个协议，它被禁止在纽约行医。1972 年，美国亚利桑那州又成立了一个名为"阿尔科生命延续基金会"的非营利组织，提供冷冻遗体（有时候是部分组织）服务，在人死后立即冷冻，希望有朝一日相应的技术能够使他们复活。这些客户至今仍被冷冻在零下 320 华氏度，不过，与 72 年前相比，他们复活的可能性也没有增大多少。

阿尔科的做法说明有些科学真理会被人误用让人走向一个极端。有些物质，如骨髓，可以解冻复苏并保持其最初时鲜活的体征。然而，这只对那些不需要水晶体构成的材料才能有效。水一旦开始结晶，随之而来的膨胀会使细胞破裂，就像结冰的水会挤破管道一样。虽然用来储存细胞的化学物质可以阻止水晶体的形成，但它们不能充分进入整个器官，使它们得以保存。因此，冰冻的器官，比如像大脑，是不能在冷冻后被解冻复苏的，无论多细心地保存也不会有任何正常的功能。这些局限让我们意识到玛丽·雪莱的《弗兰肯斯坦》的确是虚构的。

细胞不能永生的另一个原因还可以用海弗利克极限来解释。以伦纳德·海弗利克的名字命名的这个理论是基于他 60 年前的一项研究成果，即细胞在培养基中只能生长和分裂 40 次到 80 次，然后会停止生长。细胞分裂的次数会随细胞类型的不同而变化，干细胞能够克服海弗利克极限，但更成熟的细胞不能。海弗利克极限理论还可以解释为什么被称为"端粒"的人类染色体末端会逐渐消失。

染色体的端粒末端可以作为染色体末端的缓冲，或者说保护帽，防止它们被酶侵蚀掉，或者与染色体的其他部分发生矛盾。但是在细胞分裂过程中，它们不能和染色体的其他部分一样无限制地被复制，它们会逐渐变短，直到被充分耗尽，随着进一步的分裂或者停止分裂，此时细胞的麻烦就来了。干细胞和癌细胞则不然，它们可以重建这些端粒，因此它们不大受海弗利克极限的影响，可以继续分裂。但是，随着时间的推移，干细胞的功能也会开始衰退，随着年龄增长，再生能力之所以变得有限的部分原因就是功能性干细胞的丧失，所以如何再生干细胞对再生医学来说至关重要。

多能胚胎干细胞能够为需要再生的器官制造各种干细胞。这是我们刚成立的干细胞所的部分希望：我们认为胚胎干细胞可以制造出特定器官的成熟细胞和干细胞，来维持该器官的运转。我们同样知道，干细胞也是可以被基因修改的细胞，如果可以被利用来替换人体缺失的或有缺陷的基因，那么新的干细胞就可能修复导致某些疾病的基因。斯图亚特·奥金是一位广受国际认可的干细胞专家，他发现地中海贫血等可怕的疾病是由于遗传问题所导致的；他加入了我们的研究，他的加入让基于血液的干细胞新疗法成为可能。杰夫·麦克利斯展示了成年动物大脑中的神经元可以被激发，从而改变脑部功能所必需的脑回路，这给我们带来了希望，我们可以研发出治疗脑部疾病的干细胞方法。道格拉斯·梅尔顿指出，成年胰腺虽然没有干细胞来制造新的胰岛素生成细胞，但他正在系统地研究胚胎干细胞是如何产生这些胰岛干细胞的。利用干细胞生物学修复以及再生受损器官，这个理想像光明一样把我们团结在一起，但阴影在于这些细胞可能会揭示癌症产生的奥秘，甚至会导致癌症。这依然是一个悬而未决的问题，只有时间才能解决。

猎犬斯纳皮和诱导性多能干细胞

当哈佛干细胞所宣布成立时，有关癌症的研究正在全速发展，包括其他我们将要研究的疾病。比如，在国家癌症研究所史蒂文·罗森伯格等科学家的领导下，有关免疫系统的研究也在稳步推进。在艾滋病危机中，随着对 T 细胞—— 一种白细胞的亚型——的研究发现，人们对免疫系统的研究方兴未艾。

多年来，罗森伯格一直坚持不懈地探索着癌症和免疫细胞——那些被人体用来战胜癌症的细胞之间的关系。这些免疫细胞来源于骨髓，骨髓利用血液和淋巴系统的循环让它们遍布全身、各居其位、各司其职（由此可见血液和骨骼是多么重要）。2004 年，罗森伯格开展了一个小规模的人体试验，总共有 17 名病人参与其中，他用转基因的 T 细胞来治疗这些病人所患的黑色素瘤—— 一种最严重的皮肤癌。他的方法之所以那么引人注目，大概是因为这种方法来源于两个最有前途的癌症科学领域：遗传学和干细胞。

要想理解罗森博伯的实验，就要明白导致癌症的每一次基因突变都意味着我们自身的防御系统已经识别和阻止过无数次这样的突变。这种防御能力取决于恶性细胞释放出的一种叫作抗原的化学物质，它向免疫系统里正在待命的战士发出信号，让它们开始行动。这些战士，主要是 T 细胞和 B 细胞，也必须有一个抗原受体，抗原受体对抗原做出反应，让免疫反应继续进行。

癌症能继续发展，通常是因为我们的免疫细胞没有配备足够的合适的受体。虽然通常情况下，确实会出现一些有合适配备的免疫细胞，但这些细胞只会对正在增长的恶性肿瘤造成部分伤害。罗森伯格的理论认为，如果他能找到这些有效的免疫细胞，并以某种方式复制出更多的这种细胞，那么他也许能够干预癌症的发展进程，并扭转局势。

罗森伯格对于免疫潜力的兴趣来自他作为一名外科医生的一次经历。有一次，他为一名曾做过胃癌切除手术的男性患者做胆囊手术。最初的手术报告显示癌细胞已经转移到了他的肝脏，但是当罗森伯格试图寻找这些肿瘤时，却找不到它们了。进一步的检查也证实了病人体内的癌细胞已被完全清除了。罗森伯格对此饶有兴趣，他想知道这个病人的免疫系统是否有某种超能力。因为血液就是能证明这种超能力的证据之一，于是他试着把这位痊愈患者的血液输给另一个患有同样恶性肿瘤的病人。输血并未起效，但它却让罗森伯格花费了毕生的精力去探究转移的癌症是怎么神奇消失的。他知道答案就在人体免疫系统之中，免疫系统虽然没有对胃里的肿瘤起作用，但成功消灭了肝脏里的肿瘤。"我内心燃起了火焰，"罗森格晚年的时候解释说，"而且从未熄灭。"

免疫细胞如何被引导着与癌细胞产生相互作用，过去几十年里，罗森伯格等人逐渐破解了这一化学过程。20世纪80年代末，一位名叫泽利格·埃什哈的以色列免疫学家首次创造了带人工抗原受体的T细胞，这种T细胞被称为CAR-T细胞，或嵌合抗原受体T细胞。1990年，埃什哈和罗森伯格一起休了一年的学术年假，专门研究怎样去诱导T细胞对抗癌症。最终，他们锁定了针对黑色素瘤的CAR-T细胞。他们用一种特殊的化学物质赋予了T细胞针对黑色素瘤细胞的靶向能力，并增强了T细胞的反应能力。

驱动T细胞去阻止癌症的发展，生物学不可能就是增加一点化学药品那么简单。然而，初步的实验结果还是有很大的积极作用的，在2000年之前，启动了许多有关驱动免疫细胞的研究工作，人们从数千种蛋白质中筛选，希望能找到一种蛋白质，可以促进免疫细胞大量生成，或是能改变其细胞活动。这有点类似我们对干细胞所做的实验，即通过测试上百种——如果没有上万种——的化合物来改变干细胞的使命，使干细胞以某一特定的方式活动。

我们的干细胞项目是最基础的科学研究，研究内容之一包括是否可以不从胚胎组织中获得干细胞。我们团队中最年轻的两个队员，查德·考恩和凯文·艾根就一直深深地扎根于这个问题。艾根曾经想当一名医生，但1996年克隆羊"多莉"的出现使他转向了基础医学研究。多莉是苏格兰爱丁堡罗斯林研究所的伊恩·维尔穆特克隆出来的，他把羊卵中的细胞核去掉，把从成年羊细胞中提取的 DNA 注入羊卵，然后将羊卵植入一只母羊体内。最后生出来的羊羔和供体羊的 DNA 一模一样。由于供体材料来源于一个乳腺细胞，所以农场的工人便借用艺人多莉·帕顿的名字命名了这只羊羔。

作为有史以来的第一个克隆哺乳动物，多莉的出生震惊了科学界。普林斯顿大学生物学教授李·西尔弗告诉《纽约时报》的记者吉娜·科拉塔，维尔穆特的成就"从根本上向我们展示了无限的可能。这意味着所有的科幻小说都是真的。人们曾说这不可能做到，但现在做到了，而且是在 2000 年以前完成的"。许多像艾根和考恩这样的年轻人都因这一前景而振奋不已，并考虑继续使用维尔穆特的技术。考恩一直致力于分子生物学，曾经跟随道格拉斯·梅尔顿做博士后。他们需要找到一种东西，能替代维尔穆特克隆羊实验中的卵细胞，毕竟它在人类卵细胞上不能发挥作用。2005 年，考恩、艾根和梅尔顿等人发表报告称，他们已经将一种称为成纤维细胞的成人皮肤细胞和胚胎干细胞（而不是卵细胞）融合在一起，并对成熟细胞进行了重新编程，从而使成熟细胞回到了能向任何类型细胞分化的初始状态。

这个团队的成功是激动人心的，但并不是特别有用，因为它需要数千小时的独自工作，其中大部分时候是盯着显微镜，然后利用脚踏板与操纵杆把针头插入一个个细胞。艾根事后将这一过程描述为"你玩过的最难的电子游戏"。他在麻省理工学院研究如何进行核移植时，患上了背部疾病，保持积极性是他最大的挑战，因为他在动物细胞实验中失败过了上千次。

大家似乎还没有完全明白考恩、艾根和梅尔顿想要发掘的"返老还童"过程其本质到底是什么，但人们希望能用它将细胞恢复到年轻状态，从而让这些细胞可以发育成充满活力且功能性极强的新细胞。这样做的最终目的是研究出一种新疗法，从而使那些导致心力衰竭或帕金森病等疾病的细胞会被新的细胞替换掉。这种新细胞将与受体完全匹配，因为它们是从受体自身的组织中培养出来的。这种新细胞将成为再生医学领域迅速发展的圣杯。不难想象，这种科技很快就改进了现有的一些治疗方法，比如骨髓移植。从长远来看，它甚至可以促进人类替代器官的生产。和往常一样，每一次重大的科学进步都会让再生医学招致政府官员和公民的担忧甚至恐惧。这一次，他们仍然有理由担心，那些受命将该研究应用到临床治疗的人是否足够正直。

围绕干细胞的争论，尤其是关于克隆和胚胎细胞使用的争论，要求我们对科学研究的公共关系方面保持敏感性。在哈佛干细胞所成立之前，麻省总医院开放了新辛奇研究中心，并为我们提供了一个当时被称为再生医疗与技术中心的大型研究场地（随着时间的推移，"技术"这个词从名字中被删除了），这有助于我们将干细胞研究推向临床治疗的方向。干细胞研究将成为这个中心的主要工作，而再生疗法是干细胞研究的重点，我们希望能够凸显这项工作可能带来的益处。（既然这个中心的首字母缩写是CRMT，和青蛙"克米特"的名字有点像，我想我们应该争取把它作为吉祥物，不过幸好这个想法从未对人说起。）

新辛奇研究中心被认为是最先进的医学研究机构，这个中心只接纳五个研究小组，其中有几个分别致力于遗传学和计算机科学的小组。小组位置的竞争相当激烈，以至于我需要多次提出申请。其中的一个申请过程包括我得站在一个评审委员会的面前进行陈述，这个委员会由麻省总医院以外的顶尖人物组成。这是一个高级别的团体，其中的大多数人都曾获得过诺贝尔奖。这些人包括约瑟夫·戈尔斯坦（胆固醇）、罗伯特·霍维茨（程控细胞死亡）和菲利普·夏普（RNA）。尽管他们并没有让我感到不自在，但我从来没有过如此的经历——房间里有如此之多学术大牛，我吓坏了。

　　但幸运的是，除了让我们这些没获得过诺贝尔奖的人感到有点害怕之外，麻省总医院优秀的水准让整个评审过程变得较为公平，他们更加倾向于最佳的科研思路。评审委员会的作用之一是确保麻省总医院的内部政治不会影响和操控最终的决策。在委员会中，没有人会偏向某一位候选人，也没有人会与审查结果有利害关系。委员会优先考虑的是利用现有的优质资源，特别是人力资源，来加速临床医疗的发展。合作共赢，或者更老的叫法——协同增效的可能性是如此巨大，以至于你一旦意识到这些，你会难以抑制地兴奋。评审委员会也正是这么履行职责的。委员们的表情显示他们理解眼前的可能性，我悬着的心终于放了下来。很快我们就开始讨论再生医学中心建立之后的一些具体举措，而不是只是假设"如果建立"。

　　麻省总医院被认为是美国最好的医院，其临床治疗和科研水平都很高。我们许多重要的盟友都在麻省总医院的癌症中心工作，他们很多都是分子生物学这门复杂学科的领头人。该中心的负责人丹尼尔·哈伯，和几十名科学家与医生一起撑起了整个实验室。和我一样，他们也把科学研究与病人的治疗结合起来。丹尼尔最大的兴趣之一是癌症遗传学，最近他检测了各种肺癌细胞的基因组来研究为什么有些种类的肺癌可以被一种叫吉非替尼（其品牌名称是艾瑞莎）的药物阻止，而其他种类的癌症却不能。这是癌症患者个体化治疗的早期进展之一。后来丹尼尔又开始研究癌细胞如何在体内循环，并在该方面取得了重大的进展，因为这种体内循环会导致癌症发生转移，即使病人表面上已经治愈。

治愈后又重新复发的癌症病人可能会因新肿瘤的出现而情绪崩溃，医生也有相同感受。众所周知，癌细胞在血液中循环，但科学家很难追踪到它们。曾经有一种初步过滤系统可以捕获较大的癌细胞，但这种方法还不够成熟，而且会漏掉很多。哈伯和同事从另一个角度解决了这个问题，他们首先把其他东西移除，从而可以捕获更多坏蛋细胞。这个过程属于一个叫微流体的新领域，这个过程，如哈伯描述的那样，就是让细胞排成一列通过一个通道，这样就可以把它们全部分离开来。这项工作意味着可以用一个简单的血液样本来追踪癌症在个体中的发展方式，甚至在病人还没感到不舒服之前就设计好治疗方法。

哈伯工作的麻省总医院有一千张病床，常常接收那些最棘手、最难治的病人，所以那些致命疾患的需求成了哈伯的动力。我也经常遇到这样的病人，他们大都有异常情况，如患有白血病或淋巴瘤。

和他们接触后让我深刻地意识到，我们所从事的并不是实验室里抽象的概念，我们正在努力帮助那些被诊断出可怕疾病的人，他们需要面临艰难的治疗方案如手术、放疗、化疗和骨髓移植。临床方案中积极的一面是，治疗方法能有效地改善病人的状况，减轻他们的痛苦。然而，每个来看病的人都知道他们即将经受一个痛苦的过程，因此治疗的另一面还意味着帮助患者应对患癌后的心理问题。它总是提醒我，无论我们的实验室如何的金光闪闪，无论我们配备了多少 DNA 测序仪、离心机和其他许多昂贵的设备，我们最重要的任务就是去解决那些每天来就诊的病人的问题。

在人们看来，传统的癌症治疗方法，其可怕的预期似乎很少会变成致命的。我想起干细胞所刚成立的那几年，我曾治疗过一个病人，他大约 35 岁，得了霍奇金淋巴瘤。这种病的常规治疗方案被称为 ABVD 组合，包括阿霉素（A）、博莱霉素（B）、长春花碱（V）和达卡巴嗪（D）四种药物。其中，阿霉素是在意大利的土壤中发现的；博莱霉素是研究细菌的日本科学家发现的；长春花碱来自加拿大，从一种被发现于马达加斯加的植物中提取出来的；达卡巴嗪则是在阿拉巴马州的一个实验室中合成的。以我的经验，这个年龄段的病人中大约只有10%的人在接受 ABVD 治疗后会复发。ABVD 组合的毒性要比被先前的治疗方案小很多，但它的优势也是相对的，依然给病人带来了许多与化疗有关的痛苦（比如恶心、呕吐、脱发、极度疲劳等），因此对有些人来说，这种治疗方法令人无法接受。但事实上我从未听说有人拒绝过这种治疗。

这个病人比较年轻，还算强壮，但他很坚决地认为我帮不了他。我们当时有一个医疗组共同负责他的治疗，小组讨论时我告诉大家："不知道为什么我被这个病人拒绝了，也许我们得试试其他办法。"

团队的一个住院医生去找这个病人聊天，她问病人："你对斯卡登医生有意见吗？如果有，没关系。告诉我就好。我们会让另一个医生负责你。我们都是来帮你的。"好几个人都尝试过这种方法，但没人能让他让步。他知道自己得了癌症，但还没有准备好接受治疗。他决定不治疗的时候还没有任何不舒服的感觉，比如呼吸急促。有些人永远不会出现明显的症状，相反他们只是越来越疲劳，他们会停止进食，减少活动，然后慢慢死去。这就是他选择的道路。这让治疗和照护他的人非常悲伤。这些情况很罕见，但它们一旦发生将会印象深刻，无法忘记。一个没做任何解释就宁愿选择死而非生的病人，没有比这更让医生烦恼的了，再多的经验也不能让这样的病人变得更容易处理，尽管初衷是好的。所以，有时我不得不努力把病人留给我的这些情绪留在医院，不带回家。

像许多医生的家人一样，我的家人总是尽最大的努力去理解我的不耐烦和心不在焉，尽管这些情绪并不是他们引起的。凯西已经有了成年人的思维，所以她能明白该忽略掉什么，但玛格丽特、伊丽莎白和内德有时很难理解我的不耐烦其实与他们没有关系，他们还必须学会接受我笨拙的表达方式，想努力去弥补我缺席的陪伴。有一次我急匆匆赶回家，计划着我们应该去摘覆盆子，因为这时它们应该正好熟了。在我看来这是一个完全合理的想法，但只有我一个人兴致盎然，我没有发现其他人对这件事根本不感兴趣。虽然我很想弥补我的缺席，但需要优先处理急诊的情况下，我的时间就安排不过来了。

除了面对所有小孩子都要面对的挑战，孩子们还要格外承受身为医生的孩子的负担。在他们看来，我们家有一些很奇怪的地方。比如，我希望他们每天晚上吃饭时分享一些他们白天学到的东西，哪怕只是很小的东西，它可能是一个新词，一件在学校里发现的小事，或者是他们在报纸上读到的一篇文章。凯西和我还要求孩子们在没有我们帮助的情况下自己完成学校的课题作业。我们的社区里有很多教授、科学家和工程师，所以你可以想象他们的同学会在父母的帮助下在科学展览会上展示什么东西。

我们不干涉学校课题作业是为了鼓励孩子们自我管理。我们不知道这个举措是否真的有效，但是，如果我们的孩子感到有些沮丧，那么这段经历就反映了我们这些成年人肩负艰巨任务时所要面临的挑战，从抚养孩子到规划职业生涯，成年人得明白成功永远无法一蹴而就。而且，一般来说，没人会一直守在旁边并随时准备帮你脱困。

干细胞仍然是治愈希望最大的研究途径之一，这项工作需要最好的技术和科研人员。我们研究所的装备设施齐全，人员配备优良。我们闪闪发光、设备齐全的研究所为几十名科学家提供了实验室和办公室，其中许多人都有自己领导的科研小组。我们的工作内容是发展和完善某些设想，并进行实验，然后审查结果，以确定下一步的工作。干细胞移植实验需要至少 16 周才能完成。实验结果常常显示你最初的设想并不是准确的，所以你又回到了原点。

最终的实验结果往往会否定你的设想，尽管这很令人沮丧，但每个发现都有价值，即使是错误的发现，所以我不愿承认这些结果是失败的。但因为理想和振奋人心的实验结果是如此之少，所以我有意想找一些独立的、几乎是固执的人和我们一起工作。世界各地的同僚都在向我们推荐具有这些性格的候选人。然后，我们在候选人中寻找兼具特定学术背景和这些优点的人。我们想要一些在动物身上研究过基因模型的人，一些专门研究骨骼的人，还有一些刚刚研究过人类细胞株且应用过分子生物学技术的人。我们需要各种各样的专业技术和思维方式，但这并不像填写一个棒球队的花名册那么具体，心里可以想着"我需要另一个内线球员"然后就可以写上那么简单。我们在意的是让团队结构保持平衡，并在学科发生变化的时候仍能保持这种平衡。

当候选人报到时，我鼓励他们坦率地表达意见。大多数人，虽然不是全部，都愿意叫我大卫而不是斯卡登博士。我们没有给大家分配研究任务，相反，我们希望他们制定自己的研究目标，提出自己的问题，而我们则负责提供寻找答案的工具。但我也要求每一个新来的人找一个新的实验合作者。我们从不雇用"机器人"，我想让大家与我们应该做的事情之间建立一种基于人性的共鸣，我认为，除非人们真正感受到它，否则他们很难传递那种应该属于我们的使命和责任。

年轻的科学家都希望有朝一日他们会有自己的实验室，在大学，或者生物技术公司，我们也希望他们能拥有足够的经验和才能来实现这一点。但除了能力之外，顶级科学家还必须具备合适的品行。他们得愿意扪心自问："我这么做是不是疯了？数据是不是在告诉我该停下了？"时间和金钱是有限的，如果你不能扪心自问并决定何时停止，你就会自食其果，你将偏离正确路线 8 英里深、30 英里远，并且绝无可能到达目的地。

　　当然，没人会在荒野中无限期地孤独游荡。我们会定期召开所谓的实验室会议，让大家回顾自己的工作进展，然后小组提出评论和建议。我们会收集现有的所有实验数据，并花大量时间来确认它是否被正确地应用和解读。什么是事实？什么是意见？你能坚持己见让实验符合真理的标准，而忽略你对实验结果的渴望吗？关键问题在于每个人都想找到治疗方法。但是，治疗方法产生于一种基础的、渐进的科学研究，而这种科学研究会同时产生积极的、消极的或是模棱两可的结果。因此，在这种情况下，成功的关键是明白目标是一个明确的答案，无论这个答案是什么。如果不能接受这一点，你可能就会倾向于捏造实验结果和进行欺骗，这种危险是真实存在的。学术欺骗破坏了科学本身，而那些进行欺骗的人可能也会感到非常羞愧，以致感觉唯一的选择就是自杀。2014 年，日本干细胞科学家小保方晴子发表了一篇虚假论文，声称自己取得了重大突破。她被发现论文造假并接受调查后，她的导师自杀了，因为那篇论文的署名中有他的名字。

考虑到这些风险，实验室会议是很重要的。批评可能很尖锐，也可能很委婉，我们总是倾向于后者，这不仅仅是为了与人友善。如果人们害怕在同僚面前受到羞辱，他们就不能畅所欲言地谈论自己的工作。相反，他们会把令人失望的结果隐藏起来，宁愿选择欺骗也不想冒险去被人羞辱。如果每个人都愿意毫无保留地把令人费解或失望的结果悉数汇报，至少大家会认为这项工作的确是极其困难，这些问题的解决过程绝不会是直线式的一帆风顺。

我努力定下了这个基调，不管有多么沮丧，或多么急着想要取得进展。实验室里的科学家通常来自不同的文化背景，这影响了一个人是大声说话还是畏缩不语。气质和性格起了很大的作用，而性别差异当然也是我努力想去协调的东西。在科学领域，如果年轻女性感到孤立无援，这对大家来说是一个可怕的损失。总之，我的目标是给予帮助、提供支持，同时也鼓励进步，不高高在上，对所有人一视同仁。当然，这个目标不可避免地受到了考验，最让我生气的是那种不尊重他人，唯我独尊的特权意识。曾有一位女性，也是研究所最野心勃勃的科学家之一，似乎误认为实验室的外套赋予了她说什么和做什么都能随心所欲的权利。我重视和支持女科学家，但不能以一而再再而三地损害别人的利益和我们的实验室文化氛围作为代价，这最终导致了我从实验室开除了某人。不过，好在这种事极少发生。

学术实验室的工作经历相比之下难免比较短暂，但最重要的是要去训练、教导年轻人，教给他们必需的技能，让他们在将来的职业生涯中获得成功，这一点与想紧紧留住人才的企业完全不同。当然，我们不仅仅是教育者——除了培养出能够高效追求新知的人以外，我们的成果还包括新知识。我们必须更多地推进创新，检验那些有足够影响力的新理念，以实现更广阔的目标，坦率地说，就是获得更多资金支持。这会造成一种固有的张力，一方面我们不断招募新的人才，让他们跟上时代的步伐，指引他们如何进步，另一方面也敦促他们发现和传递社会给我们的信任，相信我们能提供更好的医疗服务。

接受培训的科学家处于一个备受考验的位置。他们已经花了很多年的时间来拿到自己的学位：花 5~6 年拿到哲学博士学位，花 4 年再加上 3~8 年的临床培训才能拿到医学博士学位，花 7 年加上临床培训可以拿到哲学及医学双料博士学位。如果想在大学或医疗中心找工作，他们就需要申请博士后作为学徒期，有些人可能没有这种博士后培训就进入了企业。博士后要花 3~7 年的时间培养出足以令人印象深刻的工作成绩，从而让雇主愿意雇用他们，或者建立一个平台，他们可以在这个平台上从事自己未来的独立研究。一旦被雇用，他们通常会有 3 年的"启动"资金，在这之后他们必须产生一定的科研成果，能让他们获得经费以支持他们完全独立地进行研究。一旦完全独立，他们基本上就是独立的项目承包人，需要找到资金来完成他们的工作。大部分大学如果有经费的话也只会提供最低限度的科研经费，一些大学会提供薪金支持，但在哈佛大学，医院的职位不能享受这种待遇，而哈佛大学的教师（我两个都是）可以拿一部分教学工资（25%），剩下的资金就要他们自己出去找了。这给大家增加了一种企业家的能力，使人们不至于故步自封，但这也将人们推向了某些特定的研究领域，那些领域里有人会为他们提供资金，尽管那些领域无法发挥他们的创新能力。

然而，有创新能力的人正是我们一直寻找的。我挑选实习生时，特别关注他们身上是否有我觉得可能是创意火花的东西，他们得愿意去检验新的想法。如果失败了，他们的职业生涯可能会因此毁于一旦，所以我的工作就是引导和塑造他们，并给予他们制造成功的机会。当然，如果不能达到目标的话，也要给他们布置一张安全网，要做到这一点，我必须鼓励一些仿佛不适合科研的人选择另一条道路，而且得尽快。这种讨论是最艰难的。大家来到实验室之后，我们就成了一家人。严厉的爱当然会带来许多痛苦，但找到一条与天赋更契合的道路是这个过程的一部分。生命科学为实现职业理想的人提供了很多机会，因此有关另谋职业的讨论会进行得更加容易，现在的挑战反而是如何鼓励多才多艺的人将学术当作道路，这些人能够通过教学、指导和研究工作为未来的科研撒播下希望的种子。然而，当企业能提供如此之多的科研机会以及酬劳的时候，我们的实验室总是显得让人难以接受，一来实验室并非稳定职业，二来经济报酬也很低。所以实验室必须得同时考虑团队个人发展和总体科研的需求，我们要注重培养无论去哪里都能很受用的技能，这种技能的关键在于捍卫自己的想法、寻求他人的意见并进行合理的判断，还有清晰无误的沟通技能。

我们的实验室会议、期刊俱乐部（负责评审投稿作品），以及开放式研讨会（每季度举行一次为期一天的大规模的头脑风暴）都在努力推动这项技能的发展，鼓励他们丰富自己的想象力。这是些交换意见的讨论会，鼓励自由发表自己的见解，然而这并不容易。当有人提出批评，你会感觉这是在针对你，但你必须习惯和接纳它，并在与人交流时保持尊重。科学的世界很小，今天坐在你板凳旁边的人很可能就是明年审核你立项申请的评委。

　　这些讨论能显示谁拥有一流科学家的思维方式，我说的不是智力水平，而是品质特征。诚实、正直和谦卑等最基本的品质能让优秀的科学家学会认真评估自己的工作，让他们学会不仅富有创造力，同时还必须是谨慎地解释自己的发现。发掘实验的巨大意义也是一个非常重要的品质，这种品质能让人做出实质上的贡献，不过这也会导致夸夸其谈，但如果有清晰的分析那就不一样了。在数据世界中，正是这样的人能给世界带来重大的影响，能敏锐地察觉到数据的界限，然后眯着眼睛轻轻地描绘出远方的地平线。

　　科学需要毅力。虽然大多数人总是将科学家与"书呆子"的形象联系在一起，但事实恰恰与此相反，你可以在任何一个普通的实验室里找到大把的运动健儿或者在其他领域比较强劲的比赛选手。我们实验室第一批那几个博士后有时找不到人影子，那是因为他们去玩空降滑雪去了；我的一个学生不止一次为英国女王表演大提琴，而我现在实验室小组成员的特别锻炼方式是攀岩（包括在急诊室召开的小组会议）。我做博士后的时候喜欢参加国际象棋公开赛，输棋固然丢脸，但更丢脸的是朋友送了我一套国际象棋以纪念我输棋的丢人经历。孩提时期，棋类游戏我玩得不多，通常在雨天，我们会花上整个下午玩一款叫作《征服世界》的卡牌游戏，斗智斗勇称霸世界（随便抓一个与我同龄的科学家，你应该可以找到玩过《征服世界》的人）。玩到兴起时，甚至可能演变成双方拳脚相加的局面，最终以一方被打得屁股朝外卡在石膏墙板上①。好在这种事情没有在我们家里发生过。

如果你能理解那些玩《征服世界》的孩子的好胜心，你就会明白这个高科技的科研是在怎样一个环境下展开的。这个战场上同样有这样一批人几十年如一日地努力钻研，不管有没有突破性的进展。一方面，投入的大量资金不一定有回报；另一方面，病人因为缺乏有效的治疗方案而奄奄一息，这两件事都为成功之路增添了很大压力。然而更大的压力还在于：这是一个竞争激烈的事业，谁都想赢下这场"比赛"。许多国家政府都将大量的资金高度精准化和高度结构化地投入生物学的研究中，他们意识到只要能研制出全球急需的药品，人们就会争相购买，从而创造具有巨额利润的庞大市场。

在美国，干细胞研究依然被道德和法规笼罩在争议的乌云中，与其他类似国家一样，宗教在一定程度上主导了政策的方向。那些以天主教为主的国家倾向于禁止干细胞试验，他们的传统信念就是卵子受精的瞬间一个完整的人类身份就诞生了。以犹太教为主的以色列人认为人类的生命应该从受精后的四十天才开始计算，且在出

---

① 美国的房子装修一般内墙会贴一层石膏板。

生后才具有完整形态，所以他们允许以任何手段获得干细胞，也同意任何形式的再生科学研究。亚洲的许多国家也是这样，因为政府和宗教在管辖范围上分工明确，互不干扰。

由于没有什么社会道德的约束，同时考虑到干细胞的广阔的市场行情以及研究将带来的巨额利润后，几个亚洲国家及时抓住了开展大型研究项目的机会。这里尤其要提一下韩国，韩国政府、大学和工业界共同筹资八千万美元建立了一个野心勃勃的研究计划。为了取得最优效率，官方给每个实验室安排了不同的研究方向以免出现研究领域重叠的现象。2003年年底，卢武铉总统在参观该项目下某个实验室后表示，他将"不遗余力"地推动克隆研究。引发总统这番言论的这个实验室是由首尔国立大学动物克隆专家黄禹锡所负责的，总统承认，该实验室近年来的突破性成果令他无比兴奋。黄禹锡之所以如此出名，是因为他利用克隆技术克隆了对疯牛病(疯牛病是一种会对动物神经和脑细胞造成破坏的疾病，并且会传染给人类。)具有抗体的动物。

疯牛病引起了媒体的注意，据新闻报道，得病的牛会步态不稳，甚至瘫痪摔倒，人感染的可能性很小，但这点微乎其微的可能性也令人害怕。这种事情经常发生——总有一些人，因为害怕某类科学研究就站出来激烈反对和警告，一旦危机到来，他们又想着科学家们能想出最快、最有效的解决方案。黄教授有关克隆牛的新闻报道后不久，他突然宣布他已经成功地利用人类排卵期包裹着卵细胞的卵丘细胞和卵子克隆出了人类干细胞。他报告说，他将含有DNA

的细胞核成功植入人类的卵细胞中，不过因为卵细胞在未受精前只有一条 DNA，因此无法分裂或发育成胚胎。黄教授声称他的试验与约翰·格登的克隆青蛙试验相同，不过他的试验对象是人类细胞，此外格登移植到青蛙的卵子里的是拥有完整一对 DNA 链的成熟细胞核，这个卵子因此可以直接开始分裂形成新胚胎。

当韩国报道了这一研究结果时，"爆炸性"这个词都不足以描绘其冲击力。首先，有关克隆人胚胎的消息开始在网络上不胫而走。紧接着，亚洲和美国的媒体打破了《科学》杂志的"禁令"——因为一旦黄教授的实验成功，这本杂志就拥有论文的首发权——《华尔街日报》大肆宣传"人类胚胎在首尔成功克隆"，《纽约时报》的标题也使用克隆和人类胚胎的字眼，报道吸引了全世界的注意，也令多年来曾在此领域做过相似努力的美国科学家感到十分震惊。

质疑的苗头开始出现在黄禹锡、韩国干细胞研究中心主任以及《科学》杂志的一位编辑，三人一起会见记者的时候。质疑的缘由不在于他们的态度冷漠且心不在焉，事实上，他们与记者交谈甚欢，开起了筷子和巧克力的玩笑，记者完全被折服了。他们还针对实验会出现的困难给出了许多警告和说明，而怀疑的种子也在此生根发芽：首先，他们先后使用了 240 多个卵细胞进行克隆实验，但最终只成功地克隆了一个细胞；其次，他们还预测任何试图复制该实验过程的人都不会轻易成功。

任何做过细胞核移植实验的人都知道，这是一项在技术层面上难度颇高的工作，人类卵细胞由于特别难以操作因此并不是理想的实验对象。基于上述原因，韩国方面关于实验的警告的确很在理，但即使这样，他们依然有足够理由帮助他人完成同样的实验，如果他人无法通过相同的实验产生克隆人卵细胞，那么他们的成果必将受到质疑。来自世界各地的科学家，包括来自美国的三个实验小组，都试图与韩国方面建立合作关系。黄禹锡详细阐述了他的实验技术，称他切开卵子将细胞核插入，这对其他曾进行过人类卵子研究的科学家来说有些道理，因为他们知道每次用针头刺破卵细胞的时候都会发生各种各样的骚乱。

在实验被报道出来后的几个月里，科学家、神职人员，还有政治家都在推测这之后可能会出现的新疗法和由此产生的道德问题。反对胚胎干细胞研究的人士向社会发出警告，并敦促联合国发布全球禁止令阻止这项研究。黄禹锡本人也参与并推动了大众对新疗法的期望，他在访谈中透露他已经在脊髓损伤的大鼠身上进行过干细胞移植实验，并有望在两三年内尝试为韩国和美国的患者提供这种疗法。他讲了很多暖心的故事，包括他坎坷的童年，他和他的团队如何一周七天每天 24 小时日夜不停地工作，还有他如何让实验员和实验用的卵细胞聊天，这样他们就不会感到孤独。祖国的科研成果居然超越了许多更富有的竞争对手（特别是日本和美国），韩国人因此而欢呼雀跃，韩国政府甚至发行了一版纪念克隆研究成果的邮票（邮票中刻画了一个人，从轮椅上跳了下来）。韩国政府又投入大笔资金支持黄禹锡的实验室；此外，黄禹锡还宣布，他将去参观创造克隆羊多莉的英国实验室，看看对方的技术是否先进到可以与之进行合作——此举只能用厚颜无耻一词来形容。

当大家都在得意地庆祝此事时，黄禹锡的一位年轻同事柳永俊产生了严重的怀疑，他曾是黄禹锡最重要的一篇论文的初稿撰写者，但后来他离开实验室换了一份新工作。他的辞职致使更多的研究员离开，所以他知道仅凭剩下的团队是无法完成黄禹锡之后声称的工作。当他听说黄禹锡将要对一个10岁的脊髓损伤患者进行实验性治疗时，他开始警觉了起来。

"我非常愤怒，"他后来回忆道，"真的很想制止这一切。"

柳永俊把自己的怀疑告诉了韩国一家电视新闻网，该网随后开始了紧张的调查。他们很快就发现为黄禹锡实验室捐卵的女性中有两名是实验室的工作人员，显然这违反了科学道德。后来亦有消息称，大部分捐卵的女性要么收了钱，要么接受了低成本的生育治疗作为报酬。随后，又有证明说明其工作马虎，比如交给杂志社的照片极其混乱。来自首尔国立大学的30名教员签署了一份批评书，这些专家对黄禹锡的研究结果表示了严重怀疑，他们表示对假定克隆体中的遗传标记测试不能证实他的说法，黄禹锡的研究对韩国科学的信誉造成了严重的损害，只有进一步地认真调查才能解决这场迫在眉睫的危机。

声誉攸关，该大学成立了一个调查组对黄禹锡发表的论文、记录以及实验室所使用的研究方法进行了深入调查。调查组的许多人都是年轻的科学家，他们具有国际经验，恪守道德规范，这样的道德规范能够确保科学研究的价值，并使其获得广大公众的支持——

这些都是支持科学存在和进步的必要因素。不到一年，他们得出了最终结论：黄禹锡最初发表的有关人类胚胎克隆的相关成果，以及所有他随后与人类胚胎有关的研究成果，都是他个人捏造的。（不过那只被《时代》杂志评为"年度发现"的名叫"斯纳皮"的凶猛的阿富汗小猎犬后来被证实是真正的克隆动物。）黄禹锡和他的同事曾一度被韩国民众捧上民族英雄的高位，而现在，众人不得不接受一个残酷的事实：他们口中所谓的"民族英雄"不过是一个彻头彻尾的骗子罢了。

韩国国家机构和科学机构接受了调查结果，并迅速采取了行动。黄禹锡的同事称，调查确定了更高的标准，向世界表明了他们希望能从事主流研究的愿望。随后政府介入并开始了刑事调查，黄禹锡首次对调查结果进行回应，承认了自己的过失，他说："我对此感到难过无比，不知如何表达歉意。"然而他又试图把责任推给同事，并继续吹嘘他的工作将在很短的时间内转化成治疗方案。他坚持说："只要有供应充足的卵子，就可以在 6 个月内培育出针对个别患者的定制化干细胞。"最终，黄禹锡被判违反伦理法和侵占公款罪，不过他最终因缓刑而免于牢狱之灾。黄禹锡最后一次在媒体上露面时还在向养狗人士推销他的服务，声称只需 10 万美元，他便能为狗主人克隆他们的宠物。

黄禹锡事件之所以引起如此关注，部分原因在于一个有点让人"恐惧"的因素：人类真的会成为下一个多莉吗？被吓坏了的政客现在是越来越多了，这对于深夜喜剧演员来说还算是个不错的素材，毕竟人们都很害怕这项技术所包含的潜在力量会被用到不该用的地方。据我所知，令多数科学家兴奋的并不是"我们能够制造两个拥有一模一样基因的双胞胎"，尽管这是不可能发生的事情——除非妇女们同意这种克隆玩意植入子宫内，医疗中心允许人们进行这种手术，政府不禁止这样的研究（事实上政府禁止了），还有大自然也不会阻止这一极为罕见生物过程（事实上这一过程不仅会产生正常体还会产生畸形体）。真正令人兴奋的是，人们现在可以对细胞核进行重新编程从而培养多能干细胞。这意味着，这些细胞在基因上可以与某个成年人的细胞完全相同，而且有可能在人类的身体里分化制造出任意种类的细胞。即使卵子和精子来自相关捐赠者，由此产生的胚胎干细胞也不会比其兄弟姐妹或堂表亲的捐赠来得更密切，但是通过自体细胞的核移植克隆，由于其 DNA 与供体细胞核相同，由此制造出的新细胞也将与供核的细胞完全相同。这种高度的遗传相似性对细胞生成具有强大的影响，最终这项技术可能会被用于补充患者因疾病而失去的细胞，这也意味着我们开始真正触及人类疾病的基础了。然而，干细胞研究所承受的伦理负担并没有得到减轻。

要想成功通过细胞核转移进行克隆，必须满足一个至关紧要的条件：拥有大量的人卵细胞。捐赠卵子的手术会令妇女感到极度不适，风险也很大。黄禹锡之所以会陷入麻烦，首要的原因并不是学术诈骗，而是他强迫实验室中的女性捐卵。美国的一些州，例如马萨诸塞州，有明令禁止妇女捐卵进行研究并由此获得补偿（不过州政府允许捐卵用于"生殖目的",例如,一些准父母会花大价钱请毕业于常春藤学校的妇女给他们提供卵子,这样他们有机会得到同样优秀的小孩)。黄禹锡案件减轻了人们对卵子胁迫捐赠的担忧,但泼在干细胞研究上的伦理脏水却越来越多。无论是"破坏胚胎""克隆",还是"对妇女的残酷剥削",对于那些反对干细胞研究的人士来说,这些令人担忧的问题简直可以说信手拈来。事实上所有这些担忧并不会在现实生活中发生,但最关键的问题是大家对这些问题的看法,尤其是政治家的看法——因为他们毫无疑问掌控着研究的资金来源。

2007年见证了许多非凡的科学成就,干细胞研究也趁此摆脱了原本围绕它的许多道德伦理争议。杰出的日本科学家山中伸弥领导的研究小组报告说,他们在没有使用供体卵细胞和核移植的条件下,成功将成人细胞转变成了真正的多能干细胞。他们使用四个基因编码转录因子(一种能指导细胞分化的生物化学物质)使细胞逆生长为多能干细胞。该小组研制出的是真正的可用于研究的多能干细胞,而无须担心会产生与人类胚胎组织或克隆有关的争议。这些细胞后来被称为诱导性多能干细胞(iPSCs)。

山中伸弥以科学家应有的方式进行科学研究,一早就公开分享了他在此以前的一些早期研究发现,为所有想要研究iPSC的人们提供了指导和方向。因此,威斯康星大学的詹姆斯·汤姆森得以率先研制出了人类胚胎干细胞,并几乎与山中伸弥同时得到了相同的研究成果;乔治·戴利也很快紧随其后。山中伸弥发表他的研究成果后，哈佛干细胞所的同事康拉德·霍奇林格与他在麻省理工学院的前导师鲁道夫·贾尼施也讨论了这一问题。贾尼施一开始还在顾虑要对日本方面的消息进行严格审查，于是霍奇林格委派他小组中的一名博士生去复制山中伸弥的研究。当学生的实验取得成功时，霍奇林格决定继续这个研究，他的想法是创造一些可以进行调整的iPSC，它们可以分化为人体中已知的两百多种细胞中的任何一种。贾尼施随后也静悄悄地加入了这一研究行列，所以这三人——山中伸弥、霍奇林格和贾尼施——均于 2007 年 6 月的同一天发表了自己的研究成果。

年轻的霍奇林格有着好莱坞明星般英俊的脸庞和一头棕色的波浪卷发，他参加鲁道夫·贾尼施有关细胞核转移讲座的时候，还是维也纳分子病理研究所的学生。那是 1999 年，全世界仍沉浸在克隆羊多莉的爆炸性新闻中。霍奇林格随后进入麻省理工学院学习，并开始投入克隆研究。他对当时十分费时的实验过程感到失望，于是重新设计了新的实验程序，他很快成为越来越多论文的合著者。他懒懒散散的外表掩盖了内心的雄心勃勃——他克隆了一只老鼠，霍奇林格后来还利用来自小鼠皮肤上的干细胞治愈了罹患免疫缺陷的小鼠，出色地完成了这个实验，并向世人展示了这门科学有关临床治疗的潜力。免疫系统与许多疾病，包括癌症，有着不可分割的联系，因此这项研究能够为大量后续的实验提供有用信息。

皮肤细胞 /iPSC 科技的运用最终迎来了惊人的成果——用皮肤细胞通过体外配子（IVG）克隆的小鼠。那么能否使用体外配子技术用捐献者的各种细胞，甚至只是一个细胞来克隆婴儿呢？单是这种猜想足以引起轩然大波，人们对此所带来的潜在的伦理和理论问题反应无比激烈。然而，不久后，以成熟细胞来源的 iPSC 的发展使得以胚胎来源的干细胞系的争论走向终结。此外，它还促进了各种疾病的细胞治疗进程，如心脏病、糖尿病和阿尔茨海默病等。霍奇林格发表有关 iPSCs 的研究成果一年后，艾米·韦格斯报告说她已经成功移植了肌肉干细胞用以治疗小鼠的肌营养不良。

这一发现后不久，她和霍奇林格、凯文·艾根一起成了霍华德·休斯医学研究所"学术新秀"奖的首批获奖者。该研究所设立这些奖项是为了缓解年轻科学家的巨大压力，他们为了保住自己的位置而不得不拼命产出相应的科研成果。这 50 名获奖者从 2000 名申请者中筛选而出，评判标准不是他们申请的项目，而是他们的科研能力和对科学事业的献身程度。获奖者每人可获得六年的工资和福利，外加 150 万美元用以支付研究费用。我们本希望这三个申请者中能有一个能得奖，谁知这三个人都榜上有名，我们真是高兴极了。

三颗闪耀新星所关注的领域正好是干细胞的再生能力，霍奇林格甚至制作了一部关于蝾螈的短片，因为蝾螈的四肢可以在被截去后再生。这部影片演示了干细胞在截肢处被调动起来，然后分化产生皮肤、肌肉、骨骼、血管等。最后，他反问："为什么我们人类就做不到呢？"

尽管再生是一个令人兴奋的话题，研究和应用 iPSCs 也许能为治疗数百种疾病提供潜在的治疗方案，但有关干细胞的研究也能为目前正在进行的癌症研究提供有用的参考信息。除了让人兴奋的干细胞领域，免疫学和分子生物学等相关领域也取得了长足的进步。对每种特殊化学物质进行深入研究，揭示它们在癌症中所起的作用，这些发现正在逐步转化为治疗方法。比如表皮生长因子受体（EGFR）——一种参与皮肤（表皮）和身体其他组织发育的受体——就是一个很好的例子。

正如所有有关发现的故事一样，表皮生长因子受体的发现也可以称得上是人类"伟大"的传说。参与这一研究的主要成员是圣·路易斯华盛顿大学的职员，前乳制品细菌学家斯坦利·科恩和医生兼科学家丽塔·列维－蒙塔尔奇尼。列维－蒙塔尔奇尼博士二战前在意大利失去了工作，因为墨索里尼禁止犹太人在大学任职，但她在家里建了一个实验室，继续研究鸡胚中的神经纤维。战后，她在罗马和圣·路易斯的两个研究中心之间来回跑，而科恩则在圣·路易斯的研究所工作。不知是单独研究还是合作研究，最后他们证实了一个事实：当表皮生长因子受体（EGFR）由于基因突变被过度表达时，该受体会容许癌细胞进一步生长（癌细胞的受体数量是正常细胞受体的一百倍左右）。1986 年，科恩和列维－蒙塔尔奇尼因这项研究获得了诺贝尔奖。

在诺贝尔奖颁布的 20 年后，被科恩和列维－蒙塔尔奇尼发现的这种生长因子终于有了抑制药物，药物正从试验转向临床应用来治疗部分乳腺癌，它们将一种叫作 HER2 的受体作为标靶，限制它的活性，同时向免疫细胞发出信号，激活免疫系统。这种抗体药物被命名为赫赛汀，并被证明对那些被检测出某种生长因子基因呈阳性异常的乳腺癌患者有效。服用该药的晚期癌症患者在确诊后平均存活期延长了25%。

赫赛汀是第一种精准药物，它针对具有特定遗传缺陷的患者。赫赛汀被引入临床治疗时，其毒性远低于同时期的其他抗癌药物。赫赛汀的典型副作用与流感症状相似，但不会像早先使用的化疗药物那样出现严重的恶心、呕吐和疲乏等副作用。最终，研究者认定此药对其他癌症的早期患者也有帮助，经过治疗的患者有些会多活10年，甚至更久。由于赫赛汀仅仅对特定的异常受体进行标靶，目前仅有1/5的乳腺癌患者适合接受这种药物治疗。当然，与其他药物一样，经赫赛汀治疗后的癌症患者可能会出现抗药性而复发，但医生和科学家仍在继续寻找其他具有类似遗传缺陷的癌症，并尝试使用赫赛汀进行治疗。该药物被发现还可用于治疗其他类型的某些癌症，尤其对消化道癌症的疗效显著。但是对于单个的患者来说，这种药物治疗的结果有时很难预测，因此赫赛汀目前只是作为其他疗法的辅助药物，而没有取代那些疗法。

第二种早期精准药物是目前已经得到广泛使用的"阿瓦斯汀"。此药物的部分原理来源于犹大·福克曼的血管生成科学。相信各位还记得福克曼得出的一个结论：许多实体瘤都需要丰富的血液供应。他进一步推论,抑制血管增生会减缓甚至阻止许多形式的癌症。他研制出的物质——内皮抑素和血管抑素被证明在小鼠体内可起作用，但对人类无效。依赖于不同机制的阿瓦斯汀虽然不是完美的解药，但是却有效延长了患者的寿命。阿瓦斯汀在乳腺癌治疗试验中的结果并不是特别理想，不过随即另一边就传出了好消息：这种药对治疗直肠癌行之有效。从每年的死亡人数来看，直肠癌是仅次于肺癌和支气管癌的第三大癌症杀手。

阿瓦斯汀的出现无疑是对抗癌症的斗争中一项重要的进展，让人们再一次相信肿瘤学的"应许之地"也许就在前方。2004 年，来自世界各地的肿瘤学家在纽约齐聚一堂，举办了一次大型会议。会上，美国国家癌症研究所所长安德鲁·冯·埃申巴赫将癌症称为是"一种和高血压或糖尿病一样我们能控制的慢性疾病"。他的大会发言标题居然是"转移直肠癌的治疗：面临多种选择，我们应该如何是好？"这种发言，事实上只会让外行感到兴奋，让内行感到气愤。

埃申巴赫发表讲话时，我恰巧任职于国家癌症研究所的顾问委员会。我们的每一次会议，他都要以这一宣言作为开头："我们将在 2015 年之前消除由癌症引起的苦痛和死亡。"他每次这么说的时候，会议室里的人都忍不住翻白眼，因为每个人都很清楚不同的癌症之间千差万别，错综复杂，绝不是动动嘴就能攻克的。这种陈词滥调只适合用来去哄哄国会，要是面对诸位癌症专家也这么说，恐怕只能引起他们的窃窃私语：国家癌症研究所的领导难道就不能有点区别，不要和别人一样胡说八道？

将这不切实际的夸夸其谈公之于众只会给患者及其家人带来

不切实际的期望。所有的解释工作最后只得落在医生的身上，我们得向患者解释这一研究的进展是十分缓慢的，而且癌症分很多种，所以可能需要数百种新的治疗手段才能达到这位所长所说的目标。对特定癌症进行遗传研究涉及数以万计的异常现象，有时我们甚至根本无法确定某个病例为什么成功，而另一些病例为什么失败。以阿瓦斯汀为例，虽然美国食品药品监督管理局早期支持该药用于乳腺癌的治疗，但最终被撤回，因为该药用于乳腺癌的临床试验结果好坏参半，无法确认其有效性。不过，管理局后来陆续通过了阿瓦斯汀在某些肺癌、肾癌和脑癌治疗中的临床使用。对我们这些每天从事科学工作，尤其是免疫学、血液学和干细胞研究的人来说，21世纪初我们取得了有限但依然令人骄傲的成果，但这仅仅还只是在目标的周围敲敲打打，而非真正达成目标。癌症治疗的耐药性问题就表明攻克癌症的难点在于我们要对付的疾病可能比单一的遗传问题或某一种化学过程的干预要复杂得多。

一般来说，当体内负责细胞合作的"协议"失效时，癌症就会产生。在健康的动物体内，不同种类的细胞生长分化都规规矩矩，合作无间，通过这种生化协议，细胞们拥有有限的生命周期，共享能量，各司其职。当恶性肿瘤出现，细胞呈现"去分化"（似乎没有更好的术语）的状态，并回退到更"自私"的阶段，这些细胞变成了"作弊者"，夺走了其他细胞的资源份额，不受控制地繁殖，不再执行任务，无视生化协议下的职责，比如正常凋亡并为后继细胞让位。唯一可以定期检查并有效控制并约束这些流诋细胞的就是人体内的免疫系统。显然，我们需要"与自己的身体合作"，激活用于保护自身、远离癌症的防御系统，防止出现意料之外的后果。

激发免疫反应

将注意力从病床或实验室稍稍转开，你就能从整个发展历程中关注到癌症治疗方面的进步。20世纪70年代末，超过半数的癌症患者活不过5年，每年的平均新增病例一直在攀升且保持着上升的势头，直到20世纪90年代中叶达到了最高值，每1000人中就有5例及以上的新增病例。再看后面的数据，你会发现一些好的趋势——新增确诊数开始减少，死亡率每年都会下降两个百分点。现今，2/3的癌症患者能够挣脱5年极限的诅咒，活得更长，癌症幸存者的数目，即癌症已经治愈或者病情得到控制的患者正在逼近1500万人，这个数字是1971年的5倍。

我们已经在血癌的治疗上取得了有史以来最大的进步，尤其是霍奇金淋巴癌和非霍奇金淋巴瘤、慢性粒细胞白血病，以及多发性骨髓瘤。抗体药物"美罗华"对非霍奇金淋巴瘤有着非常稳定的疗效，自被批准投入临床使用以来，被它治愈的人数每年都在增加。按目前的估计，70%确诊患者都可以延长至少5年的寿命，大部分人最终都能康复。作为首批免疫治疗药品中的一种，美罗华主要是利用了免疫系统中的抗体来消灭肿瘤。经证实，格列卫以及同系列的药品也能为治疗慢性粒细胞性白血病带来转机，在发现格列卫前，患者一旦确诊就相当于被判了死刑，而截至 2006 年，95% 的患者至少可以再继续生活 5 年。

还有一系列像"阿瓦斯汀"和"赫赛汀"之类的抗体药物逐渐被应用到临床，它们虽不像在一般的血癌治疗中那样可以达到治愈的效果，但或多或少为一些实体瘤（不是白血病）带来了疗效。同样，建立在格列卫模型之上的一些专门针对特定细胞突变的药品也被用于其他实体瘤的治疗。治疗方法增加了，除了首选治疗方案外的其他选择也多了。疗效的改善当然少不了医疗技术的功劳，技术的发展让医生能够更仔细地检查和观察患者。结肠镜、乳腺钼靶、超声波，以及其他一些先进的方法能帮助医生更早地发现癌症及其复发情况，同时也为微创手术提供了条件。除了提高患者的生存率以外，这些技术也降低了治疗的难度，例如实时成像技术可以帮助神经外科医生更精准地施行脑瘤手术。那些一度有很大风险，容易造成运动和智力功能障碍的手术现在变得更加安全和有效。

神经胶质瘤是最常见于神经胶质细胞的一种脑癌，顾名思义，它会导致神经系统的粘连。目前高科技的外科手术、放疗和化疗都能治疗神经胶质瘤，甚至可以修复被肿瘤损伤的大脑功能，经过密切的监控及定期的后续治疗，患者寿命可以延长至 5 年甚至更久。然而，由于其弥漫性极强，所以想用手术甚至放射疗法彻底清除癌症几乎是一件不可能的事情——它会复发。讽刺的是，复发后出现的恶性肿瘤恰恰是由于治疗引起了新的基因突变而导致的，这种因果关系是一位从事放疗的内科医生于几十年前首次发现的。接着，同样的效应也出现在那些接受了化疗的霍奇金淋巴瘤患者身上，化疗造成了基因缺陷，又引发了白血病。和化疗相关的新脑癌问题是由加州大学旧金山分校脑癌研究中心的内科医生及科学家报告的。苏珊·张是这次研究报告的作者之一，她形容癌症的复发就好像是神经胶质瘤的一部自然史，经过足够时间的进化已到达了更高的级别。

一般来说，有关自然史的著作会观察式地追踪生物的寿命以及进化。自然史通常要考虑外界环境，因此对动物的研究要将其环境、捕食者以及猎物等考虑进去。从自然史的角度来看，加州大学旧金山分校研究组所发表的神经胶质瘤论文就追溯了"生物"——癌细胞在脑环境下，或者说在脑癌患者整个生命期间的行为，论文阐释了恶性肿瘤的"超级变异"过程，这个过程涉及两千多个基因的变异，这种变异会增加这些癌细胞的抗药性，或者让癌症细胞隐形，逃过免疫系统和药物的攻击。

自费城染色体畸形在白细胞中被发现后，科学家们意识到癌细胞也存在特定的基因特征。在某些疾病中，例如慢性粒细胞白血病，恶性肿瘤细胞在每个患者身上都呈现出相似的基因。（正因为这种共性，格列卫才能对几乎所有患者都有疗效。）然而，也有一些癌症，它们从本质上而言是因人而异的，或者说因为罕见，所以几乎没有人去研究其正确的治疗方法。

癌症的种类多到让人震惊，患者只有到确诊之时才能明白自己之前对癌症的大部分认知都是错误的。我曾接诊过一个中年妇女患者，她患上的白血病类型十分罕见，是我从医生涯中唯一一个类似病例。一直以来，成功的化疗总是跟白血病紧密联系在一起，所以很多患者都认为只要接受痛苦的化疗，他们就能痊愈，这个病例并没有这样的成功，相反她变得越来越虚弱，并最终去世了。但直至今天，我都还不是很确定她或者她的家人是否真的了解我们一直在对抗的这个疾病。

恶性肿瘤的种类是如此之多，很多罕见的癌症根本没有治疗方案，就算相同的癌症患者，其治疗结果也不尽相同。不过这也为更好的治疗方法指明了道路，也就是说，如果能准确地知道某种恶性肿瘤的细胞基因谱，其意义就远远不止于精准治疗了。如果某个医生提及要进行定制或者精准癌症治疗方案，那么他指的就是这样一种想法——设计出治疗方法来弄清楚某个肿瘤的基因谱，从而对症下药。

直到21世纪初人类基因组计划完成，一种简易评估癌症基因组的技术才真正问世。接着，2006年夏天，约翰·霍普金斯大学的一个研究组宣布，他们将22位乳腺癌和结肠癌患者的细胞进行了排序，并将之与正常细胞进行了对比，最后发现每个肿瘤中平均就有100个基因变异，这中间有1/5可能会导致恶性肿瘤。这个研究的部分资金来自起诉烟草公司所得的赔偿，这也算适得其所吧，这个研究的结果将会有助于癌症基因组图谱计划的进行。

癌症基因组图谱计划是由国家癌症研究所发起的，旨在为恶性肿瘤的各种类型列出一份癌细胞突变的共享目录。这些突变的信息在理论上可以帮助我们研发出治疗某些具体疾病的方法，甚至具体到某位患者罹患的某癌症。图谱刚完成几页，肿瘤学就有了一个令人兴奋的发现，这个发现与人体免疫反应密切相关。2006年6月，美国食品药品监督管理局批准了人乳头瘤病毒疫苗，70%的宫颈癌都是由这个病毒引起的。

有必要在这里提一下疫苗的双重好处。它除了能够保护接种的个体外，它还能使病原体失去赖以生存的原宿主，从而达到一种名为"群体免疫"的效应。例如，在95%的孩子都接受了麻疹疫苗注射后，群体免疫效应就出现了，感染几乎会消失，使5%没有注射疫苗的人也得到了保护。但不幸的是，在接种率降至95%这一临界值以下时，群体免疫的效应会显著下降。2008年，法国麻疹疫苗接种率降至89%时就出现了上述情况。截至2011年，法国脊髓灰质炎确诊病例达1,5000例，有6名儿童死亡。其中部分原因是有家长听信了一些有关疫苗不科学的言论，拒绝或推迟给自己的孩子注射疫苗。上述情况也说明了一个道理：一旦出现了传染性的疾病，我们应该团结在一起，只有全人类都认识到自己对于整个社会的责任，我们才能取得最好的结果。

在肿瘤学中，最为确定的一对关系即是人乳头瘤病毒和宫颈癌的关系。疫苗的研发虽然千辛万苦，但最终成功，它为降低宫颈癌发病率提供了一种简单又省钱的方法。多亏了巴氏涂片检查，美国宫颈癌患者的死亡率相对而言并不高，但在一些发展中国家，它是一种常见的、死亡率最高的癌症。注射疫苗可以大幅度地减轻无数妇女的痛苦，也可以为医疗系统节约大量的资金。由于病毒主要是通过性行为感染，在性行为开始之前接种不失为一种最有效的预防方法，因此我们应该建议那些还没进入青春期的女孩子接种疫苗，这样的话，截至 2012 年，青少年感染的概率将会减半。

人乳头瘤病毒（HPV）疫苗和性的关系，或者说得更准确点，建议接种这种疫苗就意味着容忍未婚年轻女性可能的性行为，这一想法给人们带来了困扰，人的本性就是如此。比如，得克萨斯州立法机关就认为，比健康更为重要的是对婚前性行为的控制，因此他们撤销了前州长洛克·佩里的命令，HPV 不再是该州少年儿童必须接种的疫苗之一。之后，在 2012 年共和党总统初选期间，候选者里克·桑托勒姆和米歇尔·巴赫曼也都声明反对人乳头瘤病毒疫苗。

在英国，反对堕胎的人士也在抵制这种疫苗，认为它给年轻人不检点的性生活开了一盏绿灯。但这貌似有理的言论被科学研究推翻了，埃默里大学的研究人员发现，疫苗和性行为并没有任何关联。然而到 2017 年为止，依然只有弗吉尼亚州、罗德岛和华盛顿特区的孩子接种了此种疫苗。

治疗前列腺癌的药物"普列威"（药物商品名）上市出售，有关肿瘤的免疫学研究有了第二次飞跃，它利用患者自身的细胞制造了抗前列腺癌疫苗。这种疫苗跟传统意义上预防疾病的疫苗不同，它是治疗型的，或者可以归入免疫刺激性药物，因为它利用来源于造血干细胞的树突状细胞，其主要作用是激活 T 细胞。蛋白质首先要被处理并重组从而可以激活那些能选择性地攻击特定对象的 T 细胞。普列威的原理就是从患者的血液中分离出树突状细胞，用前列腺癌蛋白质喂养并培养它们，之后再将它们回输到患者血液中以此激活 T 细胞对抗肿瘤。但由于普列威是按照每个患者的不同情况而定制的药物，价格十分昂贵，获取渠道也很复杂，但不管怎么说，它是美国食品药物监督管理局所批准的一种治疗方法。

与普列威类似的现代免疫疗法与威廉·科利发现的癌症毒素一脉相承，科利曾注意到某些癌症患者在克服一些不相关的感染后病情会有所好转。免疫疗法在很大程度上都寄希望这些药物能和机体一起协作，从而提高机体对于恶性肿瘤的自然免疫能力。患者、医生以及大众都为免疫疗法在早期的胜利而雀跃不已，这一领域的研究也吸引了政府、基金会和投资者数以亿计的投资，尤其是投资者，他们为其中的利润所吸引——这种特效药的价格几乎是每人每年 25 万美元之高。

有点讽刺的是，虽然学界的兴趣和国家研究基金主要集中在人类基因组，尤其是癌症基因组的研究上，但有意义的突破和飞跃往往来自免疫学这个在癌症研究中受到忽视的领域。毫无疑问，基因组研究能带来设计合理的治疗方案，但除了格列卫之外，很少再有其他持久的抗癌反应。免疫疗法似乎能更有效地控制癌症，宾夕法尼亚大学的卡尔·朱恩是该研究的领头者之一，他曾设想了一系列利用转基因免疫细胞的治疗方法，以期更好地消除恶性肿瘤。他曾经写道，未来有一天，这些经实验室改良的细胞可以像 20 世纪早期的输血一样可以输入人体，其最终目标是实现"有疗效、可计量、可再次生产、价格合理，且适合营销"的治疗方法。当他在 2007 年提出这一雄心时，一切看起来还是遥不可及，因为除了一项难以企及的新技术，研发这类药物还需要堪比美国宇航局的登月计划那么巨大的投资来建设基础设施。而且，即使资金充足，也只有在解决无数极其困难的生物学问题后，才能确定这个想法是否行得通。

幸运的是，科学总是不断地进步，我们终究能找到问题的答案，然后再去面对下一个问题。无论是攻克癌症还是登月计划，这些壮举都有一个伟大的目标来驱动，但成功需要合理的组织，需要团队合作，对于个体科学家而言，还需要有奉献精神，勇于去处理面前零散、复杂的局面，你必须享受这个过程，即使你知道可能会走进死胡同。的确，为了推动一个大型科学研究项目，你不得不去处理其中的一些极细小的工作，这时任何发生的失误都有可能让你功亏一篑。

首先，你可能没有按照问题的论证方式来设计你的研究方案。如果你的设计正确，你可能又会遇到实施上的问题。在克服这些个问题后，你付出的所有努力换来的精确结果可能显示你关于某个基因、化学物质或人体某过程的理论假设是完全错误的。但是，就算你已经成功地把最初的假设变成了一个乐观的结果，而这个结果也正好与大团队那个长期的、更大的项目预期结果一致，但很有可能你会在下一步陷入僵局，或者其他团体可能会比你更早地到达终点，得出研究结果。但这就是科学，你努力想出一个好创意，并为之努力工作，而如果你失败了，但还有多余的时间，那你还可以从头再来。

卡尔·朱恩的创意需要我们去探索免疫系统的成分，并关注这样一个事实：有些抗癌细胞一旦被派出，它们就会保留有关入侵者的记忆，并且时刻准备消灭敌人。这都要归功于免疫系统最为普通的淋巴细胞壁在发育过程中的基因突变，尤其是 T 细胞和 B 细胞，这可以看作是基因良性突变的一个例子。特定突变的细胞可以与特定的目标相连接并被其激活，而这种突变后的细胞数量会扩大且可以持续存在。通过这种方式，免疫系统也形成了一种记忆，当再次遇到宿敌时，免疫细胞的记忆功能让其能够有余地对付那些入侵者，并且通过其自身的不断繁殖消灭它们。但是在癌症占上风的情况下，这种反应就显得不够有效了。

正如朱恩所设想的那样，解决免疫反应不足的办法包括对抗癌细胞能力进行干预，提高其发现、寻找以及消灭癌细胞的能力，同时通过提高其繁殖能力，从而创建一个永久性的快速反应团队，随时准备以备不时之需。朱恩给免疫细胞注射一种叫作嵌合抗原受体的东西（"嵌合体"的英文 Chimeric，源自希腊神话，是一个有着狮头、羊身、蛇尾的吐火怪物）。

"抗原受体"是一种化学物质，是 T 细胞和 B 细胞（基因）

受控突变的产物。它们能够识别特别的靶点，也就是抗原物质。有时候，这些能识别癌细胞表面靶抗原的抗原受体可以被分离并克隆，比如在"分子工程师"的手中，抗原受体被用来与T细胞激活分子中的部分机制相融合，从而操控抗原受体产生一种更强效的T细胞激活物。产生的这种嵌合体将被置于其他T细胞中，并使其他T细胞也能全副武装，瞄准某一特定的肿瘤抗原。这些T细胞能在体外扩增到一个可观的数目，能够创造出一个庞大的、只针对某个靶抗原的细胞军团。这些嵌合抗原受体T细胞（CAR-T）尤其擅长消灭带相应靶抗原的癌细胞。它们会消灭任何带相同抗原的细胞，因此这里也存在着一个问题，如果癌细胞来自我们自身、来自我们自身基因的活动，我们要如何避免正常的细胞受到攻击呢？考虑到安全性，该领域的实验对象在刚开始的时候就只能是那些从某种程度上来说可有可无的恶性肿瘤细胞靶点，因为B细胞肿瘤虽只在B细胞上有靶点，但会同时存在于正常的B细胞和恶性B细胞上。B细胞产生的抗体可以由注射方式产生（就是所谓的丙种球蛋白，在旅行时，为了预防甲型肝炎，您可能注射过它）。所以由卡尔·朱恩带领的CAR-T疗法的先驱者，把关注点集中在B细胞肿瘤上。

朱恩又瘦又高，头发不多，总是喜欢扬起嘴角开心地笑。他是个执着的科学家，尽管大多数投资人都拒绝给予他支持，许多同事也对他的想法抱以质疑，他依然义无反顾继续自己的研究，这并不意味着他是个极度自负的人。事实上，有人曾鼓励朱恩讲述一下他是怎样尝试"治愈肿瘤"的，听到这他吓得脸色发白，结结巴巴地说道："不能说是治愈呢，"接着他有些羞涩地补充道，"有时我自己都觉得事实上是很难成功的"。

朱恩是海军医疗队的退伍老兵，曾在西雅图的弗雷德·哈钦森癌症研究中心（也可简称为"哈钦中心"）接受科研训练，那里有世界领先的造血干细胞移植技术。免疫研究在美国军队有着悠久的历史，朱恩传承了这一研究，但军队最初只是将其运用于辐射事故或核武器损伤后的治疗，其中就包括由爱德华·唐纳尔·托马斯在弗雷德·哈钦森癌症研究中心创建的骨髓移植术。骨髓移植是细胞免疫疗法的典范，接受了骨髓移植的白血病患者可以产生能够对抗白血病的新生 T 细胞。朱恩在他事业刚起步的时候偶然参与了这项研究，然后 1983 年他决定将毕生精力投入免疫治疗的研究中。

20 世纪 80 年代末，我与朱恩一起参加了人类免疫缺陷病毒／艾滋病毒（HIV）的研究，希望遏制艾滋病的流行。艾滋病毒极其善于进攻一种表面带有 CD4 分子的特定 T 细胞，它利用 CD4 分子充当自己进入细胞内胡作非为的大门。我在麻省总医院的同事布莱恩·希德认为，人们或许可以利用艾滋病毒对 CD4 分子的依赖性来对抗它们。他制造了一种具有 CD4 分子的嵌合分子，它能够与艾滋病毒产生一种魔术贴一样的连接。希德将 CD4 分子与 T 细胞的活化机制相融合，将嵌合分子植入专职细胞杀手——T 细胞（也称为"细胞毒性"T 细胞）中，然后培养一支 T 细胞军队专门清除被艾滋病毒感染的细胞。一名极具眼光的医师兼企业家斯蒂芬·舍温利用这项研究创建了一家公司，将研究成果从实验室带到患者身边，卡尔·朱恩是这件事的支持者之一，我也同他一起加入了团队。

我们的治疗对象是正在服药的艾滋病患者，通过监控这些新的转基因 T 细胞，看它们是否能够在患者体内存活并攻击那些受艾滋病毒感染的细胞。我至今仍记得在麻省总医院接受细胞输入的第一个患者，这第一次还是挺让人害怕的，还好有优秀的临床科研护士乔斯林·布雷斯纳汉和我一起。我们站在床边，先用水浴融化这些细胞，并将它们像输血一样输到患者体内。为了不让患者察觉，我们小心地掩饰着自己的恐惧，不过一切进行得非常顺利，患者神采奕奕地与我们聊着天，最终也没有发生任何医疗方面的问题，我们的恐惧也终于平复。患者心情愉悦、安然无恙地回了家。

这些细胞保存在二甲基亚砜溶液中，因为二甲基亚砜能够防止产生结晶水，不过它有种特别强烈的气味。第二天对患者进行随访时我们发现了一个出乎预料的小状况：患者养的狗很喜欢二甲基亚砜的气味。"它把我当成了一块猪排"，患者说道。所幸的是狗只是把他舔了一遍，并没有咬他。看来二甲基亚砜只是制造了一个有趣的夜晚，并没有横生枝节，第二天一早气味就散了。

多年来，这些靶向艾滋病毒的细胞在体内完好如初。它们似乎完成了我们期待的行为，杀死了被艾滋病毒感染的细胞，但我们无法确切地断定。无论是药品、抗体，还是细胞，任何新药一旦要投入临床使用，首要的步骤都是确保其安全性，这便是第一期试验，包括呈梯度逐步增加的剂量，并同时收集安全信息。第二期试验才是检验疗效，通常会以单一剂量水平来测试。第三期试验的开展是在药物安全性与疗效已经确立之后，该药物会通过对照组实验来进行测试——对照组患者按照条件接受标准的治疗。这些研究通常规模庞大、耗资高昂，但如果该药物想要获得批准销售的话，美国食品药品监督管理局要求第三期的实验是必须实施的。第四期试验在药品得到批准后进行，其目的是收集该药物可能隐藏的其他方面的副作用。当然，并非所有药品都需要进行第四期试验。

转基因T细胞攻击艾滋病病毒的实验多少是不一样的，因为要制造出足够多的细胞是一件非常复杂的事情。进行一次标准的二期试验所需的T细胞数量不多，但它却包含了实验对照组的用药，对照组体内输入的是T细胞，而不是转基因的T细胞。由于试验结果并不明确，尽管转基因T细胞研究拥有远见卓识的领导，我们还是失去了进行后续试验的资金，公司也半路夭折。但是，在嵌合抗原受体T细胞治疗癌症的研究中，这些想法和技术最终再次崭露头角。

颇为讽刺的是，细胞基因工程常常依赖艾滋病病毒或至少是艾滋病毒的基本结构。把新的基因转入细胞，比如说嵌合抗原受体基因这样的细胞，就需要借助病毒生存的手段——通过感染使自身基因顺利进入细胞。艾滋病毒尤其擅长于此，它们能够让自己的基因和子代基因长时间地出现在细胞中。正如维路奇市长和剑桥市市议会很难理解和接受哈佛和麻省理工的早期基因工程研究那样，这个时代最为恐怖的病毒——艾滋病毒要被用来设计出某些治疗方案，这样的观点令许多人心生恐惧。5 年前，微生物学家和病毒学家就已经制造出了一种变种的艾滋病毒——这种变种病毒不再具有艾滋病的病毒基因，却能用作传送基因的高效工具。

"这些被缴了械的艾滋病病毒就好像特洛伊木马"，加州大学洛杉矶分校的陈博士（S.Y.Chen）写道。把这些改良过的病毒看作能够破坏门锁，但一进入房间就忘了目标的窃贼也不失为一种顶用的想法。它能够进入免疫细胞，但是无法释放出致命的攻击。然而，这些病毒能够用基因去"感染"T 细胞，让细胞产生嵌合抗原受体，成为免疫系统的超级巨星。

2010 年，由于类似的许多试验没有成功，美国国家癌症研究所不再支持朱恩，卡尔·朱恩团队因此失去了很多资金支持，不过他还是从宾夕法尼亚大学校友创办的一个小基金会那里获得了足够的资金继续研究。他的团队从三个患有慢性淋巴细胞白血病的患者体内获得了约 10 亿个 T 细胞，并给这些细胞转入了嵌合抗原受体基因。他们在培养细胞时加入了载有蛋白的微珠，让细胞得以更快的速度分裂和繁殖（先前的试验已经证实微珠上的信号分子能够加速细胞分裂，并不会降低其抗击肿瘤或感染的能力。这项技术以一以贯之的成功率沿用至今）。

参与卡尔·朱恩试验的慢性淋巴细胞白血病患者（CLL）正处于我们有时所称之的"高危阶段"——检测显示有 P53 基因缺陷的细胞数量大量增长。大名鼎鼎的 P53 基因是肿瘤抑制基因，人一旦缺乏该基因，肿瘤就会出现。在这种情况下，慢性淋巴细胞白血病患者的病情会进展得更为迅速，并且大部分情况下不会因化疗而得到改善。这些患者的预期寿命会少于那些没有出现 P53 基因缺陷的慢性淋巴细胞白血病患者。

从基因、时间跨度和抽象的并发症来探讨晚期慢性淋巴细胞白血病的实际情况是非常简单的，但要面向活生生的人——那些热爱生命并被家人和朋友视为珍宝的患者，谈话将变得十分艰难。近期有人对全国所有癌症中心患者做过调查，结果显示将近 40% 的晚期癌症患者从未与医生谈论过他们的临终选择；仅有 5% 的患者能够回答四个关于自身病情的基本问题。另外还有研究发现，人们会牢牢抓住仅有的一线希望，哪怕他们被告知只有 1/10 康复的可能性。

正是"不切实际的乐观主义"使患者及其家属产生了"乌比冈湖效应"[①] 般的自信，即"坚信所有孩子的表现都在平均水平之上"。这种感觉使人们有一种倾向，相信自己是特别的，能够战胜他人无法战胜的困难。如果患者发现自己并不特别，那些照顾他们的人一定会努力说服患者：就癌症而言，即使没能战胜那微乎其微的治愈概率，错也不在他们。但有时治疗失败，危机变为现实时，人们最初的信心会转变为愤怒与怀疑。对所有人来说，被卷入癌症那势不可当的滔天巨浪都是残忍的，它会引发内心最深的恐惧，这些情绪

---

① 美国有一个广播节《乌比岗湖新闻》，其形式是由主持人报道一周来他的故乡乌比岗湖又发生了哪些有趣的事。乌比岗湖是一个假想的美国中部小镇，镇上的"女人都很强，男人都长得不错，小孩的表现都在平均水平之上"。社会心理学借用这一词，指人的一种总觉得什么都高出平均水平的心理倾向，即给自己的许多方面打分高过实际水平。

有时早在我们接诊患者之前被其他事件给无限放大了，但我们却不得不去面对这些不知从哪里来的恐惧。

我曾遇到一名对我们极度怀疑的癌症患者，当时所有治疗在她身上都不起作用，我向这名患者推荐了一种新的、成功概率并不高的药物，但她的父母对此感到非常不安，他们询问我是不是在"做实验"，从他们的语气和年龄，我意识到他们很可能体会并经历过这种浩劫所带来的恐惧。她的父母似乎还不太信任我以及整个医疗机构，我尽力想消除他们的顾虑，尽管如此，我还是担心我说得太多了，就好像我在极力说服他们去那么做一样，因为这样很可能会把事情变得更糟。患者最终还是选择了新的治疗，但失败了，患者最终病逝。我永远都不知道她的父母是否能感觉到我的真诚。

一些人在说出了这些感受后会感觉好些，我们的部分工作就是在他们表达这些情绪的时候保持冷静并关心患者。然而，语言有时也是毁灭性的。在这种情况下，很难保持坚忍克己，并依旧保持可靠可信。所以在听到一些不公平的话语后，还要去压抑抗议的冲动，但有时导致的结果可能是一个生搬硬套的回答，或者是错误的理解，所有人都不希望医生会这么做。

肿瘤学家要学会设身处地为处于危机中心的患者着想，同样的信息可以有很多种表达的方法，如果你能够与患者一起感同身受，你就能想到与他们最有益的交流方式。有时患者明知道自己正面对死亡，却不愿意用明白的语言去承认这个事实，另一种极端则是那些非得要大声说出"我知道我快要死了"的患者，而且总是不断重复。无论患者的反应属于哪个范围，爱、友情、心理治疗，甚至宗教关怀的帮助都是巨大的。所有人都会死，却并非所有人都知道如何去应对死之将至的认知，这些患者理应得到我们能给予的每一点帮助。

同意参与卡尔·朱恩试验性治疗的3名患者明白他们的处境。他们知道这些尚存争议的免疫细胞很可能会失去控制，在先前的一次试验中，一名结肠癌患者就产生了副作用，他在肺部受损后病逝。这些患者也知道，他们经历的化疗已经杀死了自身绝大部分现存的免疫系统从而容易发生致命的感染，不然免疫系统至少能抑制新疾病的扩散，但这些患者已经到了传统治疗方法的极限，一旦有试验性治疗方法提供，他们都会千方百计地抓住这样的机会。一次治愈的机会，哪怕只是从某种程度上延长生命的机会，都是他们的巨大动力之一；另一个动力则是渴望有机会能够为他人做出一些积极的贡献，这是许多患者共同的感受——参与一次试验性治疗，似乎可以看作是一次做贡献的好机会，这样的做法为自己的生命增添了意义。

被采集完T细胞并接受化疗的时候，卡尔·朱恩的患者并没有发生什么特别的状况。（数十年以前，移植小组就已经有了可靠的操作来控制手术中的各种影响因素，以免产生严重的并发症。）随后，这些经实验室处理的T细胞被重新注入患者体内并开始复制，过了几天，以发热和发冷为主的症状出现了。一名患者后来在接受《纽约时报》的访谈时说，他当时因为病重进了重症监护室，他的家人还收到了病危通知书；另一名患者却回忆道："我确信那场战争已经打响，我身体里的白血病细胞正在死亡。"

他是对的，正如朱恩观察到的，新的 T 细胞不断分裂增殖并投入工作，每个参与试验的患者都成了一个"生物反应器"。确实，每个强大的 T 细胞在衰竭之前都能够攻击和杀死大约一千个癌细胞。此外，由于 T 细胞会进行分裂，它们的子代细胞会存活下来，这就意味着嵌合抗原受体 T 细胞疗法中的 T 细胞相当于朱恩所说的"一种有生命的药物"，并且能够维持终生。

不幸的是能成功杀死癌症的 T 细胞自身也会产生问题。恶性肿瘤细胞在分解过程，或者叫作细胞溶解过程中产生的一种化学物质导致患者开始发热，并产生了一些其他的症状，其中一个人患上了肿瘤溶解综合征，这种并发症的早期信号包括疲惫、情绪起伏不断以及震颤，他还产生了幻觉，看到自己和妻子在雨中一起穿过医院的走廊。

对于正在接受治疗的血液和淋巴系统癌症的患者来说，肿瘤溶解综合征是在治疗过程中最常见的紧急情况。"溶解"这个词语意味着"四分五裂"，让人哭笑不得的是当某种药物的疗效太好导致癌细胞四分五裂的时候，这种症状就会出现。死亡的癌细胞内含有太多对人体有害的物质，当治疗使两三磅之重的癌细胞死亡的时候，机体将不堪重负。由于肾脏无法完全处理血液循环中的毒物，其功能开始衰竭，那些化学物质还会影响其他重要器官，包括心脏和大脑。

随着溶解综合征的加速发展，人体的基础化学物质发生改变。如果肾脏不能充分过滤血液，尿量就会直线下降，留在体内的异常化学物质会产生毒性（注：人体内很多代谢废物如果不能排出而在体内积聚，会转化成其他有毒物质）。患者可能会呕吐，无法进食、肌肉痉挛并失去方向感。对于有这些症状的患者和治疗他们的医生来说，这是十分吓人的，因为患者很可能因为肾衰竭、癫痫或心跳骤停而走向死亡。当然有许多药物可以让机体的化学成分恢复常态，也有一些患者需要进行肾透析。尽管不是所有人，但绝大多数患者能够存活下来。

好在该患者出现肾脏问题时，朱恩的医学小组立即采取了措施，还好他们的干预有所成效。长远来看，这些患者需要定期注射丙种球蛋白以对抗感染。由于在杀死白血病细胞的同时，那些新的T细胞也会杀死正常或恶性的B细胞，所以这样的注射必不可少。

最终，试验中有两名男性完全痊愈，而第三名的情况也显著好转。（据已公布的数据估计，这些T细胞仅仅在单个人的体内就杀死了整整两磅的癌细胞。）这次成功的实验被媒体以令人兴奋的大标题报道了出来。《纽约时报》甚至在官网上发布了一个视频片段，展示了在实验室的培养皿中转基因T细胞攻击单个肿瘤细胞的过程。在视频中，免疫细胞看起来像是匍匐在整个肿瘤细胞上，直到它攻击的目标开始破裂，内容物流出为止，整个过程就如同杀鱼一样，一刀划开肚皮，内脏一下就全流了出来。很快，"肿瘤死亡"的字样出现在视频中——这正是所有癌症患者都希望着、幻想着能发生在自己身上的过程，治疗奏效，身体康复。事实上，许多患者就是用这样的方式，在自己脑袋中构思了这样一部电影：他们体内的癌细胞正在死亡，而且他们还会时常静静地想象着这个画面。早在还没有任何人理解细胞溶解机制之前，人们就开始这么想象了。我不清楚这一常见的幻想是否受到某种灵魂和身体之间神秘联系的提示，但是人们关于细胞在体内斗争的想象是正确的，这一点非常有趣。

在首次小范围试验成功之后，卡尔·朱恩逐渐扩大了范围，改进了技术，利用无毒艾滋病毒运送转基因免疫细胞。不幸的是，实验结果还是招来了大众媒体许多夸大其词的报道，这些报道难免让有些人产生这种想法：患者在某种程度上会受到艾滋病毒载体的威胁。2013 年，一个电影短片在网上流传，声称朱恩通过"注射艾滋病毒"将一名叫艾米莉·怀特海德的白血病患者从死亡边缘给拉了回来。最近，某大型电视纪录片介绍了几种使用转基因病毒的癌症免疫疗法，这些病毒或被用于运输基因的载体，或被用于直接攻击肿瘤细胞。该片主要报道了几个晚期神经胶质瘤患者的试验，这些患者接受了仅一剂的剂量后大脑肿瘤就缩小了 20%，经过 18 个月的治疗，患者们已经没有肿瘤复发的迹象了。尽管这些故事感人至深，但当艾米莉·怀特海德出现在镜头中，片中那些成年人的抗癌故事就黯然失色了。艾米莉被确诊白血病的时候才 5 岁，她在 8 岁的时候接受了治疗试验，她在荧幕上的形象引人注目，她从死神手中逃脱的故事也令人惊心动魄。

艾米莉的故事在网站上一传再传，传遍了整个世界，但其中的科学细节经常被忽视，或者被掩盖，包括艾滋病病毒是如何变得人畜无害以及 T 细胞是如何被利用的。如果阅读得不够仔细，或者在某些情况下没有仔细地研究，外行读者很容易得出结论，医生给患者注射了活跃的、危险的、能够引起艾滋病的艾滋病毒。这样的误解给癌症患者及其家人和照护者造成了巨大的混乱。最终，英国权威组织癌症研究基金会在其官网上发布了一篇文章，打消了人们的恐惧。文章的标题是"不，医生们并没有通过'给临死的女孩注射艾滋病毒'来治疗癌症"。

随着工作的持续快速推进，开始有更多不同的癌症患者参与到病毒载体的试验中，观念的改变进一步挑战了科学家与公众沟通的能力。在杜克大学，马蒂亚斯·格罗莫耶带领的队伍用改造后的脊髓灰质炎病毒和普通感冒病毒制造了一种杂交体来吸引癌细胞分泌的蛋白。（这项工作早在马蒂亚斯·格罗莫耶跟随病毒学家埃卡德·威默在纽约州立大学石溪分校学习的时候就已经开始。）杜克大学的团队希望用转基因病毒刺穿癌细胞的化学伪装，让免疫系统能够识别并杀死癌细胞。理论上，这种病毒将破坏某些恶性肿瘤细胞并揭开它们的伪装，让癌细胞更易受到免疫系统的攻击。

该团队在实验中证实，杂交病毒将对癌症的"气味"了然于心，它们只会入侵并杀死癌细胞。让团队兴奋的是，杂交病毒同时还触发了 T 细胞的活动，可以帮助清除那些受病毒感染却依旧存活的细胞。尽管方法已经被确定是有效的，但只有其安全性被证实后才能把病毒输入神经胶质细胞瘤患者的大脑。这一安全审查持续了 7 年，其中包括一个艰难的实验，证明用于治疗的牛肉脂肪分子不会导致牛海绵状脑病（即所谓"疯牛病"）。杜克团队不得不在 36 只猴子的脑部测试这种病毒，如果没有出现严重的不良反应，美国食品药品管监督理局才会允许这种病毒使用在人类身上。

2012 年，几个神经胶质细胞瘤患者成了第一批接受治疗的受试者，这个疗法后来以"PVS-RIPO"的名称而著称，意思就是重组溶瘤脊髓灰质炎病毒。在颅骨钻个小孔，再通过导管将药物导向至特定的肿瘤部位，药物被直接注入受试者的大脑。手术的创伤非常小，手术后，由于病毒开始工作，患者会经历感染综合征，一些患者甚至会发展至大脑水肿，导致语言和行动障碍。

那时初次确诊并接受标准治疗的神经胶质细胞瘤患者的平均存活时间略多于 14 个月，一半的患者会早于这个时间死亡，另一半则活得更长一些。因为 PVS-RIPO 还只是处在实验阶段，没人知道患者能活多长。第一名患者斯蒂芬妮·利普斯科姆的试验完成了，她是一名 20 岁的在校大学生，她的肿瘤首先经历了一个短时的增长，过后开始缩小，她的反应非常之好，那仅仅一剂的病毒在两年内就清除了她脑部所有肿瘤。其他患者的进展也与之相似，大脑成像显示肿瘤确实正在死亡，并一点点地萎缩。

由于杜克大学的实验还处在我们所称作的第一阶段，这一阶段主要检测新疗法的安全性，因此他们调整了使用剂量，希望能够明确在没有严重副作用的情况下可以使用的最大剂量。一些接受了高剂量的患者产生了致命的并发症，但是依然有一半的患者有很好的疗效。试验实施后两年，科学家们报道了一个比期待值更高的存活率。他们也确定给予患者所能承受的最大剂量并非最理想的疗法，尽管这种情况在化疗中是常有的。相反，科学家们发现更高剂量的病毒不仅会加重副作用，还会抑制他们本想激发的免疫反应。这个发现看起来有些自相矛盾，却并不让人惊讶，免疫系统的机制非常复杂，就像一块手表，发条上得太紧，外部的刺激物太多，于是拒绝工作了。

2017 年，我写这本书的这一年，斯蒂芬妮·利普斯科姆获得了护士学位，她很健康，一切都好，她选择从事肿瘤方面的工作。本来难逃死亡厄运的其余两名患者，三年过去了他们依然活着。世界各地的人都想参加杜克大学的治疗实验，但是在完善的科学实验计划出来之前，还有许多工作要完成才能保证这种治疗的广泛运用。美国食品药品监督管理局授予这项疗法"突破性"的地位，这意味着它能够接受进一步的研究，并可以得到加快加急的评估程序。这种分类管理模式主要是为了回应大众对美国食品药品监督管理局的批评而设立的，人们担心某些有前景的治疗方法其审批进程实在是太过于缓慢和烦琐，这些毫无必要的缓慢程序让患者不得不忍受痛苦甚至死亡。对于美国食品药品监督管理局的官员来说，他们无疑害怕再次发生沙利度胺之类的灾难——沙利度胺是一种主要在美国以外的国家使用的缓解孕妇晨吐的药物，但它会导致致命的胎儿畸形。然而，在沙利度胺这个全球性丑闻后的 50 年，药品代理商一直在寻求如何破解这种痛苦而缓慢的批准程序。在 PVS-RIPO 取得美国食品药品监督管理局"突破性"地位时，杜克大学团队开始进行第二期和第三期试验，这些试验会包括更多的患者。但是在2017 年年初，他们还没有开始登记参与试验的患者。

与此同时，媒体报道了卡尔·朱恩震惊世界的嵌合抗原受体 T 细胞 /HIV 载体的研究成果。他与儿童肿瘤学家斯蒂芬·格鲁普合作，实验的治疗对象是一小部分对化疗无反应的急性淋巴细胞白血病患儿。在最初接受治疗的 39 名儿童中有 36 人的病情得到了缓解，其中有几个早先还接受过骨髓移植。朱恩在慢性淋巴细胞白血病方面也取得了类似的成功，他的工作也获得了大量的新支持（宾夕法尼亚大学甚至开设了一个新的高级细胞治疗中心）。朱恩的目标还包括一些难以治愈的疾病，比如胰腺癌——唯一一个 5 年生存率低于 10% 的癌症（2010 年，朱恩研究小组的一名成员就死于胰腺癌）。此外，他还开始研究卵巢癌，这也是一个难以治疗的癌症。朱恩的妻子在 1996 年被诊断患有卵巢癌，经过 5 年断断续续的治疗后病逝。卡尔早在失去朋友和亲人的很多年前就开始了对癌症免疫疗法的研究，所以没人能够断定他的工作是否与个人经历相关。但事实是，没有人能够避开癌症，正是这些沉痛的失去至亲的经历提醒我们从事这份工作的原因。

基因"黑客"

经基因改造后的 T 细胞给那些无药可救的患者带来了奇迹般的效果，这种改造细胞的新方法为癌症治疗提供了更多的希望。卡尔·朱恩通过给患者的 T 细胞添加一种嵌合抗原受体来进行治疗，这种疗法效果很好但必须为每位患者专门定制。这是种极度个性化的疗法，和所有定制的东西一样，它价格昂贵且难以推广。许多公司目前都有提供这个定制的药物，但是更多的创新疗法也开始进入这个领域。

现在临床应用更多的是基因编辑这一新技术，而不是基因添加技术。DNA 是所有生物的生命脚本。经过千秋万代的进化，生命体已经形成了各种各样的工具，具有切割、修复和编辑基因的功能，因此也被形象地称为"生命的针线包"。核酸酶就相当于针线包的剪刀，可以被指挥着去切割基因组的特定部分，其中的一组被称作类转录活化因子核酸酶（TALENs）的可以非常精确地剪切掉部分基因，然后当切口被重新修补后可以使被切除的基因失去效应。这种核酸酶可以被利用来从 T 细胞中切除那些引导其正常功能的基因，使得 T 细胞只对输入给它们的新嵌合抗原受体做出反应。这意味着这种 CAR-T 细胞能适用于任何人，能成为"现成"可以提供的，而不是只是针对患者定制的私人化的 T 细胞。

2015 年，Cellectis 公司的科学家使用了类转录活化因子核酸酶（TALENs）研制出能在每个人体内起作用的"通用"T 细胞。这项研发有利于帮助儿童癌症患者或者是自身缺少足够可供治疗的 T 细胞的患者。

2015 年夏天，位于伦敦的大奥蒙德街医院（以前称为病童医院）打电话给 Cellectis 公司的科学家，提供了一次临床试验的机会。大奥蒙德街医院拥有一瓶经 Cellectis 公司增强处理过后的冷冻 T 细胞，但这瓶冷冻 T 细胞只是用于实验而非治疗（英国伦敦大学学院的一名科学家当时正在与 Cellectis 公司合作），但伦敦医院的医生表示他们迫切希望能拯救一个名为莱拉·理查德的 1 岁婴儿。这个婴儿出生后十四周就被确诊为急性淋巴细胞白血病，她在短短的一生中先后经历了化疗和骨髓移植手术，但都失败了。虽然CAR-T 细胞疗法当时只在小鼠身上进行过实验，但英国法律规定，如果情况紧急，在相关人员都同意的情况下，是可以使用还没被批准的医疗手段。她的父母和医生都将 CAR-T 细胞疗法视为唯一的希望。Cellectis 公司的高管权衡再三，甚至考虑到了治疗失败将给他们造成声誉和股价的风险后，同意进行试验治疗。

随后，莱拉被注射了 1 毫升的冷冻 T 细胞，T 细胞是一个陌生人捐献的。30 天后再检查时，莱拉已没有了白血病的迹象。两年后，她的癌症并未复发，而且一直在健康成长。虽然现在还无法用"痊愈"一词来下定论，但是莱拉的好转让 Cellectis 公司及其合作者决定将试验应用于其他患者。媒体争先报道试验成功的消息，这也使 Cellectis 公司的股价飙升，而那些研发个性化细胞疗法的科研公司股值却随之下跌。投资者认为 Cellectis 公司股价的飙升得益于基因编辑技术，该技术使该公司能研发出一种现成疗法，这就比宾夕法尼亚大学设计的定制疗法便宜得多。最终的结论还为时尚早，随后一个试验患者的死亡让 Cellectis 公司的股价遭到了重挫。尽管如此，其他的基因编辑技术也都在加速进行临床测试。

其中，CRISPR 的发现促成了另一个新技术的诞生，CRISPR 的全称是"规律间隔成簇短回文重复序列"。它们是存在于细菌内部的 DNA 片段，并在细菌基因序列内重复出现，被称为间隔子的短片段 DNA 所隔开。CRISPR 的早期研究工作主要由西班牙微生物学家弗朗西斯科·莫吉卡完成，他于 1993 年发表了一篇相关文章。随后，他与乌得勒支大学的鲁德·詹森合作，2002 年他们将这类基因序列命名为 CRISPR。2005 年 5 月，法国国家农业研究所的亚历山大·博洛金发表了文章，文章报告他发现了 Cas9 蛋白质，该化学物质似乎与 CRISPR 的形成有关。最后，博洛金发现整个 CRISPR－Cas9 系统的功能就像一个非常精确的基因编辑机器，能剪切基因并创造出可以插入病毒 DNA 的开口。

1991 年，由俄罗斯移民至美国的科学家尤金·库宁凭借其超乎常人的专注和灵敏的直觉，发现细菌中保留了病毒的 DNA 片段，以便将来可以识别出同类的入侵病毒并击退它们。当时大多数人并没意识到病毒会攻击细菌，而这种攻击其实每天每时每刻都发生在我们身体内。CRISPR-Cas9 会创造出库宁所谓的病毒的"嫌犯照"，该照片可以被用来建构人类的免疫力。在将来的防御中，细菌会不断根据这个"嫌犯照"去比对遇到的病毒，一旦比对成功就杀无赦。

CRISPR-Cas9 的动态机制还清楚地阐明了病毒在进化中具有重要作用。2016 年，斯坦福大学的大卫·埃纳德报告说，人类与黑猩猩在遗传上的不同有 1/3 是由病毒引起的。有时这些变化是由于免疫系统对入侵者的响应而导致的，但有时变化是自发产生的，没有任何中间步骤。病毒片段会和 DNA 片段结合起来产生全新的DNA。埃纳德报告的合著者德米特里·彼得罗夫说："与病毒的持续斗争已在各个方面不断塑造了我们，不仅只有抗感染的蛋白质，还包括所有的一切。这一发现意义深远，所有生物都已经与这些病毒一起生存了数十亿年，这项工作表明病毒已经影响到了细胞的每个部分。"

彼得罗夫的狂热并不过分，全球很大一部分科研工作都受了 CRISPR-Cas9 启发，CRISPR-Cas9 的发现激发了遗传学和干细胞生物学领域的活力，并为研究癌症和其他遗传缺陷导致的疾病的科学家提供了希望。你很难发现比 CRISPR-Cas9 更跌宕起伏、影响深远的科学故事，在这一戏剧化的故事中，有许多意想不到的参与者：比如丹麦食品行业的研究人员，他们好奇如何才能提高酸奶产量。比如还有一位微生物、遗传学和生物化学领域的科学家，这位曾游学全球的科学家埃马纽埃尔·卡彭蒂耶目前在柏林的马克斯·普朗克感染生物学研究所工作，她与加州大学伯克利分校的詹妮弗·杜德纳一起研究如何将 CRISPR-Cas9 用作基因组编辑工具。卡彭蒂耶后来描述了那个令人激动的时刻，那时候一个同事正好给她打电话。"我在马路牙子站了好久，"她回忆说，"我们一直在讨论什么时候才是发表论文的最佳时间，因为我们已经得出了研究结果。"

CRISPR-Cas9 的故事最终在一次成功的实验中达到高潮，该实验证明了 CRISPR-Cas9 能可靠地编辑基因。杜德纳后来写了一篇回忆录，描述这项工作对她个人的影响，并回顾了她当时震惊的心情，这是 2012 年 12 月发生的事。很快，CRISPR-Cas9 也被用于编辑小麦、鱼类、人类干细胞和小鼠的基因（得益于 CRISPR-Cas9 技术，实验室小鼠缺陷的基因被纠正了，因此而得的遗传性疾病也被治愈了）。最惊人的实验是改编猴子胚胎的基因序列，改造后的胚胎被植入代孕的子宫中最终发育为幼猴，幼猴的大多数细胞都带有新的基因密码，包括精子细胞和卵细胞，这意味着它们能够将改造的基因传给后代。

"每天都有大量使用 CRISPR-Cas9 技术的研究论文发表，"2015 年，杜德纳写道，"我的邮箱里塞满了研究人员们寻求建议或合作的邮件，这些研究都可能对人类生活产生直接影响，但对于大多数我在工作以外认识的人，包括我的邻居，远房亲戚甚至是儿子同学的父母对此基本不知情。我觉得自己好像被分裂在两个不同的世界中。"

杜德纳在她的领域获得了许多奖项，引起了全世界媒体的关注。但是她和卡彭蒂耶也卷入了一起纠纷——与其他在CRISPR方面取得重大突破的科学家的专利纠纷。每个团队背后都有大型机构的支持，这场纷争因此注定要持续多年。有一位与杜德纳和卡彭蒂耶的对手一起工作过的内部知情者，甚至写信承诺提供重磅证据来帮助她们取胜，并试图借此在她们那里谋求一个职位。每当学界取得了重大的科研进步，这样的冲突总是司空见惯，没有科学家会喜欢找律师撕破脸皮打官司的过程，也许科学家的天性都十分争强好胜，但我们也会尽量避免就研究发现的先后问题与其他人产生冲突，因为它会干扰科学家进行研究和探索的本职工作，争论和阴谋只会使科学家间合作效益受损。

对于从事癌症和其他遗传疾病研究的人员来说，幸运的是CRISPR-Cas9唾手可得，不仅十分便宜——仅需99美元即可让你开始基因编辑的研究工作——而且十分可靠。《大众机械》杂志曾将基因编辑工作称为"基因黑客技术"，认为只要经过最基本的培训，几乎任何人都可以从事这一领域。位于马萨诸塞州剑桥市的阿德基因（Addgene）是一个效率很高的非营利组织，它收集并保存了大量的CRISPR-Cas9技术变体，这些变体可以执行许多不同的任务。世界各地的实验室都会将自己的成果发送给阿德基因，该组织将其编成质粒目录，并共享给全球的实验室。到2017年该服务已拥有将近一千名贡献者，并向全球科学家提供了数十万种基因编辑工具（包括一种特殊的蛋白质，它能使基因发出荧光以便于观察）。阿德基因将载体和荧光蛋白做成了一个类似软件工程的开源代码库，让所有人都易于访问。

首批利用这种新型基因技术来开发疾病治疗方法的项目之一是由哥伦比亚大学医学中心和爱荷华大学合作完成的。他们使用CRISPR-Cas9 技术和干细胞研发出一种有潜力的治疗法来治疗成年人致盲的主要病因——遗传性疾病色素性视网膜炎。从早期研究成果来看，该疗法的前景很好。同样，CRISPR-Cas9 基因编辑技术也在动物中进行了实验，结果显示 CRISPR-Cas9 技术对于其他由遗传异常引起的疾病也有疗效，例如肌肉萎缩。CRISPR-Cas9技术可以切割基因从而校正异常基因或者破坏基因。基因异常能引发许多问题，如前文讨论过的致癌基因。基因异常还会被病毒感染利用，例如艾滋病毒。病毒依赖的是对人类似乎并不太重要的基因产物，因此切割相应基因或许可以用来治疗艾滋病。由于校正基因比切割并破坏基因要困难得多，效率也要低得多，因此一些科学家，包括我参与的一个小组，都在计划使用 CRISPR-Cas9 技术造出不受艾滋病毒感染的造血干细胞。使用 CRISPR-Cas9 技术来切割并破坏导致癌症的异常基因，这想法很有吸引力但实际上并不可行，问题在于我们无法完全摧毁所有的癌症细胞，一旦我们没有将它们清除干净，剩下的那些肿瘤细胞会迅速生长，卷土重来。

尽管如此，首批 CRISPR-Cas9 技术临床试验的重点依然是癌症治疗。2016年夏季，美国国立卫生研究院批准使用CRISPR-Cas9技术编辑T细胞来治疗18位患有三种不同类型癌症的患者，包括黑色素瘤、卡波西肉瘤和多发性骨髓瘤患者。该技术不但被用来给T细胞添加一个强大的基因，以帮助T细胞发现恶性肿瘤，还被利用来除去某些基因，这些基因往往会抑制机体抵抗癌细胞过程使新生T细胞受到癌症的化学反击。实验由宾夕法尼亚大学的研究人员实施，实验的患者来自美国各地，实验资金由帕克基金会和帕克癌症免疫治疗研究所提供，这两个基金会的数亿美元资金均来自自学成才的计算机科学家肖恩·帕克（Sean Parker）。

帕克于2016年春季大张旗鼓地创建了自己的研究所，并宣布将拿出他十分之一的资产——2.5亿美元——来资助包括宾夕法尼亚大学在内的6所大学的相关科研工作。帕克靠高科技产业掘得了第一桶金，他19岁时就发明了一款名为纳普斯特（Napster）的音乐共享软件，可以免费复刻音乐，因而令唱片公司的管理人员大为恼火。他随后又创办了其他几个公司，担任过脸书（Facebook）的总裁，在30岁时就成了亿万富翁。帕克的这个项目声势浩大、雄心勃勃，还有很多他这样慷慨的科技企业家为慈善事业、研究项目捐款，使穷人可以受益。他对科研感兴趣据说最开始是源于与致敏反应相关的研究，因为他患有食物过敏症和哮喘，但深入了解癌症免疫疗法之后，他很快就决定支持相关的研究。他希望自己的研究所能让科学家专心地去验证各种有创意、有前途的想法，而不必为资金申请的复杂程序而烦恼。他甚至愿意资助那些面临失望，让其他投资者望而却步的科学研究。

除了帕克等慈善家的捐款外，癌症免疫疗法研究的资金来源还包括各种基金会、制药公司和政府。例如，制造"格列卫"的诺华公司向宾夕法尼亚大学的高级细胞治疗中心投入了两千万美元。这些商业投资以及来自基金会的投资都牵涉到利润分成模式，非营利组织希望用分到的利润继续投入新的研究，而企业则希望通过利润来维持收支平衡。投入免疫疗法的大量科研资金反映了免疫疗法的潜力备受认可，尤其是在癌症治疗方面。在 CRISPR-Cas9 技术的助力下，免疫疗法更是如虎添翼，其巨大潜力正推动全世界的实验室竞相探索、创新。

各国政府、投资者和科学家都明白生物技术对人类科学研究领域来说宛若希望的曙光，或许在不久的未来就能用基因和分子干预的治疗方法治愈许多致命和使人衰弱的疾病。撰写本书时，我正好参加了一个国际血液学家会议，会议上有科学家展示了用基因疗法来治疗血友病。治疗效果非常惊人，血友病患者不再像以前那样随时随地都有可能大量出血，也不需要定期输入凝血因子。虽然该疗法目前还处于临床试验的初期阶段，但我们似乎可以见证这种方法将会对这种疾病以及患者的生活所带来的改变。对于携带这种异常遗传基因的家庭来说，这有着无法估量的意义，这些就是生物医学一直在做而且现在还在做的事情。

吉姆·艾利森回顾了生命科学的重大进步，并把这些进步比作第一颗绕地球旋转的人造卫星斯普特尼克一号。斯普特尼克一号发射于 1957 年，它的发射引发了美苏太空竞赛。当这两个国家为了展示各自的国威而力争更大成就时，先进的电子技术、计算机、特殊材料的研发以及许多新技术也随之蓬勃发展。的确，太空竞赛带给人类的最大遗产并不是人类首次登月的荣耀，而是为推动太空任务而发展起来的各种科学和工程技术。这些成就背后所展示的精神和各种复杂努力下的管理水平可以让你预见科学研究未来的模板，但遗憾的是癌症不可能被工程师攻克，因为生物学家的工作方式不同，思维方式也不同，尽管生物学家也需要站在巨人的肩膀上，但生物学的进展却并非线性的阶梯式发展，它会不时停止、转向，甚至跳跃，因此生物学研究需要意志坚定的空想家，他们不仅需要大量的思索，还不能太斤斤计较。

离经背道的德克萨斯人詹姆斯·艾利森就是很好的范例。早在 20 世纪 80 年代，艾利森就指出了免疫检查点的重要性，但他足足花了 30 年的时间才最终证明了自己的设想。作为生物学家，艾利森是古怪的，他狂热地追求着自己的爱好。例如，他很喜欢吹口琴，甚至与威利·纳尔逊（美国著名的乡村摇滚活动领头人）一起搞了一个摇滚爵士音乐的即席演奏会，他还建立了一支布鲁斯乐队，名字就叫作"检查点"（Checkpoints），乐队的所有成员都是免疫学家和肿瘤学家。

1996 年，艾利森在《科学》期刊上发表了一篇文章，说明他如何运用"检查点封锁"把 T 细胞从 CTLA-4 分子释放的"慢行"信号中释放出来。当时的学术主流主要将癌症治疗的重点放在突变的基因上，与此相反，艾利森关注免疫疗法，并坚持研发出了一种药物，药物最终得以批准在传统治疗方案已经无能为力的黑色素瘤患者身上进行临床测试。美国每年会新诊断出大约7.5万名黑色素瘤患者，多达10万人会由于黑色素瘤癌细胞从最初的皮肤部位扩散到其他器官而死亡。转移的常见部位包括皮下组织、淋巴系统、肝脏、肺部和脑部。

艾利森研发出的药物被称为"易普利姆玛"（一种单克隆抗体），测试工作由百时美施贵宝公司实施。2010年，试验报告显示效果很好，有将近1/4的服药患者的存活时间延长了两年，而未服用该药的患者仅为14%。总共有540人得到了该药物，与标准治疗方法相比，该药显示出持续优越的疗效，但这并不意味着它是灵丹妙药，超过60%的人在服用此药后有非常严重的副作用，健康的器官受到来自免疫系统的攻击，有7人因此丧生。但比起传统的化疗，相关的风险相对减小了不少，而且对大多数人来说，新药的副作用没有那么令人难受。当然，大多数患者都希望能够在服用"易普利姆玛"后有极好的疗效。一名男子在网上证明他在使用这种药物的6年后，医生在他的体内检测不到任何癌症体征，他义正词严地宣布：这种药物"挽救了我的生命！"

艾利森所研发的药物最终被证明是成功的，这激励着大家继续从事该研究，以期能释放免疫系统来抵抗癌症。20世纪90年代，我在哈佛的同事戈登·弗里曼在有关自身免疫性疾病的小鼠实验中发现了一种能降低T细胞活化能力的分子。尽管我们体内存在适当的信号可以激活T细胞，但由于细胞程序性死亡-配体1（PD-L1）分子的存在，T细胞会保持相对静止的状态，好像非常疲惫一般，但如果细胞程式死亡分子不在的话，T细胞会恢复旺盛的活力。

所以，无论是细胞程序性死亡-配体1（PD-L1）的抗体，还是细胞程序性死亡受体1（PD-1）的抗体，它们的被发现都对患者的生命产生了巨大影响。现在，它们已被美国食品药品监督管理局批准用于治疗某些肺癌、肾癌、膀胱癌、头颈癌以及霍奇金淋巴瘤等病症，其中一些基本上是无法用标准的化疗法所治愈的。这些被称为"检查点抑制剂"的药物是癌症治疗研究向前迈出的重要一步，针对新的或最近确定的免疫检查点的抑制剂目前逐渐以临床试验的形式被运用到治疗之中，临床试验数量已达数十项。可以毫不夸张地说，这些免疫疗法代表了癌症治疗领域的一场革命，尽管有局限性——有些癌症还是会复发，有些对该药物没有反应，还有些会有明显的并发症，但是那些本来被传统治疗判了死刑的人又多活了几年，这足以让人振奋。我们还处在所谓的免疫——肿瘤学研究的初期，抗击癌症的免疫战车目前还未启动，因为这部战车来自最初并没有以癌症为研究重点的基础研究，我们只能等待基础研究的进一步突破。

在调节细胞生长的基因家族中我们可以找到更大的研究目标，这些基因最早是在患有恶性毒瘤的大鼠中发现的，因此被称作Ras，这个单词是"鼠肉瘤病毒"的英文缩写，这些基因控制着功能开关，允许细胞增殖以及细胞在体内的迁移死亡等一系列活动。

它们也能关闭这些功能，基因突变在破坏了它们正常的有规律的活动时就会导致问题产生。约有30％的癌症涉及Ras基因突变，也就是说突变将基因转变为致癌基因，从而引起癌症，比如说胰腺癌、肺癌、结肠癌和甲状腺癌。在Ras家族中，K-Ras、H-Ras和H-Ras这三个主要基因是导致癌症的主要驱动因素。

Ras致癌基因在癌症的研究中十分重要，以至于美国国家癌症研究所在2013年资助了一项独立的Ras研究计划，该计划旨在终结数十年来的失败，找到途径来阻止Ras致癌基因的功能。研究人员意识到这些致癌基因是无可救药的基因，它们的化学结构无法提供可以让药物进入的入口，因此无法以稳定的方式关闭其功能。免疫学专家不愿接受失败，他们在三大Ras致癌基因的研究上加倍努力。在马里兰州的贝塞斯达，史蒂芬·罗森伯格开始专门研究KRas突变〔KRas以其发现者柯尔斯顿（W.H. Kirsten）的名字来命名的，它与肺癌、结肠癌和胰腺癌有关。事实上，医生已经注意到这三种类型的癌症似乎总发生在相同患者身上〕。

罗森伯格长期以来一直在研究包括T细胞在内的抗癌免疫细胞，并且自2002年以来就一直在使用免疫疗法来实验治疗黑色素瘤。他发明出一种方法，可以将肿瘤中的免疫细胞给分离出来。他推断，这些免疫细胞是被召集到肿瘤来杀死肿瘤却最终失败的免疫细胞，他收集了这些细胞，在实验室里培养出更多的类似细胞，然后把它们送回患者的身体，让它们在那里继续完成之前细胞未完成的免疫任务。罗森伯格发现，有1/4的患者的病情得到了长期缓解。

黑色素瘤是个棘手的疾病，但由于 KRas 癌症会影响到更多的人，针对这种癌症的免疫治疗必将给肿瘤学研究带来新纪元。罗森伯格开始针对一小部分常规治疗已无药可救的患者进行临床试验，经测试这些人所患的肿瘤都与 KRas 突变有关。

席琳·瑞安在 2014 年下半年的首次申请被拒绝后，罗森伯格在 2015 年 3 月的一项临床试验中接受了她。49 岁的瑞安是 5 个孩子的母亲，她已接受了所有标准的结肠癌治疗：化疗、手术、放疗，结果她的肺部也发现有恶性肿瘤。她能否参加罗森伯格的临床试验取决于她体内是否能制造出足够多的可以杀死肿瘤的细胞类型。这首先需要手术切除她的三个肿瘤，并对这些肿瘤进行研究，以确定它们确实含有恰当的抗肿瘤免疫细胞。罗森伯格的小组还需要在肿瘤中寻找能产生恰当抗原的细胞，这些抗原是可以吸引免疫细胞的化学物质。

找到了恰当的免疫细胞以及能帮助免疫细胞追踪癌症的抗原生产细胞之后，就需要创建支持性的实验室环境使这些细胞可以生存和不断繁殖，最终培养出了 1000 亿个细胞，其中大部分是能够追踪瑞安的肿瘤的 T 细胞。瑞安接受手术切除了体内的肿瘤，还进行了化疗，破坏了现有的大部分免疫细胞，为新的免疫细胞腾出了空间，之后新的免疫细胞注入了她的血液中。术后几个月，残留在瑞安肺部的 7 个肿瘤都缩小了，其中 6 个完全消失，最后一个经过治疗后缩小了，但随后这个肿瘤稳定下来后又开始变大。外科医生切除了肿瘤所在的那部分肺组织，席琳·瑞安终于有了可以延长寿命的希望。

罗森伯格的实验提供了一个鼓舞人心的结果，以至于卡尔·朱恩在同一期《新英格兰医学杂志》上发表了一篇编者寄语对此予以敬意。这期杂志还刊登了成功攻克 KRas 的消息，它的标题是"我们真的可以为不可用药的 Ras 制造出免疫药物来解救患者？"标题末尾的问号指出这样一个事实，像大多数实验一样，罗森伯格对席琳·瑞安的治疗所引起的疑问不比他所解决的问题少。主要的疑问涉及瑞安自己独特的遗传基因构成，这预示着她的癌症很容易被成功治疗，另一个疑问是她依然有一个肿瘤发展出了抵抗 T 细胞攻击的能力。

后续的研究表明，当瑞安的肿瘤以及周围的肺部组织被切除后，复发的癌细胞不再呈现可以引起免疫细胞注意的抗原。它们似乎是一种新的、看不见的突变体，可以在看不见的地方不受烦扰地自由繁殖。当被问及这一情形时，约翰·霍普金斯大学的免疫学家德鲁·帕多尔说："肿瘤似乎总能找到变通的办法。"当然，他和所有癌症免疫学领域的人依然认为，罗森伯格基于突变 Ras 基因的免疫疗法是癌症治疗一个巨大的进步。

罗森伯格的工作也进一步证实了细胞本身就有治疗功能的观点。在血液研究领域，这当然不是什么新鲜事，早在几个世纪前人们就开始用输血来治病。一直以来，血细胞的输送都被认为可以用来解救衰竭的血液系统，这种想法的延伸就是移植造血干细胞，细胞输入将会充盈被癌症治疗杀死的干细胞，不过免疫细胞或转基因干细胞的输入就不是单纯输血那么简单的概念了。因此，血液或免疫细胞本身毫无疑问就是治疗方法，它们本质上可以是药物。一般来说，只有在了解药物从哪个位置进入体内以及其药效会持续多长时间后，才可使用该药，但对于细胞药物而言，这是极其困难的。如何能更多地了解移植的血液干细胞在体内的行为呢？为此，我们与哈佛干细胞所的一名光子物理学家开始了合作。

查尔斯·林是一位极富创造力的科学家，他制造了一种用激光追踪组织细胞活动的定制仪器。骨髓干细胞是如何发挥作用的？它们又是如何互动的？这对我们来说仍是未解之谜，我们与查尔斯合作——从发光水母中提取磷光标记给从小鼠身上提取的骨髓干细胞染色。在这里，如果能懂一点生理学知识是有帮助的。像所有人类一样，成年小鼠会在椎骨、胸骨和骨盆的骨髓中产生血液干细胞，虽然查尔斯的激光很难穿透这些地方，但是颅骨也会产生骨髓干细胞，且仅隔一层薄薄的皮肤。

我们在小鼠身上进行了大量的骨髓移植实验，我们和林的日常之一就是用激光仪来追踪那些用磷光标记的细胞。林会在正确的地方瞄准这些细胞，我们可以实时观测到移植细胞在骨髓中的具体位置。我们看到被染成红色的移植干细胞被某种蛋白质吸引慢慢移动到了骨髓的微血管中。我知道这听起来有点抽象，但这个实验结果使血液学家大为振奋。我们终于能够看到单个细胞的活动，在以前干细胞移植就只能靠我们的想象。70天后回到实验室，看到那些细胞开始分裂，我们感到更加兴奋了。干细胞正常地发挥着功能，就像它们本就属于那里，那个地方在功能层面上被定义为移植血液干细胞的"家"或"骨髓龛"。为什么我们那么开心？因为我们可以更好地了解挽救生命的过程。如果我们能更好地理解它，便可以设计出合理的方法来使治疗过程更高效，对患者更有利。

能意外助力干细胞和肿瘤学研究的学科不止光子物理学一个。我们目前正在开发的另一个关键的合作对象是一个专注于信息学的实验小组，他们能跟踪和分析大数据。广义上讲，大数据是指可以由各种程序进行分析并最终发掘出其中既定的模式或关联的巨大信息块。从历史的角度来看，人脑拥有能够管理多个信息输入的最佳系统，但是随着时间的流逝，大脑的局限性变得十分明显。在18世纪和19世纪，科学和医学领域的专业化可以看作是一种迹象，预示着科研产生的大量信息量正在已经超出了我们的吸收理解能力。

医学领域越来越专业化，自20世纪70年代开始，医师们已经开始抱怨，即使只限定在某个局限的亚专业他们的知识也无法跟上期刊文章的脚步。对于临床医生来说，这的确是个问题，因为担心无法给患者提供最好的治疗。但对于科研工作者来说，这个问题就更糟糕了，他们往往几十年如一日只关注某学科中的某个小领域，无法得知所研究问题的大环境。

那些在实验室培养皿、实验小鼠，或者少数患者身上能反复成功的实验最终却不能成为可靠的治疗方法，为广大患者带来福音，事实告诉我们生物学是非常复杂的。产生各种生命形式，包括突变形式的化学过程不仅取决于分子间的相互作用，还取决于器官系统以及整个身体内部的运作，再加上病毒和辐射等外部力量的影响，还有每天数十亿细胞活动过程中可能发生的突变概率，这让整个生命过程异常复杂，超出了任何个人的理解能力。这就是我们需要与他人交流的原因，尤其是那些将数学应用于癌症科学的人，他们处理着来自世界各地的数据。

在附属于哈佛大学以及丹娜－法伯癌症研究所的一个实验室中，计算生物学家弗兰齐斯卡·米切尔领导的小组正在研究癌症和癌症治疗方法，因为癌症通常会以一种与生物进化相类似的方式发展，他们想弄清楚它们是如何在应对治疗中不断进化的。米切尔研究的诸多癌症中包括我感兴趣的白血病，他们希望知道恶性肿瘤是如何进化，并最终对治疗产生抗药性的。她同时还在研究化疗和放疗的时间表和剂量表，为了找到不引发抗药性的最大化疗和放疗剂量。

从奥地利来到美国的米切尔之所以对该领域感兴趣，是因为她读了彼得·诺威尔（他和另一位科学家共同发现了费城染色体）的一篇论文。诺威尔在其所描述的那种"思维实验"中推测，癌症在体内获得立足点之前必须先发生多种突变。米切尔指出："随着时间的推移，越来越多的突变的细胞积累起来，最终肿瘤就出现了。"诺威尔的论文还预言了史蒂芬·罗森伯格设计的用患者自身免疫细胞来制定个性化癌症治疗的方法。

论文发表之后的一系列研究工作将诺威尔的假设变成了一个

屡次得到验证的理论。科学证实，在细胞分化成许多不同的类型的细胞来执行许多不同的功能的过程中，一旦出错的概率增加，多细胞动物为了获得某些环境生态位会做出与之相应的选择，比如长颈鹿长长的脖子。通常来说，进化会产生更好的特征，例如众所周知，大象拥有的40条P53基因可以免受癌症侵害，而人类通常只有2条，因此大象几乎从未长过恶性肿瘤。

另一个有关癌症和进化的幸运故事涉及一种被称为"袋獾"的尖齿有袋动物。某种通过撕咬而传播的癌症曾在这种动物族群里灾难性地流行，它们因此濒临灭绝。袋獾的自然寿命很短——平均5年，因此研究该动物锐减原因的科学家得以追踪到几代袋獾身体中基因组的快速进化，抗癌性不断提高。某些抗病的基因会保留下来存在于某些个体中，在第六代袋獾之后，这种基因变得越来越普遍，最终死亡率曾超过70%而导致数量锐减的袋獾，其总数似乎又有了回升的趋势，截至2017年年初，那些可怜的小袋獾们看起来应该能够克服这种癌细胞了。

从整体上看，人类的免疫系统可以看作是对包括癌症在内的所有疾病的重要基因反应。这种反应主要取决于干细胞，它们会在人体某个安全的角落工作，例如，我们的血液干细胞会从胎儿时的肝脏迁移到骨骼内部的"骨髓龛"里。这种骨髓龛主要存在于盆骨、头骨、肋骨、肩胛骨等扁平类骨头部位的空心区域里，这些部位的骨髓富含血管和毛细血管。随着生物进化，除了鱼类以外，从鸟类到灵长类动物，所有这些具有血液和骨骼的动物都依赖于免疫系统。

骨骼由结晶的钙、矿物质以及纤维状胶原蛋白构成，它们是一座堡垒，比肝脏更能保护骨髓龛，让它们免受辐射和其他攻击造成的基因骚扰。

从血腥到荣耀

从事医学研究，你有时候需要一根安全带，某些看似遥远却又密切相关领域里蜂拥而至的新信息会形成强烈的涡流，但最大的震动和颠簸来自不断推进的前沿研究与我们的无知黑洞所引发的碰撞，当我们透过当代的新视角去审视上个时代最伟大的发现，这种碰撞就会出现。

比如，人的免疫系统有时会偏离其正常的功能转而开始攻击自身的细胞，这种被称为自身免疫反应的现象可以引起 I 型糖尿病、多发性硬化症以及包括血液疾病在内的许多疾病。最常见的被攻击对象包括凝血所需的造血干细胞、红细胞或血小板，其结果往往可能危及生命，因此，多年来我们一直在寻找这种疾病的治疗方法。一个世纪前，人们发现注射动物血清可以有效提高血细胞计数。我给哈佛大学的新生们上过一门叫作"血液：从血腥到荣耀"的课，讲的正好是我们如何不断地重新认识那些我们认为已经了解的事物。从有记载开始，血液就被认为是生命的本质，但直到现在我们依然还在不断探索血液的知识，有时我们能有效地利用旧原理，但我们有时候也会抓耳挠腮、迷惑不解，发现所谓的"现代"医学居然会令人难以置信的简单。我领着研讨班里的 12 名新生去见一位因血细胞计数很低而正在接受治疗的年轻女士。她正在世界上最强大的医疗机构之一麻省总医院接受一种只能被称为原始的治疗方案：注射马血清。这种方法虽然有效，但显然我们可以做得更好（事实上，在这 3 年左右的时间里，新的疗法已经出现）。对学生们来说，这清楚地说明，被前一个时代视作前瞻性的某些想法在下一个时代可能就是相当原始和神秘的，这也说明了如果要跟得上这些想法，我们就要不断地提高自己。

古希腊人认为疾病是由包括血液、胆汁和黏液在内的体液失衡而引起的，所以他们会切开患者的静脉放血来作为治疗。一千多年以来，放血一直作为一种医疗手段而存在。英格兰国王查理二世的癫痫发作后被医生用放血疗法放掉了四分之一的血液，他的治疗还包括灌肠、催吐和服用奎宁，最后他当然是死了。乔治·华盛顿也有过类似经历，当时他的喉咙严重感染，他命令仆人在医生到来之前切开他的一条静脉来进行放血治疗。人们对这种疗法的信心经久不衰，一直持续到 19 世纪后半叶，那时，路易斯·巴斯德等现代医学先驱开始质疑它的效果。

除了体液之外，医生们难以对机体进行其他干预，因此只好转向了放血，在当时的伪科学时代这似乎是一种合理的治疗方法。古希腊人建立了一套逻辑体系，认为自然界的万事万物都由土、气、火和水组成，这套四元素理论被应用于自然界的季节和所有生命，并赋予人类生命的四种体液：血液、黑胆汁、黄胆汁和黏液。他们认为每种体液对人类的人格和健康都具有重要的意义，尤其是希波克拉底。希波克拉底是医学理性的伟大拥护者，时至今日医生在获得医学学位时仍要背诵他的《希波克拉底誓言》。体液理论认为疾病是由体液失衡导致的，相应的治疗就是清除废物或放血。这种看似合理但实际很不科学的理论，其残余的影响至今仍然存在于"清洁灌肠"的说法中。直到 20 世纪，水蛭放血或其他一些简单的放血方法依然被普遍使用，一方面是因为受到这种体液失衡理论的影响，另一方面是因为面对痛苦的患者，医生总是需要采取一些引人注目的措施。

　　毋庸置疑，血液是生命的核心。古代的医学实践有意利用了这种来自直觉的知识，并以此暗示血与更崇高的力量存在某种关联。几乎所有的神话和宗教都与血有关，尤其是宗教仪式。血祭是古代中美洲的一个重要习俗，是一种供养神灵的方式，这样神就会继续赐予人们丰盛的收成：因为血是一种恢复体力的燃料。在古代中东的传统中，血经常被用于祭祀。英文里，祭祀这个词的来源是"使神圣的"，它将我们与神圣之物联系起来。在南亚传统中，血代表着神强大的力量，比如可怕的印度教迦梨女神的力量就与血有关。古希腊神话则在阿斯克勒庇俄斯的故事中综合了血的双重力量——给予生命和剥夺生命。阿斯克勒庇俄斯是阿波罗与凡人女性之子，半人马喀戎教给了他治愈伤口的医术，据说雅典娜还给了他两瓶血：一瓶来自美杜莎头部的右侧，能带来永生；另一瓶来自美杜莎头部的左侧，能立即结束生命，血是生和死的基础。然而，宙斯一想到阿斯克勒庇俄斯可以用血来改变万物的秩序就非常生气，于是用雷电将他劈死了，这样来看，无论治疗者手中看似握有多大的力量，但最终胜出的永远是神所定下的命运。

阿斯克勒庇俄斯神话中所体现的血的双重性在他拿着的手杖中得到了暗示。手杖被一条蛇缠绕着，蛇是一种可怕的生物，但也具有极强的再生能力，它蜕皮，然后重生。在一个更现代的故事——《吸血鬼伯爵德古拉》中，血再一次与死亡和复活联系在一起。德古拉的故事在 1897 年被爱尔兰人布莱姆·斯托克首次写成小说出版。这个故事实际上借鉴了东欧古老的吸血鬼传说。不过，虽然斯托克所描绘的这种只在夜间活动、脸色苍白的怪物可能会被人认为是优雅迷人、具有神奇的吸引力的，但事实上激发他灵感的那些传统的吸血鬼却是面色发红的丑陋僵尸，它们非常活跃，夜以继日地追逐着猎物。

研究神话的专家表示，我们所创造的每一个怪物都反映了人类自身本能的某种恐惧——最常见的是对死亡的恐惧，但在编造故事中的这些生物时，我们似乎掌握了现实生活中的某些奥秘。我们可以从德古拉等一些吸血生物的故事中看出血液在人类的意识甚至潜意识中代表着身体和心理上的健康，当德古拉吸食无辜者的血液时，他将受害者转化成邪恶生物，因此故事所传递的另一种可怕的观念是：血液可以造成传染。当然，故事的核心在于血液能使德古拉永葆青春，不仅给予他生命，还让他更年轻，更有活力。这个主题不仅贯穿于所有吸血鬼传说之中，而且在一些真实的历史事件中也得到了惊悚的展现。16 世纪匈牙利的伊丽莎白·巴托里伯爵夫人杀死了数百名年轻女子，用她们的鲜血沐浴，以保持年轻的容貌。尽管这种古怪的想法是非常疯狂的，但血液蕴藏青春之力的观点确实有其科学依据。

那么，输血是否可以抹去那些随着年龄增长而发生的变化呢？最近的动物研究做了这样一个试验。通过一个相连的皮瓣，实验室的小鼠们可以一直交换着血液，把一只年轻的小鼠和一只较老的小鼠连在一起，可以让老小鼠愈合得更好。老小鼠的血液能恢复活力，但究竟是血液中的什么物质拥有这种能力呢？这很难界定。单凭血液中的某一种化学物质似乎还不够，不过有了动物实验的便利，人们目前正在动物身上测试这些可能起效的分子。有朝一日我们会证明，吸血鬼传说中最恐怖的要素——血液——会给我们带来越老越健康的希望。

不久前，哈佛大学遗传学家斯蒂芬·埃利奇带领的研究小组宣布，他们已经研究出一种可靠的测试方法，可以在一滴血中找出一个人曾经感染过的每一种病毒。这项新技术已经在世界各地的患者身上试用过，它可以检测出一千多种病毒变体，这些变体来自我们已知的能感染人类的约 200 种病毒。试验显示一个人感染的病毒一般不会超过十几种，且其中大多数病毒与胃肠道疾病或普通感冒有关。然而，如果出现其他病原体的迹象，比如 EB 病毒、人乳头瘤病毒或肝炎病原体的迹象，就要提醒患者意识到以后患病或患癌的危险。

骨髓是血液系统的源头，在我看来，骨髓就是一个制造厂，各种元素在那里被加工成不同的细胞产品。这家制造厂的生产力相当惊人，它的生产力首先来源于我们每个人都拥有一到两万个造血干细胞，它们每天会生产大约两千亿个新的红细胞。"等等，还有更多！"正如有个电视广告词说的那样，除了这些红细胞，这个制造厂还要生产出四千亿个血小板和约百亿个被称为白细胞的免疫系统细胞，造血干细胞每天的总产量超过了银河系中的恒星。

让我们感到震惊的并不仅仅只是骨髓活动的产量，还有它对生命的重要性，而且所有这些都只需要一部分的骨骼就可以完成。亚里士多德曾认为这个部分是一个废物贮存库，希波克拉底则认为它为整个骨骼提供营养。距此 1800 年后，恩斯特·诺依曼挤压兔子和人类的骨头，从而发现了被称为"骨液"的红细胞。诺依曼在 1868 年公布了他的发现，同年，他的同事朱利奥·比佐泽罗提出了骨髓产生白细胞的理论。比佐泽罗的理论是正确的，他还正确地推断了骨髓也是血细胞遭到破坏的地方，这也在 2017 年得到了证实。

一直以来，医学的思维方式总是瞬息万变，比佐泽罗居然两次言中，命中率显然相当惊人。一般来说，大多数重大发现总会在后期得到修正或者扩展，但很多时候前辈先驱者会在新时代变成了保守的反对派。欧洲人发现骨髓造血能力后的一个世纪，阿图尔·帕彭海姆提出有造血干细胞存在的 50 年后，加拿大人欧内斯特·麦卡洛克和詹姆斯·蒂尔发表了关于造血干细胞的实验证据，并进一步提出，干细胞是血液和免疫系统的唯一创造者。1978 年，英国科学家雷蒙德·斯科菲尔德提出，事情远非干细胞生产后代这么简单，但麦卡洛克对此持怀疑态度，并转为了对立的立场。

作为该领域的前辈，麦卡洛克在争论中利用了他的影响力使得斯科菲尔德对产生的争议根本招架不住。斯科菲尔德认为，干细胞受到不同输入端的影响，这些输入端被他称为"骨髓龛"，骨髓龛在很大程度上决定了骨髓制造厂将生产什么东西。强大的化学交流是在骨髓龛发生的，这是斯科菲尔德提出的一个宏大概念。但骄傲且多少有点尖刻的麦卡洛克认为斯科菲尔德的工作并不是对自己成果的推进，而是冒犯。最终，斯科菲尔德厌倦了这场争论，60 岁时便从科学界退休，他在威尔士的一个僻静之处买了一个农场，快乐地养着牛和羊。然而，随着时间的推移，他关于骨髓工作方式的想法得到了广泛的支持，他的科学成果启发了包括我在内的一代科学家。

2008 年，斯科菲尔德从科学界退休的几十年后，我开始进行研究，并开始撰写一篇纪念美国血液学会成立五十周年论文。我被要求写这篇文章是因为我的实验已经证明斯科菲尔德的想法是对的：我们这些哺乳动物的体内确实存在干细胞微环境——骨髓龛。斯科菲尔德被忽视了，他值得被载入史册，如果可能的话，应该颁给他一个奖项来表彰他的成就。不巧的是，我试图联系他却没有成功。后来，我在 2014 年收到了他的电子邮件，告诉我他还在世，身体很好，尽管他已远离科学界，但一直都在跟进血液学的发展。我顺理成章地与他约好在一次前往英国的旅程中去拜访他，并确定在加的夫会面。临走前，我买了一个银色的里维尔风格的小碗，并在上面刻了字。

斯科菲尔德提议的会面地点是一个叫作威尔士亲王的宽敞酒吧，它位于一家炸鱼薯条店和一家名为珊瑚的博彩店中间。酒吧离中央车站很近，斯科菲尔德便是从阿贝拉尼乘公共汽车抵达中央车站的。阿贝拉尼位于爱尔兰海以北 100 英里处，是一个一千四百人的小镇，其中大部分人都说威尔士语。当时斯科菲尔德已经 88 岁了，是个精神矍铄、精力充沛且健谈的人。我们坐下后，他跟我谈起这个酒吧的来历，这里以前是一个剧院，劳伦斯·奥利弗、理查德·伯顿、雷克斯·哈里森都曾在这里的舞台上表演过，后来它又成了一个专门上映 X 级电影的电影院。我们待在一起的时候，他总是开怀大笑。

斯科菲尔德的幽默显示出一种创造性的玩世不恭的精神，正是这种精神造就了一流的科学研究。

他还回忆起了一件往事，这件事无疑告诉我们直线有时候并不是通往成功的最佳道路。斯科菲尔德说，他 16 岁辍学后在一个病理实验室找到了一份技术员的工作，在实验室，他对周围的一切都感到兴奋，所以他通过自学最后获得了博士学位。他的大部分职业生涯都是在英国曼彻斯特附近的帕特森癌症研究所里度过的，该研究所成立的目的是研究辐射对健康的影响，以及如何保护或治疗因泄漏事故或核战争而受到核辐射的人。斯科菲尔德研究出了许多极有创造性的方法，包括用甲虫清理死去动物的骨头，以及在覆盖肾脏的膜下种植干细胞（在动物身上），在那里它们可以得到血液供应来获取营养并生长。在另一个实验中，他先用辐射杀死了一只幼鼠的骨髓干细胞，然后从一只较老的小鼠身上采集干细胞并将之填充到那只幼鼠的骨髓。当新填充的干细胞开始正常发挥功能，他会等待受体老鼠变老，然后再重复这个过程。当这些干细胞在一代代老鼠之间转移时，它们仍然一直保持着生产力，这显示了这些特殊细胞的力量。

虽然斯科菲尔德的一些技术还不够成熟，但他对血液和免疫系统的形成和功能有着非常深入的了解。他反对简化论思想——全世界几乎所有的科学和医学专业学生都被鼓励接受一种被称为"奥卡姆剃刀定律"的常识哲学。奥卡姆是 14 世纪的思想家，他喜欢极端的推理方式，即剔除多余的因素，从而得出最简单的答案。这种思想是基于亚里士多德的观点，即主张用变量最少的理论来回答科学问题，摒弃那些复杂的过程，甚至是神的干预。

一般情况下，剃刀定律是有用的。比如要回答"这些云是怎么来到这里的？"这个问题，答案"风"当然有效得多，而不是去援引神灵或者鲸鱼喷水柱之类的知识。然而，许多问题，特别是有关生物学的问题正好相反，它们不仅挑战了这种简化论的方法，而且问题越复杂才越好。自然界中最普通的蝴蝶都可以向你展示生物学的伟大，哪怕是人类用手与智慧造出的最复杂的机器人都无法与之比拟。机器人虽可以在特定的环境中执行任务，但终究需要人为的干预来补充动力来保持运行，而蝴蝶本为毛虫，毛虫破茧成蝶，却可以应对环境中的无数种变化，自己觅食，甚至在没有任何帮助的情况下繁殖。再想想微小如蟑螂，还有复杂如人类这样的生物，很明显，奥卡姆的剃刀并不总是那么锋利。

想绕过简化论，一种可靠的方法是学会不断从新的角度去看待问题，并且乐于让一个问题的答案引领你找到更多的问题。斯科菲尔德有这种热情，尽管退休多年，但这种热情似乎并没有消退多少。他仍热爱阅读科学期刊和大众报刊，并为实验积累了大量理论和想法。当他向我讲述他的科学生涯时，我觉得他的精神和他的智慧一样，是他成就的源泉。在去莫斯科的一次旅行中，尽管当时的冷战形势十分严峻，他依然与一些研究和探索科研新方法的苏联科学家建立了联系。讽刺的是，起初正是因为苏联原子能的威胁使斯科菲尔德所在实验室能够得以建成，如今却是为这一政权工作的人给了雷蒙德启发。人生总有如此讽刺之事。

科学，就像所有人类的其他事业一样，归根结底还得依靠人际关系，因为它可以增强个体的创造力。事实上，你能取得多大进步，按说应该取决于你对可证明事实的奉献和投入，但斯科菲尔德的例子却说明了友情的支持和不公正的批评与孤立在科研过程中所起到的作用，这听起来多少有些令人伤感。在我看来，斯科菲尔德没有得到应有的承认。吃完午饭后，我从包里找出带来的碗并把它递给了斯科菲尔德。虽然这份礼物不是来自某个专业机构或某个奖项委员会的评价和肯定，但它认可了他真正的贡献。斯科菲尔德读着上面刻的字，眼里涌出了泪水，碗上面刻着："献给为干细胞找到家的人。"几分钟后，我们一起走到了汽车站。他上了车，回到他所居住的小镇。

在加的夫的那次会面后，斯科菲尔德和我一直通过电子邮件保持着联系，他就干细胞科学和社会发展的方向提出了许多见多识广的看法。在一封邮件中，他曾兴致勃勃地描述了他怎样不断努力去理解单细胞生物是如何通过自然选择进化成"简单的动植物，甚至人类"，就像一个充满理想主义的大学生一样。在另一封邮件中，他也曾抱怨主流媒体向公众灌输的"科学"信息（引号是他加的），那些有关干细胞"治疗专家"的信息误导了人们，让人们以为只要把干细胞输入人体就能治好任何疾病或创伤。正如斯科菲尔德所指出的，整个世界都充斥着关于干细胞疗法的各种报道，据说这种疗法可以治疗任何疾病，从自闭症到皮肤松弛等。美国各地已经开设了数百家干细胞诊所，其中许多诊所得益于一个奇怪的法律规定：允许患者出于任何目的将自己的细胞从身体中取出，进行处理，然后输回身体（新泽西州就有一家矫形外科诊所向那些被广告吸引而来的人提供这种服务，折扣价为每次2000美元）。与之类似法规中的空白让推销和销售干细胞化妆品和乳霜的行为被默认合法，尽管没有任何证据表明这种特殊成分是有效的。

血液科学，包括造血干细胞的研究仍在不断发展。这些多种多样的细胞是如何保护我们远离包括癌症在内的各种疾病，而它们的这种能力又是如何随着时间的推移而下降的，我对这方面所取得的研究特别感兴趣。理解这个问题的最好方法是在游戏开始前想象出一个棋盘，每个棋手都有全套的棋子。这就是免疫系统能力最强的时候，我们步入成年后这个能力一直存在。其中一些细胞非常强大，就像皇后一样，可以应对许多威胁，其他细胞则是基本上能完成单个任务的兵卒。

当身体遇到各种各样的事件，如常见的太阳辐射、化学物质或炎症时，某些干细胞就会裂解并停止生产，就像一个棋手逐渐失去棋子一样，人体的干细胞的种类变少，但这些剩下来的干细胞还是可以对初期的癌症或感染做出反应。这个过程并不仅仅取决于时间的流逝，而是像棋局的结束阶段一样，这也许能解释为什么老年人更容易患上各种不同的疾病，如肺炎和各种癌症。有趣的是，体内干细胞的总数虽然能保持相对稳定，但能维持健康所需的干细胞种类减少了。如果把这个系统理解为一种细胞群落，这个群落在生命的某些时刻越具有多样性且越强大，那么这将越有利于我们找到增强这个系统的疗法，从而让它在生命更长的一段时间里抗击更多的疾病。

我们一方面要了解能感知并抵抗疾病的干细胞，另一方面要修改能保护我们的干细胞。两者都是现在非常活跃的早期研究。更接近于实际应用的是用干细胞重建受损组织，事实上干细胞研究正朝着重建整个器官的方向在发展。你可以在显微镜下观察到干细胞在实验室里被培养分化为人类心肌细胞，而且像那么回事地不断跳动着。看到这些，你难免不产生利用干细胞重建器官的冲动。心肌细胞培养的实验主要使用诱导性多能干细胞（iPSCs），这种细胞是山中伸弥在皮肤细胞的基础上培育出来的，它们可以被用来促使被分化的心肌细胞开始跳动。人们可以把它们从培养皿中取下来并填充心脏"支架"，心脏支架来自动物心脏，其心脏细胞事先已经被洗涤剂溶解了，剩下的是一张精细的蛋白质网，这张网拥有精确的心脏结构及其血管轮廓。当填充细胞被系统组织起来并呈现出成熟心脏的特征时，这个三维模型就会传递出重要的信息。

心脏病的普遍性和我们目前治疗方法的局限性激发了科研工作者的热情，积极参与重建人类心肌的干细胞研究。心衰是一种人人皆知的心脏病症状，它可以通过改变生活方式、药物、植入式装置、手术和器官移植来进行一定程度的治疗。随时都有超过4000名美国人在等待心脏移植，但在大多数情况下，由于人死亡后只有少量的心脏是健康且可用于移植的，每年成功进行移植的患者不足2500例。总体来说，每天大约有9个人由于等不到器官移植而死亡，所以实验室如果能够从人体上取得皮肤细胞，并将其转化为诱导性多能干细胞，然后产生可用的器官细胞，那么就可以用于治疗多种疾病。

研究器官衰竭的科学家们的终极梦想是制造出具有特定基因的完整心脏、肾脏、肺和其他器官，让患者再也不用在移植名单上苦苦等待。2016年，胸外科医生哈拉德·奥特公布了一个研究项目，该项目把已经不适于移植的人类心脏用于制造支架。他的研究小组首先用左心室造出了部分支架，然后在支架中植入了 5 亿个重新编程的人类皮肤细胞，他们把这些支架放在腔室里，在那里细胞可以吸收到营养物质不断生长。这些腔室，也被称为自动生物反应器，能够通过间歇性的施压来模拟真实心脏的功能，从而刺激支架和细胞。14 天后，他们用电流刺激细胞，细胞便开始像成熟组织一样跳动。可以想见，当看到悬浮在生物反应器中的心脏——他们自己创造出的心脏器官——开始收缩时，他们有多么兴奋。

照片里，这颗不完整的心脏悬浮在透明的塑料生物反应器中，被明亮的灯光照着，看起来就像一颗小小的人类心脏。制造一个与真心脏一样大小的、功能健全的心脏并测试其是否具有持久的功效，这还将花费数年的时间，还要克服一些基因和生物学的问题。然而，奥特所做实验的成功难免不让人们想象他能实现从实验室到临床应用的飞跃。奥特的实验室与哈佛干细胞所、麻省总医院的再生医学中心都有合作，目前同样还在努力制造肺、肾和气管等器官。在生产可移植器官的干细胞道路上，我们无疑已经跨过了最关键的中间点，奥特等人造出的这些器官的三维模型——也被称作类器官——能够模仿器官的许多功能，比如舌头和胸腺。荷兰的科学家利用从囊性纤维症患者身上培育出的类器官来测试他们的身体对某些药物的反应。这一过程省去了尝试用药治疗时等待并观察其是否有效的时间、费用，免去了患者的不适。

其他干细胞项目不需要在支架上构建类器官或器官。2014 年，哈佛干细胞所的联合创始人、我的密友道格拉斯·梅尔顿宣布，他用干细胞制造出了一种名为β细胞的胰腺细胞，这种细胞可以产生胰岛素。他将这些功能细胞移植到患糖尿病的小鼠体内，小鼠的糖尿病因此痊愈。道格和他的小组能生产出数以百万计的这种细胞，如果这种细胞真的被用作治疗手段，这么大的产量是完全需要的。

在自然条件下，β细胞功能极其完善，它们维持胰岛素水平的能力远远超过血糖监测和胰岛素注射。然而，通过早期的动物实验，人们发现植入的细胞会停止发挥作用，因为免疫系统将植入的细胞识别为有害的入侵者而最终杀死了它们。这是一种错误的免疫反应，会降低正常的胰岛素分泌水平，这也是经常发生在儿童和年轻人身上的I型糖尿病的病因。

针对这种免疫反应错误，一个创造性的应对方法是将新细胞封装在一种物质中，这种物质可以保护它们免受免疫系统的攻击，既能让关键的细胞营养物质得以进入β细胞，也能将β细胞产生的胰岛素释放出来。道格的团队与麻省理工学院罗伯特·兰格领导的生物工程小组合作，对近800种物质进行了测试，他们发现了一种可以像隐形斗篷一样令细胞隐形的物质，这意味着免疫系统不会攻击这些细胞。β细胞被装入用这种明胶做成的小球中，并在动物身上试验了效果。这种方法的有效期是6个月，不过道格认为这个系统应该可以被调整至持续一年或更长时间。如果细胞生产和包装的问题得到解决，我们可以想象，有朝一日糖尿病患者的治疗方式将是输入细胞，而不是目前数百万名患者正在接受的连续不断的血糖检测和胰岛素注射。

道格以及其他的一些实验室目前也在研究 II 型糖尿病，这种糖尿病与肥胖有关，其标志是人体利用胰岛素的能力下降。由于诱导性多能干细胞能被诱导分化为人类棕色脂肪细胞，所以这一科学领域也取得了巨大的进展。棕色脂肪与普通的白色脂肪细胞不同，它燃烧能量，而不是储存能量，它能让人们变得更瘦，新陈代谢更平衡。

诱导性多能干细胞的另一个优点是，它能提供存在疾病的人类细胞模型，无须依赖小鼠或癌症细胞株，这些癌症细胞株往往已经在培养皿中繁殖多年，就像海里埃塔·拉克丝（海拉）的永生不死的癌细胞① 那样。很多时候，一种能帮助小鼠的治疗方法对人类却毫无益处。这种失望有时可以通过在患者的细胞基础上培育出诱导性多能干细胞来避免，这些诱导性多能干细胞可以被诱导分化成能治疗疾病的细胞。比如，神经系统疾病是极其复杂的，但其中一些疾病会有特定的细胞，这些细胞好像就是疾病过程的核心。帕金森病和肌萎缩侧索硬化症（ALS）是这种疾病的两个代表，也是许多干细胞实验室关注的焦点。用诱导性多能干细胞培养出来的细胞来替换受损细胞至少是一个需要进行测试的美好愿景，而且纽约就有越来越多的实验室正在这么做。其他使用这些干细胞的方法还包括，把它们的行为与正常人的细胞做对比，实验并确认可以改进它们行

① 这位名叫拉克丝的女性 1951 年死于宫颈癌，她的宫颈癌细胞株与其他癌细胞相比增殖异常迅速，不会衰老致死，并可以无限分裂下去，至今还被不间断地培养。

为的药物，这听起来像是在钓鱼，但至少它是在用正确的钩子（人体细胞）和诱饵（功能异常）来钓取药物。

利用诱导性多能干细胞来制造模拟脑细胞或者是治疗疾病所需的脑细胞前途无量，研究大脑干细胞的发展也同样如此。20世纪80年代末之前，没人想到人类居然拥有脑的干细胞，那时的科学家认为，神经网络在生命早期就开始发育，而且神经网络一旦建立起来就不会再产生新的脑细胞。1989年，神经系统科学家莎莉·坦普尔报告他们在老鼠大脑中发现了干细胞，接下来，在人类大脑中也发现了类似细胞。在这些早期的研究中，人们对大脑和神经系统产生了新的认识，认为它们是动态的，而且可能具有自我修复能力。

几十年以来，医生们注意到那些因受伤而导致部分瘫痪的患者可能会随着炎症的退去而恢复一些功能，但很少会完全恢复。这一观察结果与长期以来的观点一致，即神经元的数量和功能在青春期之后是一经形成，不再改变。然而，19世纪著名心理学家威廉·詹姆斯根据对人类行为的观察认定大脑不是一台机器，一旦建成就永远不会改变。相反，他的实验显示大脑能够适当调整以适应损伤或缺陷，这为被称为"神经可塑性"的神经生长和修复过程积累了证据。有关这一过程最引人注目的报告之一是由神经学家保罗·巴赫伊丽塔在1969年发表的。巴赫伊丽塔的工作灵感来自他曾中过风的父亲，他设计了一台带有扫描摄像机的机器，可以向连接在椅子上的微小振动装置发送信号，接受过机器训练的盲人受试者能够像看图片一样解读文字和阅读图片，实验表明成年人的大脑可以发展出一个新的网络。

从 20 世纪 90 年代开始，神经元的可塑性在大量研究中得到了证实。其中，最具说服力的研究使用成像技术记录了参加"拓展学习"的医学生们脑部的变化，实验反映出的脑部动态很可能就是神经元之间不断形成和重塑的连接。这些神经细胞拥有树突状的延伸物，可以跨过很远的距离与其他神经元的树突状连接形成一个"网络"。"网络"会发生变化，但并不代表细胞数量也会发生变化，虽然人类大脑中的确存在干细胞，但并不意味着它们会在成年人体内制造新的细胞，但有一点毋庸置疑：我们是可以重新制造新的神经元细胞的。这个发现得益于某次军事行动的应用信息。俄罗斯在对核武器进行地面测试时，产生的放射性碳元素像云层一样覆盖在整个北欧上空，因此瑞典的神经学家和干细胞生物学家乔纳斯·弗里森认为，在测试时出生的人，其体内的放射性碳水平将远高于在此之前或之后出生的人。考虑到碳是组成细胞的分子，这样一来，只要测量细胞中放射性碳的含量，就能确定这个细胞是在人出生时产生的还是在这之后产生的。如果细胞中放射性碳含量较低，那它们很可能是原细胞的后代。弗里森选择测量人脑细胞中的放射性碳。大多数神经元都具有相同数量的放射性碳，就像之前模型所预测的那样，但预测范围内的某些细胞却不是这样：它们的碳含量比原细胞要少，这表示脑部干细胞确实会制造新的脑细胞。现在的问题是如何使这些干细胞分化出更多新的脑细胞——尤其是当人们在脑部受伤需要大量新脑细胞时，可以促进新神经元形成的一大举措似乎就是锻炼。当然是否能找到有同样效果的药物亦是一个我们一直的追求。

制造更多特定类型的脑细胞是一个重要的目标,但让它们正常工作,让它们与其他神经元交互才是问题的关键。正是由于这种交互"网络"的存在,我们才能够进行名为"思考"的信息加工活动。而且,交互的持续性对于我们的记忆来说也很重要。然而,利用干细胞来提升神经元之间的交互是我们想都不敢想的事情,尽管阿尔茨海默病和其他形式的痴呆症带来的恐惧和焦虑远比其他问题要多得多。患有这些疾病的人会经历记忆力减退、认知能力下降、性格发生改变,还有各种身体症状,这些症状会给患者带来毁灭性的打击,他们好像慢慢地从自己的人生中被抹去了;同时,他们的家人和朋友也背负着类似的负担。每一位阿尔茨海默病患者大致需要3个人无偿地参与照料,这在身体上和情感上来说都是比较苛刻的要求,患者所需医疗服务的相关费用每年超过2300亿美元。由于医疗条件的改善,人们的寿命延长了,罹患此病的人数迅速增加。按照目前的确诊率,患有阿尔茨海默病的美国人将从现在的约500万增加到2050年的1400万人。干细胞研究刻不容缓,但是和帕金森病不同,这种主要由衰老引起的病并不会那么容易屈服于干细胞移植的治疗。

通常来说,由于衰老而导致的细胞功能丧失是不可逆的。但是有关年幼动物和年老动物血液循环的研究表明,年幼动物的血液中可能存在某些物质,可以改变这种不可逆转性。我和其他人所做的一些研究可以说明有些基因的确会导致某些被我们称为的衰老，但如果能够抑制这些基因，就可以提升这些基因所栖息的细胞和组织因年久而逐渐丧失的性能。为什么我们不可避免地会拥有对细胞功能造成减退的基因呢？这似乎跟进化背道而驰，但也正是其中的某些基因能够使我们免于癌症，也许这正是进化最聪明的选择。这也表明衰老导致的退化并不是一个固定的属性，这也允许我们将衰老和寿命当成两回事。衰老意味着功能的退化，但能够决定寿命长短的是整个人体系统何时坍塌。据估计，人类的寿命最长可能达到 125 岁，但只有极少数的人能活到 115 岁以上。除非出现意想不到的突破，否则科学和医学更关心的是如何让人类在衰老过程中保持健康，而非在生命的尽头再增加几年的寿命。的确，我们中的许多人都非常希望能够多活个十年八年的；但如果真能够推迟死亡的期限，一旦拥有更长的寿命，生命在我们眼里是否会变得不再珍贵呢？延长生命会对自然环境和人类社会造成什么影响呢？如果老年人不再为年轻人让位，我们最终会耗尽地球的承载力吗？

　　曾提出过"历史终结"的政治学家弗朗西斯·福山把目光投向长寿科学时发现了一个问题。福山指出，超长寿命非常耗费钱财，只有最富有或最有权势的人才能负担得起，独裁者还可以通过"购买寿命"来延长自己的统治期。考虑到这一后果，他称："延长平均寿命是一个非常典型的'人人都想拥有'的东西，但就集体利益而言，这并不是什么好事。"我觉得他说得没错。

再生医学是致力于最大限度地促进健康老龄化的前沿科学，它所面临挑战是将干细胞、生物工程、遗传学和其他学科的发现转化为治疗和干预方案。再生医学已经取得了重大进展，只是多数外行人还没有意识到。其中最大的进展甚至涉及生物学以外的技术，比如，机器人实验室已经在制造轻巧、静音、电池供电的外骨骼和关节，使截瘫患者可以行走。（还有一些更简单的设备可以恢复单个关节的运动。）比人工外骨骼更加神奇的是有些技术，能够使罹患完全闭锁综合征（CLIS）的瘫痪者重新与外界交流。

　　尽管完全闭锁综合征的发病原因不尽相同，但很不幸的是它最常见于晚期肌萎缩侧索硬化症的病例中。得了这种病的人不能沟通，甚至无法通过眨眼做出回应。几十年来，科学家一直试图通过脑电图机来帮助患者交流，该机器可以测量脑部活动。不过，这些脑电波实验研究还从未得到过超过有效概率的"是"或"否"的答复。2016 年，瑞士的科学家对 4 名完全闭锁综合征患者进行实验，这些患者被连接到传感器上，这些传感器可以检测与神经活动相一致的血流，只有诸如"您丈夫是否叫约阿希姆？"之类的问题的精确答案超过了有效的概率值。

　　完全闭锁综合征是种令人恐惧的疾病，它会限制患者的行动，带来无边的绝望。但是，在这个以瑞士为基地的科研项目里，其首席科学家告诉媒体，受试者的回答表明他们往往还是有着非常积极的思维状态。"我们观察到，只要在家中得到足够优质的护理，他们会觉得自己的生活状态还是可以接受的。"尼尔斯·比尔鲍默称，

"正因为如此，如果我们能够将脑电图技术广泛应用于临床，它将对完全闭锁综合征患者的日常生活产生巨大影响。"

比尔鲍默的研究只是所有企图建立"思维—机械"关联的研究中的一例，这个设想最大的动力来源于希望减轻脑部紊乱患者的痛苦，但它也有相当一部分空想的成分。某些高新科技圈的人士认为，现在的机器学习具有模仿人类思想的能力，总有一天它们会取代我们的工作，给我们的生活带来巨大的影响。最极端的是，还有人认为机器可以全面重建人类意识，这样我们就可以"下载"我们的大脑并存储起来。易趣公司（Ebay）的创始人之一彼得·蒂尔和甲骨文公司（Oracle）的拉里·埃里森就一直企图使用计算机来达到所谓的"永生"。

埃里森曾说过"死亡令我愤怒""死亡于我毫无意义"。他投入数亿美元来研究如何阻止生命走向终结，这个现已结束的项目不但让科学家们齐聚一堂共同研究如何克服衰老带来的影响，还为他们的想法提供资金支持。我有幸作为其中一员参与到这个项目中，不过我得承认，我尚未能实现自己有关延缓衰老的想法。将计算机技术与人类本身联系起来，将制造科技应用于生物学，该领域的科研工作者在这两方面给人们留下了深刻的印象。越来越多的新闻开始报道，即使正常的神经连接失效，计算机硬件可以帮助大脑直接下达指令来指挥人类的动作，通过大脑操控的义肢行为现在也已经十分贴近原生人类肢体，义手可以顺利拿起一张纸而不弄皱它，使用软件操控的义腿也可以迈出平稳的步伐。

细胞生物学方面的进展则更为惊人。运作良好的人造膀胱能够成功植入有先天性膀胱缺陷的患者体内；日本的眼科医生通过诱导性多能干细胞分化成能支持感觉神经元的组织，从而成功地修复了患者受损的视网膜；从试验对象人类身上采集的样本制成的软骨可以用于修复膝盖。另外也出现了一种新的组织和器官"打印"技术，这种技术能够将活的细胞组装成骨骼、肌肉，甚至是人造耳朵。当这种通过"打印"产生的肌肉组织被植入小鼠体内时，血管和神经会与其进行接驳，并使肌肉开始发挥正常机能。这种用于制造活体组织的机器类似 3D 打印机，这种 3D 打印机可以用金属、塑料或者其他材料打印出不同的物体。运行这种"打印机器"所需的软件非常复杂，但硬件要求却不高。比如，加利福尼亚州拉霍亚的斯克里普斯诊所一位非常有创意的科学家，就用一台旧的喷墨打印机自制了一台类似 3D 打印机的机器，并设法将其用于打印动物身体组织。

　　被打印出的器官只是身体"更新"的一种可能，另一种可能在动物界可略见一斑：斑马鱼失去尾巴后会长出一条新的，海星也能够长出新的腕足。人类也可以再生肝脏组织、血液和皮肤，但我们体内的干细胞分化水平还无法达到斑马鱼和海星日常的那种"断肢再生"的程度。我们为什么会缺少这种能力？一个可能的原因就是我们的身体更擅长"修复"，而非"替换"。如果我们受伤，身上就会留下疤痕。我在哈佛大学的几个同事，比如伦纳德·索恩，他们的实验室总是摆满了成排的养着斑马鱼的鱼缸，他们想研究为什么斑马鱼能重塑受损的心脏或肾脏，人类却不能。这些鱼以前是基因研究的好工具——基因是如何修复的，现在这些鱼又成为测试再生药物的理想对象。虽然索恩还没法发现怎么让人类再生失去的手指，但通过这种鱼他已经发现了一种能增强血液干细胞再生能力的药物，该药目前正在血液干细胞移植实验中进行测试。

再生医学的前景有时很容易让大众浮现出这种想法：不久的将来，人类的治疗会跟机器修理一样了——就像修汽车一样，未来的治疗很可能就是把身体里损坏的零件拆下，再换上新的。这个类比虽不甚全面，但也不是全无道理。长期以来，我们一直在运用移植技术来给身体替换更好的"零件"。之前的器官移植只能使用死者的器官，如果基因工程可以让我们摆脱这一限制，并允许为个人生产定制的器官，那么我们应该欢迎这项技术。这里我想进一步说明这个人类和机器的类比。很明显，随着时间的推移，我们体内会逐步积累基因异常的血液干细胞，心脏病和死亡的风险也由此增加；曾经被认为仅与某特定器官有关的许多疾病现在都牵涉到了血液。因此，我们可以想象一下，在未来，周期性补充血液干细胞可能会防止情况进一步恶化，优化我们的身体机能，减少"故障"的发生，我们可以把它看成机器"更换机油"。

以下的重大新闻来自一项名为"蓝图"的项目，它耗时5年，耗资3000万美元，吸引了欧洲42所高校的研究人员参与其中，他们试图找出骨髓细胞的基因突变是如何影响了其制造的血细胞。研究目标是"表观基因组"①，这个基因组的组成物质主要是控制基因开关的化学物质。表观基因组帮助细胞分化为不同的组织，然后帮助驱动细胞活动。表观基因组很大程度上是由先天遗传决定，但它也可能受到饮食或化学药品等环境因素的影响，甚至会因病毒感染或者心理压力而改变。这种改变一度被许多科学家视为不可能，但如今它证明了人类的生活经历与其身体状况直接存在着某些联系。"蓝图"项目追踪了17万人的生活记录，确定了数千种改变血细胞特征的表观遗传变异，然后将该数据与健康记录进行比较。

十多年来，加拿大的一项小型研究一直在测试多发性硬化症（MS）患者在接受骨髓干细胞移植治疗后免疫系统的恢复状况。受试的24名患者在接受移植时的症状已经非常严重了，在移植完成之后，大约有70%的受试者其症状得到了明显改善，40%的患者肌肉力量开始增强，视力得到了改善，或身体平衡性也变得更好了，有一些受试者连续好几年病情没有加重——这原本是一种会逐渐恶化的疾病。其中一名妇女恢复得十分理想，原本已经退休在养老院养老的她再度开启充实的新生活，甚至还去玩高山滑雪。她的脑部扫描显示，炎症已经消除，脑萎缩的速度减慢到了正常范围以内。

骨髓移植在当下仍然是一项高风险的手术，在此次加拿大的实验中就有一位患者死于术后并发症。因为风险过高，它并没有成为

---

① 表观基因现在是癌症研究的热门话题之一。人类肿瘤由DNA甲基化和组蛋白修改模式的破坏造成，而表观基因记录着生物体的DNA和组蛋白的一系列化学变化。

多发性硬化症患者的标准治疗方法，但此次试验中体现出来的治疗优势是毋庸置疑的，这个研究结果也揭示了新兴科学可以在哪些方面改变人们的生活。我所在的实验室曾尝试利用抗体的特异性来创造一种移植方法，以减少当前方法所产生的"附带伤害"。我们在患有镰状细胞贫血的动物身上进行了实验，并证实这种方法对动物几乎没有毒性，且非常有效。如果我们能在人类患者身上重现相同的实验结果，那么它将极大地改变患者的治疗前景。我们还研究出了一种将干细胞从骨髓迅速转移到血液中的方法，只需在血站里直接从血液中采集干细胞。这种方法可以令干细胞捐献变得更容易，对捐献者来说也更加安全，得到的干细胞似乎也比预期的要好，这些非常高效的干细胞对于基因治疗和基因编辑技术来说非常理想。不过，实验室不可能扩大规模将它们作为药物来测试和研发——毕竟我们只负责发现。为此，我们不得不与雄心勃勃、富于冒险精神的投资者合作创建了"洋红制药"（Magenta Therapeutics）公司，这样就可以迅速地将这些技术应用于临床测试。这件事是曾在我们实验室工作的博士后杰森·加德纳的领导下完成的，我由衷地替他高兴，我和杰森在二十多年前是同事，我一直很钦佩他的热忱和奉献，为了患者积极进取的精神。最重要的是，他相信自己的道德本能，他创立的企业文化反映了大家共同的观念：关心患者，与治疗的医生合作，为治疗基础的先进科学建立一个平台。我们共同合作，携手并进，希望洋红制药能够改进干细胞移植，令它更安全，患者耐受性更好；希望"换油"的概念有朝一日不再是天方夜谭，希望针对血液疾病的基因疗法以后能够惠及普罗大众。

让研究成果得到实际应用是绝大多数跟我合作过的科学家们共同的梦想。我近期的研究也正朝着这个方向努力，这是个周期很长的项目，我们决定测试我们对正常干细胞生物学的理解是否可以提供有关癌症的新颖见解。实验室新来的一位青年天才戴维·赛克斯想到了方法，他是研究小组中的医生兼科学家，他认为白血病细胞很可能无法关掉本该关掉的基因，这样干细胞就不能按步骤走向成熟分化出功能正常的血细胞。他发现了一个这样的基因，并建立了一个可以测试成千上万种化学药品的系统去寻找到底是哪种化学物质能够克服癌症所导致的分化障碍。他找到了几个符合条件的，但随即发现它们中的大多数标靶的都是同一种酶（酶是一种修饰其邻近成分的蛋白质，因此通常负责打开或关闭细胞中的一些开关），这是起初没有预料到的。某家制药公司曾开发过以这种酶为标靶的药物来治疗其他疾病，药物很安全，但临床效果没有实验那么理想，因此这种药物最终没有上市。我们想让那家公司重新生产这种药，以便尽快供给白血病患者，观察他们的病情是否能够得到改善。我们的理由很充足，一种罕见的骨髓性白血病（AML）亚型使用该药物后克服了干细胞分化障碍，显示了显著的疗效。这种类型的白血病（急性早幼粒细胞性白血病）是白血病中最为恶性的一种，对标准抗癌药物——主要是细胞毒素——没有反应，这让我想起了自己在受训期间照护过的那些惨死于病魔手下的患者。当能够诱导分化的药物被发现时（其中一种是痤疮药物），局面被彻底扭转，如今 98％的患者无须接受标准抗癌的化疗药物便可治愈。我们想让其他类白血病患者也可以得到这样的治疗，也希望能找到一种行之有效的药物：像治疗痤疮那样安全，像治疗白血病那么有效。

研究之路漫漫，对资源的需求也是巨大的，因此需要合作伙伴，我们最终选择与博德研究所、拜耳制药合作，并坚信最大的目标是找出可以帮助白血病患者的药物。但我们很快意识到这个目标对各方来说意义各不相同。重新生产已有药物是让药物到达患者手中的最快办法，但这样所获得的利润就会很低，因为专利已经过期。我和戴维都有信心可以拿到该药的生产权，我们也尽了最大努力去说服我们的合作伙伴，希望他们能和我们一起找到一种能让所有人受益的创新商业模式。如果手头上已经有效果稳定、耐受性良好的药物，又何必浪费时间去等待未经临床测试的新药出现呢？患者很可能会在这期间死掉。在过去的 18 个月里，我们反复陈述目前的情况，但迎接我们的只有沉默，更糟糕的是对方公司里我们的学术界同仁的态度也是如此。我们只好分道扬镳。只要"金钱至上"当道，"患者至上"就不再是人们的追求。幸运的是，我们找到了优秀的赞助者和满怀热忱的 CEO。在我写这本书时，制药公司正在生产这种药物并确定了临床试验的时间。同样，我们的论文也激发了其他 4 家公司开始行动，希望至少有一家能够找到合适的药物来改善白血病患者的病情，这是我们的梦想。只要能实现这个梦想，一切阻碍都会消失，我们希望这个梦能以同样的方式为其他癌症治疗铺平一条道路：与其将那些阻碍干细胞分化生长的恶性细胞赶尽杀绝，不如寻找药物去解除阻碍，这样它们就能作为"好邻居"安分地居住在我们的体内，正常地生长成熟，不再入侵和破坏人体细胞。

2017年伊始，细胞生物学的发展引人注目，它大大地提高了治疗恶性肿瘤和疾病的方法，这些疾病一直以来让科学和药物鞭长莫及、束手无策。这些改变都实实在在地发生在我们身边，在我研究的领域仅2015年就推出了25种新药，今年也有20种。我终于摘下了听诊器，脱离了医生的身份，我似乎需要一直追赶新药研发的速度，才能跟上研究的潮流。我教的医学生和住院医生都需要了解大量有关这些新兴疗法的信息，而在我做值班医生的那个时代，只需要花上几个小时去研究一下医学杂志上的文章，就可以确保有能力应对可能出现的紧急情况。在麻省总医院我拥有许多出色的医生作为后盾，其中一位叫大卫·库特，是麻省总医院血液学的带头人，他可以随时随地与我讨论一些棘手的病例（如果我是患者，知道医生会对病例进行讨论，这会让我觉得很放心）。然而我觉得自己有点像一名江郎才尽的棒球运动员，开始担心自己不能继续为球队担负起自己应有的责任。我给库特打了个电话，说："我想跟你谈谈离开临床的事情。"他回答道："终于下决心了？"在我下决心之前，或者说至少在我能接受"自己可能不能继续担任临床医师"这一事实之前，他就已经洞察了一切。

这个决定对我来说并不容易。我职业生涯中最大的回报就来源于照护患者。每一天，他们能使我想起生活中真正重要的事情；但是我亦不希望因为我的自私而将患者置于危险之地。我放弃了临床医生的工作，但在心底里，我从未放弃自己医生的身份。我现在是一名实验室主任、系部主任、研究所负责人和教授，我得负责管理很多个不同的团队，我可以将自己的临床技能毫无保留地奉献出来。

如果要我为年轻的科学家提点建设性的意见或者建议，我会说，对患者无微不至的关怀、自信和乐观的态度是至关重要的。对我们的金融合作伙伴来说也是如此，因为是他们的资助让科学变得可能。政府和大型制药公司提供了大量资金以确保美国各地的实验室能够正常运转。私人慈善事业，其中一些由个人和家族管理，每年也向医学界捐赠了数百亿计的资金。在这些稳定的捐赠者中，许多人都亲身经历过癌症、糖尿病或者其他疾病，他们的资助是为了子孙后代免受疾病的折磨。其他一些捐赠者，他们之所以给出巨额的捐赠，是希望医学领域能找到巨大的突破，这样他们会觉得用自己的财富为整个人类做了一些实实在在的事情。

与这些人合作是非常令人激动的。没有真正的智慧，没有人可以积累巨额的财富，因此一些慈善家有时能提出一些极具挑战性的、有趣的问题。人们希望自己的投资，哪怕是慈善捐款都能够产生巨大的回报，例如一种新药的上市，或者一项可持续性的发现。有些慈善家甚至会货比三家，寻找合适的研究所或独立研究员，就好像仔细研究赛马以挑选能够赢得比赛的纯种马。与这些人会面需要一定的勇气，正如我们会评估各种选题来找到最有价值的那个一样，慈善家们也必须得到让他们满意的答复才能在无数个看似都有价值的选题中做出他们的选择。哈佛大学这个名字（你甚至可以称之为招牌）也许会让我们被纳入考虑范围，但没人会单单因为这个招牌就给你开支票，赞助你的研究。考虑到这一点，我努力拓展自己的能力，让科学变得更容易为大众所理解，我发现我还挺享受这个过程的。

哪怕是必须要面对的各种科研管理的困难，我依然乐意之至，因为这往往意味着帮助那些才华横溢的年轻人在面对技术和个人挑战时能够勇往直前。来实验室的每个人都希望最终能开发出某种有效的药物，最适合从事这项工作的人都是极度独立、有着强大成功动力的人。但问题在于，过于独立的人有时难以接受他人的建议，即使建议对他们非常有益。举一个最近的例子，我花了一年的时间劝告一个非常聪颖但并没有意识到自己已经钻进了死胡同里的年轻人。面对我的建议，他总会提议再多测试一种化合物，然后下次还是这样，问题是每一次测试都要花好几个月才能完成，这位天才在不知不觉中浪费了一年时间去追寻一个看不见摸不着的化合物。在这种情况下，我的角色就是导师、父亲、上司和教练集于一身，而且这种情况经常发生。

在这种情况下，我会建议增加一名新的组员来帮助这个项目开始一个新的 B 计划。在这个过程中，原来的那位科学家也能逐渐提高自身的情商。

此时此刻需要注意的是，即使我们手头拥有从科学仪器到人工智能的所有技术资源，科学仍然需要一些人情味。最好的例子便是"直觉的力量"，这种力量虽然难以量化，却意义非凡。我们大多数人都经历过的预感很可能就是来自大脑的信号，是我们大脑在观察事物的发展演变时，在我们还没来得及理解之前抢先建立起来的某种联系。这种对于某种假设或者实验萦绕不散的感觉可能就是一种情感激励，由潜意识产生。用功能性磁共振成像（fMRI）机器进行的大脑研究已经定位到了直觉产生时处于活跃的大脑部位。目前最佳的理论表明，在灵感出现时所产生的感觉代表了大脑正在有意识地将注意力集中到某个事物上，这个事物使大脑的计算和运转能力达到最高水平。这个过程在爱因斯坦的理解看来就代表着"意识的飞跃"，在探索未知的过程中，这个过程起到的作用要比智力大得多。

和医学不一样，生物学是一个非常需要热情的事业，它需要你尽可能多地投身其中、更多地付出，它还需要一种辽阔豁达、慷慨大方的风格。几十年前，才华横溢、待人亲和的阿德尔·马哈茂德向我展示了这种风格的典范，这让另一种想法黯然失色——孤立的科学家独自一人进行思考或者实验。我在干细胞所许多年轻科学家身上看到了这种品质，除了科学才华，他们还能有效地领导团队。然而，他们身上仍有很大的改进空间，我们的一些年轻科学家必须走出自己的小圈子，大胆思考，受些挫折，还有些人则需要在"放手"的情况下受些监管。如果我们不得不叫停某个项目，这也没什么不好，即使这难免让人失望，也总能在排查问题时收获点什么。

这个想法不可行，但幸运的是还会有下一个想法。随着时间的流逝，你会看到自己与其他人的研究成果一起为更多人创造了更优质、更长寿的生活。在最初认识到血液和骨骼所蕴含的力量时就希望实现的目标，时间一天天过去，我们离目标似乎越来越近了。

未来的科学

　　无论哪个时代，医学和科学的最终目的都是在全心全意服务于全人类的基础上来取得真正的进步。为人类谋取福利的大小决定着我们的医学是否成功，最低的福利在于保障个人及其家人的身心健康，所有人都应该得到关爱，高层次的福利包括为整个社区提供健康服务：卫生设施、安全食品供应、免疫接种和其他预防战略。科学应该使所有的医疗和预防基层工作做得更好、更有效，同时限制意外的负面结果。

　　不幸的是，某些研究是非常前沿的，普通人不可能看到一种新药或新技术会带来的风险。比如，人们并不知道用于诊断和治疗的辐射会导致恶性肿瘤，直到他们因此而得了肿瘤。更常见的是，本来充满希望的治疗方法结果却不如最初想象的那么有用，正如你已经在这本书中所了解到的那样。然而，这些失望不应该让我们完全气馁。在肿瘤学领域里，虽然某些当初看似突破性的药物其疗效最终非常令人失望，但是这些药物依然对少数具有特定基因突变的患者颇有疗效，所以被诊断为同一种癌症但并不属于这一亚种的患者可能会对这种造物弄人的命运感到崩溃，但那些恰好能得到对症药物的患者，他们那种幸福的激动感，毫无疑问让开发这种药物的所有努力得到了回报。

在这个基因组测序已经成为家常便饭的生物时代，我们已经可以为大多数癌症患者筛查发生突变的基因，这已经成为许多大型医疗中心的常规做法，并向全国各地的社区医院和肿瘤诊所推广。对于很多疾病来说，类似的筛查现已经成为可能，这极大地改善了疾病的诊断和治疗。例如，流行网站"强者"（The Mighty）上最近有一篇推文，一位20年前被误诊为脑瘫的年轻女性讲述了她如何通过基因筛查确定她患的不是脑瘫，而是另一种完全不同的疾病——多巴反应性肌张力障碍。该疾病只需服用一种药物，她在服用药片的一天后就可以独立行走了。

这样戏剧化的成功故事并不多见，但随着廉价的基因测序和处理海量数据能力的提高，这样的故事会变得越来越有可能。这些数据每天都在以数十亿比特的数量被收集，它们来自人们看病时在医疗保健系统上留下的轨迹，可穿戴设备跟踪到的健康数据，还有他们通过扎指头对血糖指数进行的监控，以及他们完成的电子健康日记。

在2017年之前这种数据很少被收集、组织和有效地使用，但是我们正在努力改变这一现状。2015年，政府启动了"精准医疗计划"，该项目将招募100万人，收集生物样本进行基因检测并将之作为医疗历史数据。当然，如果在样本中发现了什么问题，个人将会得到通知。然而，该计划的主要目的是为研究各种各样健康问题的科学家们提供研究素材，组织者们相信，他们将发现环境与各种身体状况之间的关系，或许还能发现能够相互联系的各种疾病。他们还预计，该计划可以将具有相关或相似基因组的人组织成群，这样可以方便科学家找到他们并与他们展开合作，从而为基因靶向药物的试验奠定基础。

专家们将这些被收集和管理几十亿条信息称为大数据。大数据，或者更准确地说是处理大数据的能力，之所以能让人们激动不已，是因为它能让我们的行为建立在更大的数据之上，而不是猜测。比如，基因测试可以确定哪些人会对哪种特定药物产生反应，哪些人不会，这就是所谓的"精准医疗"。许多科技公司开始携带着巨资进入了这个领域，比如IBM的"沃森"这项先进的人工智能技术，经改造后它现在可以根据乳腺癌患者提交的基因信息提供不同的治疗方案。

"沃森"在班加罗尔一个大型医疗系统的测试中被发现，其提供的治疗方案与肿瘤委员会的建议非常吻合，它虽不能替代医生但可以作为医生的辅助工具。IBM还使用"沃森"检查医疗成像结果和其他测试结果以发现被人们忽视了的疾病，除了肿瘤，IBM还在研究利用"沃森"读取影像和查阅医疗记录，以发现可能患有早期心脏病、容易中风，或者容易患某类眼疾或神经系统疾病的患者。英特尔正在致力开发一项名为"当日可取"的项目，该项目将为癌症患者提供其恶性肿瘤的基因图谱，并在诊断后 24 小时内提供治疗方案，这项服务的目标价格是 1000 美元。但是目前，这个过程可能依然需要数周甚至数月，而且成本高了很多。

对于高水平的科学研究来说，大数据的下一步可能包括公开数据以服务于更多的目的。现在，科学家、私人实验室、制药公司等许多人都觉得他们必须保护自己收集的信息，让自己的辛勤工作获得最大的回报。从某种程度上来说，对这项工作进行保密的动机是可以理解的，如果其他人也能参与进来并从中获利，谁会投入科研所需要的那么多时间和金钱呢？然而，让我们想想人类基因组项目，如果说我们从中学到了什么的话，那一定是齐心协力，以一种资源开放的方式，迅速地推动整个学科的发展。鼓励这种进步和发展的关键在于，保持激励机制，推动人们去创造，同时开辟合作的途径。

在医学领域，海量信息带来的挑战将逐年加剧，我们需要技术来管理这些信息、远程监控患者，把大部分日常琐事留给某种形式的人工智能。尽管我们会更加依赖某些形式的计算，但机器人依然无法取代人类。相反，我们将依靠这些会随着数据的增长而自我改进的复杂计算，这项技术将揭示不同的疾病阶段和不同的压力条件下人们对不同剂量的药物反应。还有，有关饮食和运动的数据很可能会影响我们对药物代谢的理解。

随着知识的迅速积累和生物精确疗法的应用，我们将拥有巨大的潜力，可以撬动人类免疫系统的力量为未来带来无限的可能。为了迎接这样的未来，我们需要的是来自人文价值的指导，而不是生物科学技术，我们需要这样一种伦理，它会考虑到每个人的价值，并承认我们每一个人都值得被关心和被救治。最新的研究发现，在美国，一个人的健康状况可能取决于居住的地方，有时甚至细化到某个城市或是某个镇的某个社区。如今，美国中产阶级白人的预期寿命开始下降，主要原因与压力有关，比如滥用药物、精神健康危机等。这个事实告诉我们，仅仅开发针对器质性疾病的治疗方法是不够的，我们必须兼顾人的精神和身体，需要尊重每个人的经历。

当然，服务于社会的科学研究将为我们提供应得的药物。我在这两个领域的经历——医疗和科研给了我希望，所有人都希望能减少病痛、提升健康，无论是在自己的社区、自己的国家甚至是全球，这种改善是我们想要实现的未来，我相信它会很快到来。

译后记

从 2019 年受到出版社的委托开始翻译这本书，几年过去了，时间很长，长到我自己都不记得我到底改了多少稿，但每一次修改总觉得还不够完美，临到发表了还惴惴不安，会不会还有什么词不达意的地方呢？会不会还有什么佶屈聱牙，让人费解的地方？钱锺书先生曾说过："原作里没有一个字可以滑溜过去，没有一处困难躲闪得了。"何况是这样一本有关癌症研究的医学回忆录，总觉着责任重大，任何不恰当的翻译都有可能引发一些误解，带来不切实际的希望，或摧毁本应该有的信心。

事实上，癌症治疗的历史似乎就是这样一个伴随着希望、失望、迷茫和困惑的历史。一方面，在科学技术、人工智能高度发展的今天，癌症却依然是一个很难攻克的难题，我们似乎对它束手无策，不得不眼睁睁看着身边的亲人因罹患癌症而去世；但另一方面，我们似乎又应该充满信心，因为事物的发展总是不断前行的，让我们相信迷茫和困惑也许都是短暂的。从这本医学回忆录中，我们看到了跨越国界、跨越种族、跨越文化的众志成城、齐心协力和永不放弃，无论是医生、科学工作者，还是患者、患者家属们，这些永不放弃的故事深深地温暖着我们，让我们有理由相信，明天肯定会比今天更好，癌症治愈的曙光终究还是会来到。

　　自从有人类文明以来，翻译就在整个历史进程中发挥着不可或缺的作用。它不仅让科学技术知识得以广泛的传播（中国古代的四大发明就是通过翻译让全世界人民得以受益），还促进了世界文学与文化的交流传播，让文明得以传承，让全世界都得以知道莎士比亚那样伟大的作家。翻译还为译入语文化引进了新的思想、新的文学形式，促成文学革新和社会改革。我国近代史上就有这样一群译者，他们通过翻译传播先进的思想，寻找救国救民的真理。在这本书中，我相信翻译所传递的就不仅仅只是关于癌症研究的相关知识，更重要的是它传递了一种信心，让我们相信，无论癌症治疗的道路还有多长，我们都绝不言弃。

图书在版编目（CIP）数据

癌症的故事 / (美) 大卫·斯卡登，(美) 迈克尔·安东尼奥著；陈水平译. — 长沙：湖南人民出版社，2024.7

ISBN 978-7-5561-3490-8

Ⅰ.①癌… Ⅱ.①大… ②迈… ③陈… Ⅲ.①回忆录－美国－现代 Ⅳ.①I712.55

中国国家版本馆CIP数据核字（2024）第062527号

癌症的故事
AIZHENG DE GUSHI

著　　者：[美] 大卫·斯卡登 迈克尔·安东尼奥

译　　者：陈水平

审　　校：古　迪

出版统筹：陈　实

监　　制：傅钦伟

产品经理：刘　婷

责任编辑：陈　实　刘　婷

责任校对：丁　雯

封面设计：吾然设计

出版发行：湖南人民出版社有限责任公司[http://www.hnppp.com]

地　　址：长沙市营盘东路3号　邮　编：410005　电　话：0731-82683327

印　　刷：长沙艺铖印刷包装有限公司

版　　次：2024年7月第1版　　　印　次：2024年7月第1次印刷

开　　本：787*1092mm 1/32　　印　张：10.25

字　　数：150千字

书　　号：ISBN 978-7-5561-3490-8

定　　价：59.80元

营销电话：0731-82221529　　（如发现印装质量问题请与出版社调换）